CUENTOS DE NAVIDAD

Ilustrado por Giselfust

Títulos originales: *A Christmas Carol, Den lille Pige med Svovlstikkerne, A Strange Christmas Game, A Christmas Dream and how it can be true, A Country Christmas, Nuit de Noël, The Adventure of the Blue Carbuncle, Reginald's Christmas Revel, Bertie's Christmas Eve, The Feast of Nemesis*

© de esta edición:
Editorial Alma
Anders Producciones S.L., 2020
www.editorialalma.com

@almaeditorial
@Almaeditorial

© Traducciones:
Canción de Navidad, Francisco Torres Oliver. © Editorial Vicens Vives, S.A.
La niña de las cerillas, Concha Cardeñoso
Un juego extraño de Navidad, Un sueño navideño y cómo se hizo realidad y *Una Navidad en el campo*, Noemí Risco
Nochebuena, Jaume Ferrer
La aventura del carbunclo azul, Alejandro Pareja Rodríguez
La fiesta navideña de Reginald, La Nochebuena de Bertie y *La fiesta de Némesis*, José Luis Piquero

© Ilustraciones: Giselfust

Diseño de la colección: lookatcia.com
Diseño de cubierta: lookatcia.com
Maquetación y revisión: LocTeam, S.L.

ISBN: 978-84-18008-15-3
Depósito legal: B14335-2020

Impreso en España
Printed in Spain

Este libro contiene papel de color natural de alta calidad que no amarillea (deterioro por oxidación) con el paso del tiempo y proviene de bosques gestionados de manera sostenible.

CUENTOS DE NAVIDAD

ALMA CLÁSICOS ILUSTRADOS

ÍNDICE

PRÓLOGO

La Navidad es la época tradicional por excelencia. No es casualidad, pues, que haya protagonizado algunas de las mejores obras de los grandes escritores literarios, que se han inspirado en ella para relatar historias desde ángulos muy diversos, del humor a la fantasía y del terror al fervor religioso. Tampoco es casual que la mayoría de los cuentos de Navidad presentes en esta antología se escribieran en el Reino Unido durante los reinados de Victoria de Hannover (1837-1901) y de su hijo y sucesor, Eduardo VII (1901-1910). Si el siglo XVIII tuvo modales franceses y el XX está narrado desde el punto de vista estadounidense, el XIX parece hecho a medida de la mentalidad británica. Las revoluciones industrial y liberal habían convertido al Reino Unido en la potencia hegemónica en los ámbitos económico, comercial, diplomático y creativo. La filantropía, unida a costumbres de nuevo cuño como las lecturas en voz alta de novelas publicadas por entregas semanales en un formato asequible para un público cada vez más mayoritario, impuso un discurso puritano basado en conceptos como religión, familia, trabajo y austeridad. Las tradiciones familiares se convirtieron en un factor de cohesión social. Esto creó el caldo de cultivo ideal para el nacimiento de los cuentos de Navidad y

para el desarrollo mismo del concepto de Navidad tal como lo conocemos hoy en día.

La Navidad es el resultado de un largo proceso religioso y cultural. Etimológicamente, viene del latín *natalitas* («nacimiento»), en alusión al 25 de diciembre, la fecha tradicional del nacimiento de Jesucristo, aunque en realidad esta se modificó en el siglo III para adecuarla a las fiestas del solsticio de invierno paganas o *dies natalis Invictus Solis* («el día del nacimiento del Sol Invicto»). Así pues, en su origen las Navidades conmemoraban al mismo tiempo el nacimiento de Mitra o Jesucristo y el triunfo del Sol (el Yule celta o las Saturnales romanas). Son, por lo tanto, la victoria de la luz sobre las tinieblas, el comienzo del ciclo de vida que conduce a la llegada de las cosechas, unos días de recogimiento en familia antes de reanudar los ritmos de trabajo que impone el campo. No son, además, un fenómeno privativo de la cultura occidental ni de la tradición judeocristiana, ni siquiera del paganismo europeo: hay festividades similares en todo el mundo, desde el Lejano Oriente hasta la América precolombina.

Pero este proceso no es lineal: funciona por acumulación. El cristianismo de la época romana aporta la fecha de celebración, los ángeles anunciadores, la Sagrada Familia y los colores litúrgicos clásicos; el paganismo, las hojas de muérdago o las coronas de Adviento; la Edad Media, la tradición de los belenes vivientes, los Reyes Magos o el turrón, y la Edad Moderna, el árbol de Navidad, los villancicos y la costumbre

8

de intercambiarse regalos. El resto del imaginario navideño tradicional (con alguna salvedad desarrollada ya en el siglo xx, como los calendarios de Adviento) se completa durante los primeros años del reinado de Victoria con las lecturas de poemas, los *crackers* o sorpresas navideñas, el Boxing Day, las tarjetas, las guirnaldas y la iluminación, la transformación de san Nicolás en Papá Noel o la tradicional cena de Nochebuena a base de pavo, popularizada por el cuento navideño más famoso de todos los tiempos.

En efecto, en 1843 aparece «Canción de Navidad», de Charles Dickens, la conmovedora historia en la que el avaro Ebenezer Scrooge recibe la visita de los espíritus de las Navidades pasadas, presentes y futuras y, con ello, se convierte en mejor persona. Este relato no solo inauguró un subgénero literario, sino que también convenció a la burguesía de que la redistribución de la riqueza estaba en sus manos, no era patrimonio exclusivo de la caridad ejercida por la aristocracia. El novelista inglés visibilizó asuntos hasta entonces inexistentes para la gran literatura, como por ejemplo la pobreza infantil, exquisitamente tratada por el danés Hans Christian Andersen en «La niña de las cerillas» (1845), o la estadounidense Louisa May Alcott en «Un sueño navideño y cómo se hizo realidad» (1885).

Ahora bien, no toda la tradición narrativa navideña se reduce al canon dickensiano. Baste citar «La estrella blanca» (1914), de Emilia Pardo Bazán, que relata las desventuras de uno de los Reyes Magos y nos presenta una sensibilidad más cercana

al ámbito católico de la Europa mediterránea o de América Latina, donde se aúnan las tradiciones preexistentes con elementos gastronómicos y litúrgicos importados de Italia o España. Las posadas mexicanas o las novenas de Navidad colombianas se dan la mano con la misa del Gallo, y el pan de jamón venezolano y el pan de Pascua chileno conviven con el *panettone* argentino.

Pero en la selección de textos de esta antología la variedad no es solo geográfica sino también temática. Además de los elementos tradicionales navideños, tenemos todo tipo de estilos. Guy de Maupassant describe un nada cristiano alumbramiento en su disparatada «Nochebuena» (1892). En «La aventura del carbunclo azul» (1892), Arthur Conan Doyle se aparta de lo que cabría esperar de un cuento de Sherlock Holmes; el pavo navideño en cuyo interior se encuentra una piedra preciosa es casi lo de menos. Otro tanto podríamos decir de los cuentos escritos por Hector Hugh Munro, también conocido como Saki, quien subvierte la temática navideña para ofrecernos tres de sus típicas historias macabras cargadas de ácido humor negro. La aportación de Charlotte Riddell, «Un juego extraño de Navidad» (1868), es un cuento de misterio gótico cuyos fantasmas asustan mucho más que los de la historia de Dickens.

Nos encontramos ante una recopilación de cuentos navideños atípica por su rica diversidad. En ella se concilian las diferentes tradiciones, desde la iconografía establecida

por Dickens hasta la maravillosa y triste visión que ofrece Hans Christian Andersen, con todo tipo de registros (sin duda, los lectores de Arthur Conan Doyle o Louisa May Alcott se llevarán una gran sorpresa). Todo ello redunda en un libro único y entrañable con el que disfrutar leyendo en torno al fuego de la chimenea en una reunión con familiares y amigos y, por qué no, con un villancico sonando de fondo para vivir así toda la magia de la Navidad.

EL EDITOR

Canción de Navidad

Charles Dickens
(1843)

He intentado, con este librito espectral, invocar el fantasma de una Idea que no debe disgustar a mis lectores consigo mismos, con los demás, con la época del año, ni conmigo. Ojalá visite gratamente sus hogares, y nadie lo quiera abandonar.

Su sincero amigo y servidor,
C.D.
Diciembre de 1843

EL ESPECTRO DE MARLEY

Para empezar, Marley estaba muerto. De eso no hay duda. El registro de su entierro estaba firmado por el sacerdote, por el escribiente, por el encargado de la funeraria y por el que presidió el duelo. Lo firmó Scrooge; y el nombre de Scrooge avalaba en la Bolsa cualquier cosa que se le ocurriera emprender. El viejo Marley estaba tan muerto como el clavo de una puerta.

¡Ojo! No pretendo decir que sé, personalmente, qué tiene de muerto el clavo de una puerta. Yo me habría inclinado a considerar el clavo de un ataúd como el artículo más muerto de todo el comercio de ferretería. Pero la sabiduría de nuestros antepasados se vale de ese símil, y no la van a turbar mis manos pecadoras; si lo hiciera, apañado estaría el país. Así que me vais a permitir que repita, con énfasis, que Marley estaba tan muerto como el clavo de una puerta.

¿Lo sabía Scrooge? Por supuesto que sí. ¿Cómo no lo iba a saber? Scrooge y él habían sido socios durante no sé cuántos años. Scrooge fue su único albacea, su único administrador, su único cesionario, su único heredero, su único amigo y su único acompañante en el entierro. Sin embargo, Scrooge no se dejó anonadar por el triste acontecimiento, pues el mismo día del funeral se mostró como un excelente hombre de negocios al conseguir celebrarlo por una verdadera ganga.

Esta alusión al funeral de Marley me retrotrae al punto de partida. No cabe duda de que Marley estaba muerto. Hay que tener esto muy claro, o de lo contrario, no veréis nada prodigioso en la historia que voy a contar. Si no estuviésemos totalmente convencidos de que el padre de Hamlet había muerto antes de empezar la obra, no nos extrañaría que diese un paseo nocturno por sus propias murallas, con viento del este; y tampoco tendría nada de particular el que un señor maduro saliese a dar una vuelta temerariamente, después de anochecer, por un paraje ventoso —por Saint Paul's Churchyard, por ejemplo—, con la expresa intención de asombrar al espíritu impresionable de su hijo.

Scrooge no cubrió con pintura el nombre del viejo Marley. Allí permanecía, años después, sobre la puerta de su almacén: «Scrooge y Marley». La empresa era conocida como «Scrooge y Marley». La gente que visitaba por primera vez el negocio llamaba a Scrooge unas veces Scrooge y otras Marley; pero él respondía a los dos nombres: le daba igual.

¡Ah, pero Scrooge era un auténtico tacaño! ¡Un viejo y codicioso pecador que agarraba, estrujaba, arrancaba, arrebataba y despojaba! Era duro y afilado como el pedernal, del que ningún eslabón había logrado sacar jamás una chispa de generosidad; y cauto, cerrado y solitario como una ostra. Su frialdad interior acartonaba su viejo semblante, congelaba su nariz puntiaguda, secaba sus mejillas, envaraba su paso, enrojecía sus ojos, amorataba sus labios delgados y volvía acerada su voz

chirriante. Una gélida escarcha le cubría la cabeza, las cejas, la hirsuta barbilla. Siempre llevaba consigo su baja temperatura; helaba su oficina en los días de bochorno y no se deshelaba ni un grado en Navidad.

Poco influían en Scrooge el frío y el calor externos. Ningún calor lo calentaba, ningún tiempo invernal lo enfriaba. Ningún viento era más crudo que él, ninguna nevada era más firme en sus propósitos, ningún diluvio menos sensible a la súplica. No había mal tiempo que lo dominase. Solo en un aspecto podían presumir de aventajarlo la lluvia, nieve, granizada y cellisca más intensas: a menudo «cedían» generosamente, mientras que Scrooge no lo hacía jamás.

Nadie lo paró nunca en la calle para decirle con gesto alegre: «Querido Scrooge, ¿cómo le va? ¿Cuándo viene a visitarme?». Ningún mendigo le imploró una limosna, ningún niño le preguntó la hora, ningún hombre o mujer le pidió una sola vez que le indicase en qué dirección se iba a tal o cual sitio. Hasta los perros de los ciegos parecían conocerlo, y, cuando lo veían aparecer, tiraban de su dueño hacia los portales y los patios, y movían el rabo como diciendo: «¡Vale más no tener ojos que andar aojando, desventurado amo!».

Pero, ¿qué le importaba todo eso a Scrooge? Era precisamente lo que le gustaba. Abrirse paso por los atestados caminos de la vida, manteniendo a distancia toda humana simpatía, era para Scrooge lo que suele llamarse «el no va más» de las delicias.

Un día —el mejor de todos los días del año: el de Nochebuena— estaba el viejo Scrooge atareado en su oficina. El tiempo era frío, desapacible, riguroso; había niebla, además; y oía pasar a la gente por la plazuela jadeando, golpeándose el pecho con las manos, pateando en el empedrado para entrar en calor. Los relojes de la ciudad acababan de dar las tres, pero ya estaba oscuro por completo: no había habido luz en todo el día, y en las ventanas de las oficinas contiguas resplandecían las velas como rojizos manchurrones en el aire denso y oscuro. La niebla se colaba por los resquicios y los ojos de las cerraduras, y era tan espesa en el exterior que, aunque la plazuela era una de las más estrechas, las casas de enfrente eran meros fantasmas. Al ver cómo descendía la neblina mugrienta oscureciéndolo todo, uno podía pensar que la Naturaleza vivía cerca y se estaba preparando infusiones a gran escala.

Scrooge tenía abierta la puerta de su despacho a fin de poder vigilar a su escribiente que, un poco más allá, en un lóbrego cuartucho —una especie de tabuco—, copiaba cartas. Scrooge tenía encendida una pequeñísima lumbre, pero la de su escribiente lo era tanto que parecía formada por un solo carbón; sin embargo, no podía reavivarla porque Scrooge tenía la carbonera en su propio despacho; y, como es natural, en cuanto entraba el escribiente con la paleta, el jefe sentenciaba que él y la paleta estaban de más en aquel lugar. Así que el escribiente se enrollaba su bufanda blanca e intentaba calentarse con la

vela, un esfuerzo en el que fracasaba, dado que no era hombre con demasiada imaginación.

—¡Feliz Navidad, tío! ¡Dios le guarde! —gritó una voz alegre. Era la voz del sobrino de Scrooge, el cual había entrado tan de repente que sus palabras fueron el primer anuncio de su llegada.

—¡Bah! —dijo Scrooge—. ¡Paparruchas!

Tanto había entrado en calor el sobrino de Scrooge, caminando deprisa en la niebla y la escarcha, que estaba todo encendido; tenía la cara colorada y hermosa; le chispeaban los ojos y, al respirar, salía de su boca una nube de vapor.

—¿Paparruchas las navidades, tío? —dijo el sobrino de Scrooge—. No lo dirá en serio, ¿verdad?

—Claro que sí —dijo Scrooge—. ¿Feliz Navidad? ¿Qué derecho tienes tú a ser feliz? ¿Qué motivo tienes para ser feliz? Eres la mar de pobre.

—Vamos a ver —replicó el sobrino con alegría—, ¿qué derecho tiene usted para estar tan enfurruñado? ¿Qué motivo tiene para estar de mal humor? Es la mar de rico.

Como Scrooge no tenía mejor respuesta a mano, repitió: «¡Bah!», seguido de: «¡Paparruchas!».

—No se enfade, tío —dijo el sobrino.

—¿Qué otra cosa puedo hacer —replicó el tío—, viviendo en un mundo de idiotas como este? ¡Feliz Navidad...! ¡Al diablo con la Navidad! ¿Qué es la Navidad para ti, sino la época de pagar facturas y quedarte sin dinero, la época en que te

descubres un año más viejo y ni una hora más rico, la época de cuadrar tus libros y de descubrir que cada asiento, a lo largo de los doce meses, lo has ido apuntando en el pasivo? Si pudiese —añadió Scrooge, indignado—, cocería en su propio caldo a todo idiota que anda con el «Feliz Navidad» en los labios, y lo enterraría con una estaca de acebo clavada en el corazón. ¡Vaya que sí!

—¡Tío! —suplicó el sobrino.

—¡Sobrino! —replicó el tío con hosquedad—. Celebra la Navidad a tu manera, y déjame a mí celebrarla a la mía.

—¿Celebrarla? —repitió el sobrino de Scrooge—. ¡Pero si usted no la celebra!

—Entonces, déjame en paz —dijo Scrooge—. ¡Y que te aproveche... como te ha aprovechado hasta ahora!

—Hay muchas cosas de las que podría haber sacado provecho y, sin embargo, no lo he hecho —replicó el sobrino—; entre ellas la Navidad. Siempre he pensado que las navidades (aparte de la veneración que debemos a su origen y nombre sagrados, si es que se puede dejar aparte algo que le es tan propio) son una época buena: una época amable, indulgente, caritativa, agradable; la única que conozco, en el largo calendario del año, en la que hombres y mujeres parecen estar de acuerdo en abrir de par en par sus corazones, y en considerar a sus inferiores como compañeros de viaje a la tumba, y no como una especie distinta de seres camino de otros destinos. Por tanto, tío, aunque la Navidad nunca haya traído a mi bolsillo ni una

pizca de oro o de plata, creo que ha sido beneficiosa para mí y que seguirá siéndolo, así que digo: ¡Bendita sea!

El escribiente del tabuco aplaudió instintivamente; pero dándose cuenta al punto de su incorrección, se puso a atizar el fuego, con lo cual apagó definitivamente la débil brasa que quedaba.

—¡Si vuelvo a oírlo otra vez —dijo Scrooge—, va a celebrar la Navidad perdiendo el empleo! Eres un orador convincente, muchacho —añadió, volviéndose a su sobrino—. No sé por qué no entras en el Parlamento.

—No se enfade, tío. ¡Ande! Venga a cenar mañana con nosotros.

Scrooge contestó que antes lo vería... Sí, lo dijo: terminó la frase, y dijo que antes lo vería en el infierno.

—Pero, ¿por qué? —exclamó el sobrino de Scrooge—. ¿Por qué?

—¿Por qué te casaste? —preguntó Scrooge.

—Porque me enamoré.

—¡Porque te enamoraste...! —gruñó Scrooge, como si eso fuese lo único en el mundo que ganaba en ridiculez a una feliz Navidad—. ¡Buenas tardes!

—No, tío; usted nunca vino a casa antes de que eso ocurriera. ¿Por qué lo pone ahora como pretexto para no venir?

—Buenas tardes —dijo Scrooge.

—No quiero nada de usted; no le pido nada. ¿Por qué no podemos ser amigos?

—Buenas tardes —dijo Scrooge.

—Lamento de todo corazón verlo tan obcecado. Nunca hemos tenido una sola disputa por mi culpa. Pero hoy he hecho este intento en honor a la Navidad, y quiero conservar mi estado de ánimo navideño hasta el final. Así que, ¡feliz Navidad, tío!

—Buenas tardes —dijo Scrooge.

—¡Y feliz año nuevo!

—Buenas tardes —dijo Scrooge.

Su sobrino, no obstante, abandonó la habitación sin una palabra de enfado. Se detuvo, al otro lado de la puerta, a dar las consabidas felicitaciones al escribiente, el cual, aunque estaba aterido, tenía más calor que Scrooge, porque le deseó también una feliz Navidad muy efusivamente.

—Otro que tal —murmuró Scrooge, que lo había oído—. Mi escribiente, con quince chelines a la semana, mujer e hijos, y habla de felices navidades. Está para que lo encierren.

Este «lunático», al abrirle la puerta al sobrino de Scrooge, dejó entrar a otras dos personas. Se trataba de dos señores corpulentos, de aspecto agradable, que a continuación se quedaron de pie, con el sombrero en la mano, en el despacho de Scrooge. Traían consigo libros y documentos, y lo saludaron con una inclinación.

—Esta es la casa «Scrooge y Marley», ¿no? —dijo uno de los caballeros, consultando una lista—. ¿Tengo el gusto de hablar con el señor Scrooge o con el señor Marley?

—El señor Marley lleva muerto siete años —respondió Scrooge—. Precisamente esta misma noche hace siete años que murió.

—Estamos seguros de que su liberalidad está bien representada por el socio que le sobrevive —dijo el caballero, presentando sus credenciales.

Desde luego que lo estaba, porque habían sido dos almas gemelas. Ante la siniestra palabra «liberalidad», Scrooge frunció el ceño, negó con la cabeza y devolvió las credenciales.

—En las fiestas de esta época del año, señor Scrooge —dijo el caballero, tomando una pluma—, resulta más necesario de lo habitual que hagamos una pequeña colecta para los pobres y necesitados, que sufren enormemente hoy en día. Miles de ellos carecen de lo imprescindible, y cientos de miles no tienen cubiertas las necesidades más elementales, señor.

—¿No hay cárceles? —preguntó Scrooge.

—Muchas cárceles —dijo el caballero, dejando la pluma otra vez.

—¿Y los asilos de la Unión? —preguntó Scrooge—. ¿Todavía funcionan?

—Todavía funcionan —replicó el caballero—. Ojalá pudiese decir que no.

—¿Y siguen en marcha los molinos de sangre y la Ley de Pobres? —dijo Scrooge.

—Ya lo creo, señor.

—¡Ah! Por lo que ha dicho al principio, creí que había pasado algo que interrumpía su beneficioso funcionamiento —dijo Scrooge—. Me alegra mucho saber que no ha sido así.

—Convencidos de que esas instituciones apenas aportan consuelo cristiano al cuerpo o al alma de las gentes —respondió el caballero—, algunos de nosotros estamos tratando de recaudar fondos para comprar a los pobres alimentos, bebida y medios para calentarse. Hemos escogido esta época porque, entre todas las del año, es aquella en que más se siente la necesidad y más alegra la abundancia. ¿Qué cantidad le anoto?

—Ninguna —replicó Scrooge.

—¿Quiere entonces guardar el anonimato?

—Quiero que me dejen en paz —dijo Scrooge—. Ya que me preguntan qué quiero, esa es mi respuesta, señores. No me divierten las navidades, y no voy a contribuir a que se diviertan los haraganes. Yo colaboro en el sostenimiento de las instituciones que he citado: bastante me cuestan; conque el que ande mal de dinero que acuda a ellas.

—Muchos no pueden; y otros preferirían morirse antes que ir a parar a esas instituciones.

—Si prefieren morirse —dijo Scrooge—, más valdría que se murieran; así disminuiría el exceso de población. Además, ustedes perdonen, pero yo no sé nada de esas cosas.

—Pero podría saberlo —comentó el caballero.

—No es asunto mío —replicó Scrooge—. Bastante tiene un hombre con atender a sus propios asuntos, para entrometerse

en los de los demás. Los míos me tienen continuamente ocupado. ¡Buenas tardes, señores!

Viendo claramente que era inútil insistir sobre el particular, los señores se retiraron. Scrooge reanudó su trabajo con mejor opinión de sí mismo y un talante más optimista del que era habitual en él.

A todo esto, la niebla y la oscuridad se habían hecho tan densas que algunos andaban con antorchas llameantes, ofreciéndose a ir delante de los caballos de los carruajes para alumbrarles el camino. El viejo campanario de una iglesia, cuya ronca campana espiaba siempre furtivamente a Scrooge desde una ventana gótica del muro, se volvió invisible y dio las horas y los cuartos entre la neblina, con trémulas vibraciones como si le castañeteasen los dientes en su helada cabeza allá en las alturas. El frío se hizo intenso. En la esquina en que confluían la calle principal y la plazuela, había un grupo de obreros reparando las tuberías del gas; tenían encendido un gran fuego en un brasero, alrededor del cual se congregaba un grupo de chicos y hombres andrajosos que se calentaban las manos y parpadeaban con delectación ante las llamas. Abandonando la boca de riego a su soledad, el agua derramada se había congelado lúgubremente, convirtiéndose en misantrópico hielo. El resplandor de las tiendas, donde los ramos y bayas de acebo se ajaban en los escaparates al calor de las lámparas, arrebolaba las pálidas caras de la gente al pasar. Las pollerías y las tiendas de comestibles eran una

espléndida broma: un espectáculo radiante que hacía casi imposible creer que tuviesen alguna relación con nociones tan ruines como la compra y la venta. El alcalde, en la fortaleza de su imponente casa consistorial, ordenaba a sus cincuenta cocineros y criados que preparasen la Navidad como correspondía a la casa de un señor alcalde; incluso el humilde sastre, al que habían multado con cinco chelines el lunes anterior por emborracharse y armar escándalo en la calle, removía en su buhardilla el budín del día siguiente, mientras su escuálida esposa salía con el bebé a comprar la carne.

¡Más niebla aún, y más frío! Era un frío intenso, agudo, penetrante. Si el bueno de san Dunstan le hubiese pellizcado la nariz al Maligno con unos dedos tan fríos como este tiempo, en vez de usar sus armas de costumbre, entonces sí que habría tenido motivos para rugir. El dueño de una joven y pequeña nariz que el hambriento frío roía y lamía, como roen los perros un hueso, se acercó al ojo de la cerradura de Scrooge para agasajarlo con un villancico; pero en cuanto sonaron las primeras notas de:

> ¡Dios le bendiga, jovial caballero,
> y nada le cause el menor desaliento!

Scrooge echó mano de la regla con tal energía que el cantor huyó aterrorizado, abandonando el ojo de la cerradura a la niebla y al frío, más a tono con el humor del viejo tacaño.

Por fin llegó la hora de cerrar la oficina. Abandonó Scrooge de mala gana el taburete y admitió tácitamente el hecho ante

el expectante empleado del tabuco, el cual apagó la vela al instante y se puso el sombrero.

—Supongo que querrá tener libre todo el día de mañana, ¿no? —dijo Scrooge.

—Si no le importa, señor...

—Sí me importa —dijo Scrooge—, y no es justo. Si le descontara media corona por ello, lo consideraría un abuso, a buen seguro.

El empleado sonrió con timidez.

—Sin embargo —dijo Scrooge—, usted no piensa que comete un abuso conmigo cuando yo le pago el jornal de un día sin haber trabajado.

El escribiente comentó que eso era solo una vez al año.

—¡Mala excusa para rascarle a uno el bolsillo cada veinticinco de diciembre! —dijo Scrooge, abrochándose el gabán hasta la barbilla—. Pero supongo que tengo que darle el día libre. ¡Pasado mañana quiero verle aquí más temprano!

El escribiente prometió hacerlo así, y Scrooge salió gruñendo. Cerraron la oficina en un santiamén, y el empleado, con los largos extremos de su bufanda blanca colgando por debajo de la cintura (puesto que no podía permitirse el lujo de tener un gabán), bajó por la calle Cornhill, resbalando veinte veces en honor a la Nochebuena, detrás de una hilera de niños, y luego se encaminó hacia su casa, en Camden Town, lo más deprisa que podía correr, para jugar a la gallina ciega.

Scrooge tomó su melancólica cena en su melancólica taberna de costumbre; y, después de leerse todos los periódicos y de distraerse el resto de la velada con el libro de cuentas, se marchó a su casa a acostarse. Vivía en un piso que en otro tiempo había pertenecido a su difunto socio. Era un piso lóbrego de un edificio bajo, situado al final de un callejón, donde encajaba tan poco que uno no podía por menos de imaginar que había llegado allí de pequeño, jugando al escondite con otros edificios, y había olvidado por dónde se salía. Ahora era bastante viejo y bastante deprimente, porque no vivía nadie en él aparte de Scrooge, dado que el resto de los pisos habían sido alquilados como oficinas. Estaba tan oscuro el callejón que el propio Scrooge, que conocía cada una de sus piedras, tenía que caminar a tientas. La niebla y la escarcha envolvían de tal modo la negra entrada de la casa, que parecía como si el genio del tiempo estuviese sentado en el umbral, sumido en fúnebre meditación.

Ahora bien, es evidente que la aldaba de la puerta no tenía nada de especial, aparte de ser muy grande. Es evidente, también, que Scrooge la veía noche y día desde que vivía en este lugar; y también que Scrooge tenía tan poco de eso que llaman imaginación como cualquiera del centro de Londres, incluidos (que ya es decir) los miembros del Ayuntamiento, los gremios y los concejales. Tengamos presente asimismo que Scrooge no había dedicado un solo pensamiento a Marley desde que aquella misma tarde aludió a los siete años que

llevaba muerto. Y ahora, que alguien me explique, si puede, cómo es que Scrooge, con la llave metida en la cerradura, vio en la aldaba, sin que esta experimentase cambio alguno, no una aldaba, sino la cara de Marley.

Sí, la cara de Marley. Y no emergiendo de la oscuridad impenetrable como los demás objetos del callejón, sino dotada de una fosforescencia mortecina, como una langosta descompuesta en un sótano a oscuras. No se mostraba enojada o feroz, sino que miraba a Scrooge como Marley solía mirarlo: con sus espectrales lentes subidos sobre su frente espectral. Se le agitaban los pelos de manera singular, como debido a la respiración o a un aire caliente; y aunque sus ojos estaban muy abiertos, los tenía totalmente inmóviles. Eso, y su color lívido, le daban un aspecto horripilante; pero al margen del rostro, y como si escapara a su control, el horror parecía más bien hallarse en su expresión.

Mientras Scrooge observaba fijamente este fenómeno, la cara de Marley se convirtió en aldaba otra vez.

Decir que el viejo avaro no se sobresaltó, o que su sangre no experimentó una sensación horrible que no conocía desde la infancia, sería faltar a la verdad. A pesar de todo, echó mano a la llave que había soltado, la hizo girar resueltamente, entró en la casa y encendió la vela.

Se detuvo, en un momento de indecisión, antes de cerrar la puerta; y miró precavidamente detrás de esta, medio esperando descubrir aterrado la coleta de Marley asomando hacia el

vestíbulo. Pero detrás de la puerta no había nada, aparte de los tornillos y tuercas que sujetaban la aldaba; así que dijo: «¡Bah! ¡Bah!», y cerró de un portazo.

El golpe retumbó en la casa como un trueno. Cada habitación del piso de arriba, cada barril de la bodega del comerciante de vinos, pareció producir un eco distinto y propio. Pero Scrooge no era hombre al que asustaran los ecos. Pasó el cerrojo, atravesó el vestíbulo y subió las escaleras lentamente, despabilando la vela mientras subía.

Podéis divagar acerca de cómo subir con un coche de seis caballos por una antigua y buena escalinata, o de cómo atropellar con él una reciente y mala ley parlamentaria; yo lo que os digo es que por aquella escalera podríais haber hecho subir un coche fúnebre, incluso de costado, con la lanza hacia la pared y la portezuela hacia la balaustrada, y haberlo hecho cómodamente. Había anchura para ello, y sobraba espacio; motivo por el cual, quizá, a Scrooge le pareció que iba precedido, en la oscuridad, por un catafalco móvil. Media docena de farolas de gas no habrían alumbrado suficientemente el vestíbulo, así que, como podéis suponer, con la vela de Scrooge estaba bastante oscuro.

Scrooge subía sin que todo esto le importase un comino: la oscuridad es barata, así que le gustaba. Pero antes de cerrar la pesada puerta de su dormitorio, fue de habitación en habitación, comprobando que todo estaba en orden. Aún tenía demasiado presente la cara de Marley como para no hacerlo.

El cuarto de estar, el dormitorio, el cuarto trastero: todo estaba como debía. Nadie había debajo de la mesa, nadie debajo del sofá; unas brasas en la chimenea; la cuchara y la escudilla estaban dispuestas, y el cazo de las gachas (Scrooge estaba acatarrado) en la repisa. Nadie había debajo de la cama, nadie en el armario; nadie en la bata que colgaba de la pared con sospechosa actitud. El cuarto trastero tenía lo de costumbre: un viejo parachispas, unos zapatos viejos, dos cestas de pescado, un aguamanil y un atizador.

Completamente satisfecho, cerró la puerta de su habitación y dio dos vueltas a la llave, cosa que no era su costumbre. Protegido así contra las sorpresas, se quitó la corbata, se puso las zapatillas, la bata y el gorro de dormir, y se sentó ante el fuego a tomarse las gachas.

El fuego era escasísimo; nada, en realidad, para una noche tan rigurosa. Se vio obligado a sentarse muy cerca y a inclinarse sobre él para poder sacar una levísima sensación de calor de semejante puñado de combustible. La chimenea era vieja, construida hacía mucho tiempo por algún comerciante holandés, y estaba revestida de raros azulejos holandeses decorados con escenas de las Sagradas Escrituras. Había Caínes y Abeles, hijas del faraón, reinas de Saba, ángeles anunciadores descendiendo de los aires sobre nubes como lechos de plumas, Abrahanes, Baltasares, apóstoles haciéndose a la mar en pequeñas embarcaciones, cientos de figuras capaces de distraer sus pensamientos; pero surgió la cara de Marley, fallecido

hacía siete años, y, como la antigua vara del profeta, se las tragó todas. Si todos los relucientes azulejos hubiesen estado en blanco originariamente, y en disposición de recibir en su superficie una imagen confeccionada con fragmentos inconexos de sus pensamientos, en cada uno habría surgido una representación de la cabeza del viejo Marley.

—¡Paparruchas! —dijo Scrooge, y se puso a pasear por la habitación.

Después de dar varias vueltas, volvió a sentarse. Al recostar la cabeza hacia atrás, en el sillón, fue a fijar la mirada en una campanilla en desuso que colgaba en la habitación, y comunicaba, con algún fin ya olvidado, con otra habitación del último piso del edificio. Con gran asombro y extraño e inexplicable pavor, vio que la campanilla comenzaba a agitarse. Lo hacía tan suavemente al principio que apenas producía ruido; pero en seguida empezó a sonar con fuerza, y lo mismo todas las campanillas de la casa.

Esto duró, quizá, medio minuto, o acaso uno, pero pareció una hora. Las campanillas dejaron de tocar como habían empezado: todas a la vez. A esto sucedió un ruido metálico, procedente de abajo, como si alguien arrastrase una pesada cadena sobre los barriles de la bodega. Scrooge recordó entonces haber oído decir que los espectros de las casas encantadas arrastraban cadenas.

Se abrió la puerta de la bodega con un golpazo, y a continuación Scrooge oyó un ruido, mucho más fuerte, en el piso de

abajo; luego lo oyó subir por la escalera, y, finalmente, dirigirse derecho a su puerta.

—¡Solo son paparruchas! —dijo Scrooge—. ¡No quiero creer en esas cosas!

Pero se le demudó el color cuando, sin pausa ninguna, el ruido atravesó la gruesa puerta, entró en la habitación y se detuvo ante sus ojos. Al entrar, la llama agonizante creció impetuosa como si gritase: «¡Lo conozco! ¡Es el espectro de Marley!», y volvió a languidecer.

Era la misma, la mismísima cara: Marley con su coleta, su chaleco, sus calzones y sus botas de siempre (cuyas borlas estaban tan erizadas como la coleta), los faldones y los pelos de su cabeza. Arrastraba una cadena que llevaba atada a la cintura. Era larga, se retorcía a su alrededor como una cola y estaba hecha (porque Scrooge la observó con mucha atención) con cajas de caudales, llaves, candados, libros de contabilidad, escrituras y pesadas bolsas de malla de acero. Su cuerpo era trasparente, de manera que, al observarlo y mirar a través de su chaleco, Scrooge podía ver los dos botones traseros de su levita.

Scrooge había oído decir muchas veces que Marley no tenía entrañas; pero jamás lo había creído hasta ahora.

De hecho, tampoco lo creía ahora. Aunque miraba al fantasma de hito en hito, y lo veía de pie ante él; aunque sentía el espeluznante influjo de sus ojos vidriosos y observaba el tejido mismo del pañuelo que llevaba atado alrededor de la cabeza y la barbilla (una envoltura de la que no se había

percatado antes), seguía sin creerlo, y luchaba contra el testimonio de sus sentidos.

—¡Pero bueno…! —dijo Scrooge, cáustico y frío como siempre—. ¿Qué quieres de mí?

—Muchas cosas.

Era la voz de Marley, no cabía duda.

—¿Quién eres?

—Pregúntame quién *fui.*

—¿Quién *fuiste,* entonces? —dijo Scrooge, alzando la voz—. Eres muy quisquilloso para… actuar como una aparición.

Iba a decir «para *ser* una aparición», pero juzgó más conveniente emplear esa otra expresión.

—En vida fui Jacob Marley, tu socio.

—¿Puedes…, puedes sentarte? —preguntó Scrooge, mirándolo dubitativo.

—Claro que puedo.

—Entonces, siéntate.

Scrooge se lo preguntó porque no sabía si un espectro tan trasparente estaba en condiciones de tomar asiento, y pensaba que, si le resultaba imposible, quizá tuviera que dar una explicación embarazosa. Pero el espectro se sentó al otro lado de la chimenea como si estuviese completamente habituado a ello.

—No crees en mí —comentó el espectro.

—No —dijo Scrooge.

—¿Qué prueba quieres para demostrarte que soy real, además de la de tus sentidos?

—No sé —dijo Scrooge.

—¿Por qué dudas de tus sentidos?

—Porque —dijo Scrooge— cualquier cosa les afecta. Un ligero trastorno de estómago los engaña. A lo mejor no eres sino un trozo de filete mal digerido, o un grano de mostaza, o una pizca de queso, o un pedazo de patata mal cocido. ¡Hueles más a salsa que a sepultura, seas lo que seas!

No tenía Scrooge mucha costumbre de hacer chistes, ni se sentía en el fondo con ánimo para bromas, ni mucho menos. La verdad es que trataba de mostrarse ingenioso para distraer su propia atención y dominar su terror, porque la voz del espectro le trastornaba hasta la médula de los huesos.

Estarse sentado mirando en silencio aquellos ojos fijos y vidriosos, advirtió Scrooge, habría sido como para volverse loco. Igualmente espantoso era el aire infernal que envolvía al espectro. Scrooge no llegaba a percibirlo, pero era evidente que estaba allí; porque, si bien el espectro permanecía inmóvil en la silla, su pelo, sus faldones, sus borlas seguían agitándose como si recibieran el vapor caliente de una estufa.

—¿Ves este mondadientes? —dijo Scrooge, volviendo rápidamente a la carga por los motivos que se acaban de indicar y por el deseo de apartar de sí, aunque solo fuese por un segundo, aquella mirada glacial.

—Lo veo —replicó el espectro.

—No lo estás mirando —dijo Scrooge.

—Pero lo veo de todos modos —dijo el espectro.

—Bueno —replicó Scrooge—, pues no tengo más que tragármelo para pasar el resto de mis días perseguido por una legión de duendes, producto todos de mi invención. Paparruchas, te lo repito. ¡Paparruchas!

Al oír esto, el espíritu profirió un grito espantoso y sacudió la cadena con tan lúgubre y sobrecogedor estrépito, que Scrooge se agarró con fuerza a su sillón para no caer desmayado. Pero, ¡cuánto mayor fue su espanto al ver que el fantasma se quitaba la venda de la cabeza, como si le diese demasiado calor para llevarla dentro de la casa, y su mandíbula inferior quedó colgando sobre el pecho!

Scrooge cayó de rodillas y juntó las manos ante su cara.

—¡Piedad! —dijo—. Horrible aparición, ¿por qué vienes a turbarme?

—¡Hombre de espíritu mundano! —replicó el espectro—, ¿crees en mí, o no?

—Sí —dijo Scrooge—. Tengo que creer. Pero, ¿por qué andáis los espíritus por el mundo, y por qué venís a mí?

—Es preciso que el espíritu que cada hombre lleva dentro de sí ande entre sus semejantes y viaje a lo largo y a lo ancho de este mundo; y si ese espíritu no lo hace en vida, tendrá que hacerlo después de la muerte. Está condenado a vagar por el mundo, ¡ay de mí!, y a presenciar aquello que no puede compartir pero que, de haberlo compartido cuando vivía, le habría hecho alcanzar la felicidad.

Nuevamente profirió el espectro un alarido, sacudió la cadena y se retorció sus manos borrosas.

—Estás encadenado —dijo Scrooge, temblando—. ¿Por qué?

—Llevo la cadena que forjé en vida —respondió el espectro—. La hice eslabón a eslabón, y metro a metro; me la ceñí por mi propia voluntad, y por mi propia voluntad la llevé. ¿Acaso te resulta extraña su forma?

Scrooge temblaba cada vez más.

—¿O te gustaría saber —prosiguió el espectro— el peso y la longitud del tramo que tú llevas? Hace siete nochebuenas era ya igual de pesado y de largo que el mío. Desde entonces lo has alargado más. ¡Y cómo pesa ahora esa cadena!

Scrooge miró el suelo a su alrededor, esperando descubrirse rodeado por ochenta o cien metros de cadena de hierro; pero no vio nada.

—Jacob... —dijo suplicante—, mi viejo Jacob Marley, dime algo más. Dame algún consuelo, Jacob.

—No tengo ninguno que darte —replicó el espectro—. Vienen de otras regiones, Ebenezer Scrooge, y los traen otros ministros a otra clase de hombres. Tampoco puedo decirte todo lo que quisiera. Es muy poco más lo que se me permite. No puedo descansar, no puedo quedarme, no puedo demorarme en ningún sitio. Mi espíritu no salió jamás de nuestra oficina, ¿entiendes? En vida, mi espíritu no traspasó jamás los reducidos límites de nuestra madriguera de especuladores. ¡Y ahora me esperan viajes agotadores!

Siempre que se ponía a pensar, Scrooge tenía la costumbre de meterse las manos en los bolsillos del pantalón. Volvió a hacerlo ahora, meditando en lo que el espectro había dicho, pero sin alzar los ojos ni ponerse de pie.

—Te lo has debido de tomar con mucha calma, Jacob —dijo Scrooge sin rodeos, aunque con humildad y deferencia.

—¿Con calma? —repitió el espectro.

—Siete años muerto... —murmuró Scrooge— ¿y viajando todo el tiempo?

—Todo el tiempo —dijo el espectro—. Sin paz, sin descanso. Con la tortura incesante del remordimiento.

—¿Viajas muy deprisa? —dijo Scrooge.

—Sobre las alas del viento —replicó el espectro.

—Has debido de cruzar gran cantidad de tierras en siete años —dijo Scrooge.

Al oír esto, el espectro soltó otro alarido y agitó la cadena de manera tan horrísona en el silencio mortal de la noche, que la ronda habría tenido razón en acusarlo de escándalo.

—¡Ay, cautivo, encadenado y doblemente aherrojado! —exclamó el fantasma—. Ignorar que han de pasar a la eternidad siglos de incesantes esfuerzos, realizados en este mundo por criaturas inmortales, antes de que todo el bien de que es susceptible alcance su plenitud. Ignorar que todo espíritu cristiano que obra con bondad en su pequeña esfera, sea la que sea, hallará su vida mortal demasiado corta para la inmensa capacidad que tiene de ser útil. ¡Ignorar que ningún arrepentimiento

puede reparar el mal uso que se ha hecho de la oportunidad de una vida! ¡Sin embargo, eso me pasó a mí! ¡Ay, eso me pasó!

—Pero tú fuiste siempre un buen hombre de negocios, Jacob —balbuceó Scrooge, que ahora empezaba a aplicarse a sí mismo las palabras del socio.

—¿Negocios? —exclamó el espectro, retorciéndose las manos otra vez—. Mis intereses estaban en la humanidad. Mis intereses eran el bienestar común; la caridad, la compasión, la indulgencia, la benevolencia: ahí estaban mis intereses. ¡Mis negocios comerciales no eran sino una gota de agua en el ancho océano de mis intereses!

Alzó la cadena hasta donde le alcanzaba el brazo, como si esta fuese la causa de toda su inútil aflicción, y la dejó caer pesadamente al suelo otra vez.

—En estas fechas del año —añadió el espectro— es cuando más sufro. ¿Por qué anduve entre multitudes de semejantes con la mirada en el suelo, sin alzar jamás los ojos hacia esa bendita estrella que guio a los Magos de Oriente hasta una humilde morada? ¿No había acaso hogares humildes a los que su luz me habría podido guiar?

Scrooge estaba aterrado de oír hablar al espectro de este modo, y empezaba a temblar ostensiblemente.

—¡Escúchame! —gritó el espectro—. Mi tiempo casi ha terminado.

—Te escucharé —dijo Scrooge—. ¡Pero no me agobies! ¡No te pongas retórico conmigo, Jacob! ¡Te lo suplico!

—No comprendo cómo he aparecido ante ti en una forma que puedas ver. Llevo muchos, muchísimos días sentado a tu lado, invisible.

Aquella no era una idea agradable. Scrooge se estremeció y se enjugó el sudor de la frente.

—Y esta no es la parte más llevadera de mi penitencia... —prosiguió el fantasma—. He venido aquí esta noche para advertirte que aún tienes oportunidad y esperanza de escapar al destino que me aguardaba a mí. Una oportunidad y una esperanza que yo te voy a facilitar, Ebenezer.

—Siempre fuiste un buen amigo —dijo Scrooge—. ¡Te lo agradezco!

—Se te aparecerán —prosiguió el espectro— tres espíritus.

A Scrooge se le puso el semblante casi como lo tenía el espectro.

—¿Son esas la oportunidad y la esperanza a las que te refieres, Jacob? —preguntó con voz balbuceante.

—Esas son.

—Pre... preferiría no tenerlas —dijo Scrooge.

—Sin su visita —dijo el espectro—, no tienes posibilidad de apartarte de la senda que yo recorro. Espera al primero de ellos mañana cuando la campana dé la una.

—¿No podría recibirlos a todos juntos y acabar de una vez, Jacob? —sugirió Scrooge.

—Espera al segundo a la noche siguiente, a la misma hora. Al tercero, a la otra noche, cuando deje de vibrar la última

campanada de las doce. Procura no verme más; ¡y procura, por tu propio bien, recordar todo lo que hemos hablado!

Dichas estas palabras, el espectro tomó su pañuelo de la mesa y se lo ató, como antes, alrededor de la cabeza. Scrooge se dio cuenta de ello por el ligero repiqueteo de dientes que Marley produjo al juntar las mandíbulas con la venda. Se aventuró a levantar la vista otra vez y vio ante sí a su sobrenatural visitante, en actitud erguida, con la cadena enrollada alrededor del brazo.

La aparición retrocedió, apartándose de él; y, a cada paso que daba, la ventana se abría un poco, de manera que, cuando el espectro llegó a ella, estaba abierta del todo. Marley hizo señas a Scrooge de que se acercara, cosa que este hizo. Cuando estuvieron a dos pasos el uno del otro, el espectro de Marley alzó la mano, advirtiéndole que no se acercase más. Scrooge se detuvo. Y no tanto por obediencia, como por sorpresa y temor; porque, al alzar aquel la mano, Scrooge percibió sonidos confusos en el aire: eran voces incoherentes de dolor y aflicción, gemidos indeciblemente lastimeros y contritos. El espectro, tras escuchar un momento, se unió a este cántico fúnebre, y salió flotando a la fría oscuridad de la noche.

Scrooge lo siguió hasta la ventana, pues no podía más de curiosidad, y se asomó.

El aire hervía de fantasmas que vagaban de aquí para allá con inquieta premura, sin dejar de gemir. Cada uno llevaba su

cadena como el espectro de Marley; algunos (quizá autoridades culpables) iban sujetos unos a otros; ninguno estaba libre. A muchos los había conocido Scrooge personalmente en vida. Uno de ellos, un viejo fantasma, le resultó bastante familiar, con su chaleco blanco y una monstruosa caja de caudales sujeta al tobillo: gritaba acongojado que no podía ayudar a una desdichada mujer con un niño, a la que veía abajo, en el umbral de una puerta. La desventura de todos ellos era, evidentemente, que trataban de intervenir en los asuntos humanos haciendo el bien, cuando ya habían perdido esta facultad para siempre.

No llegó a saber si estas criaturas se disolvieron en la niebla, o si la niebla las envolvió a todas. El caso es que desaparecieron junto con sus voces fantasmales; y la noche volvió a quedar como la había visto cuando regresaba a casa.

Scrooge cerró la ventana e inspeccionó la puerta por la que había entrado el espectro. Tenía la llave echada con doble vuelta, tal como la había cerrado él con su propia mano, y los cerrojos estaban intactos. Trató de decir: «¡Paparruchas!», pero se detuvo en la primera sílaba. Y dado que sentía —por las emociones sufridas, o por las fatigas del día, o por esa visión fugaz del Mundo Invisible, o por la lúgubre conversación del espectro, o lo tardío de la hora— unas ganas enormes de descansar, se fue derecho a la cama, sin desvestirse, y se quedó dormido al instante.

SEGUNDA ESTROFA
EL PRIMERO
DE LOS TRES ESPÍRITUS

Cuando se despertó Scrooge, había tal oscuridad que, al asomarse desde la cama, apenas pudo distinguir la ventana trasparente de las opacas paredes de la habitación. Y estaba tratando de penetrar la oscuridad con sus ojos de hurón, cuando las campanas de una iglesia vecina dieron los cuatro cuartos. Así que prestó atención a la hora.

Para asombro suyo, la pesada campana siguió de las seis a las siete, de las siete a las ocho, y así hasta las doce; entonces paró. ¡Las doce! Eran pasadas las dos cuando se acostó. Ese reloj andaba mal. Se le había debido de meter un carámbano en la maquinaria. ¡Las doce!

Apretó el resorte de su reloj de repetición para desmentir el absurdo del otro. Su rápido y leve pulso dio doce latidos, y se detuvo.

«¡Cómo!», se dijo Scrooge, «no es posible que me haya pasado durmiendo un día entero hasta bien entrada la noche del otro. ¡No es posible que le haya pasado algo al sol y que sean ahora las doce del mediodía!».

Dado que la idea era alarmante, salió a gatas de la cama y se dirigió a tientas a la ventana. Tuvo que quitar el hielo del cristal frotando con la manga de la bata antes de que

pudiera ver; y aun entonces pudo ver muy poco. Todo lo que consiguió discernir fue que aún había mucha niebla y hacía muchísimo frío, y que no se oía a la gente ir de aquí para allá, ni armar bullicio, como indiscutiblemente habría sido el caso si la noche hubiese barrido al radiante día y se hubiese adueñado del mundo. Era un gran alivio, porque si no hubiese días que contar, el «A tres días vista de esta primera de cambio, pagaré al Sr. Ebenezer Scrooge o a su orden», etc., se habría convertido en un mero título de crédito de los Estados Unidos.

Scrooge regresó a la cama y se puso a pensar, y a pensar, y a pensar, una y otra vez, y no podía explicárselo. Cuanto más lo pensaba, más perplejo se sentía; y cuanto más se esforzaba en no pensar, más pensaba. El espectro de Marley lo turbaba tremendamente. Cada vez que concluía en su fuero interno, tras sesudas reflexiones, que todo había sido un sueño, su imaginación volvía a saltar, como un muelle al soltarse, a su posición primera, y le planteaba la misma cuestión que dilucidar: «¿Era un sueño o no?».

Scrooge siguió en la cama en este estado hasta que las campanas dieron tres cuartos más; entonces recordó, de repente, que el espectro le había prevenido que tendría una visita cuando el reloj diese la una. Decidió quedarse en la cama despierto hasta que pasase la hora; y, considerando que volverse a dormir le sería tan difícil como entrar en el Reino de los Cielos, esta fue, quizá, la resolución más sensata a su alcance.

El cuarto de hora fue tan largo que más de una vez tuvo el convencimiento de que se había adormilado sin darse cuenta, y por ello no había oído el reloj. Por fin, empezó a tronar en su oído atento:

«¡Din, don!»

—El cuarto —dijo Scrooge, contando.

«¡Din, don!»

—¡La media!

«¡Din, don!»

—Menos cuarto —dijo Scrooge.

«¡Din, don!»

—La hora —dijo Scrooge, triunfal—, ¡y nada más!

Lo dijo antes de que sonase la campana de las horas, que dio ahora una profunda, oscura, cavernosa y melancólica una. En ese instante se produjo un súbito resplandor en la habitación, y se descorrieron las cortinas de su cama.

Os aseguro que fue una mano la que apartó las cortinas de la cama. No las de los pies, ni las de la cabecera, sino aquellas hacia las que Scrooge tenía vuelta la cara. Las cortinas se descorrieron; y Scrooge, medio incorporándose de súbito, se encontró cara a cara con el sobrenatural visitante que las había apartado: tan cerca de él como lo estoy yo ahora de ti, aquí de pie, en espíritu, a tu lado.

Era una figura extraña, como de niño; aunque más que un niño, parecía un viejo visto a través de algún medio sobrenatural que le diera aspecto de haberse alejado y, por tanto, de

haber disminuido de tamaño hasta adquirir las proporciones de un niño. Su pelo, que le caía alrededor del cuello y por la espalda, era blanco como por la edad avanzada; sin embargo, su cara no tenía una sola arruga y su piel mostraba un rubor de lo más tierno. Tenía los brazos muy largos y musculosos, y también las manos, que parecían dotadas de una fuerza extraordinaria. Iba con las piernas y los pies, de formas delicadas, al aire, igual que las extremidades superiores. Vestía una túnica de un blanco purísimo, y alrededor de la cintura llevaba un luciente cinturón de hermoso resplandor. En la mano traía una rama verde de acebo, y, en singular contraste con este símbolo invernal, adornaba su vestido con flores estivales. Pero lo más extraño de todo era que de la coronilla le brotaba un radiante haz de luz por el que era visible todo esto, el cual le daba ocasión de utilizar, sin duda, en los momentos en que permanecía a oscuras, un gran apagavelas, que ahora llevaba bajo el brazo, a modo de gorro.

Sin embargo, al mirarlo Scrooge con creciente fijeza, no era este el detalle más extraño. Pues así como unas veces centelleaba y brillaba una parte de su cinturón, y otras veces otra, y lo que estaba iluminado un instante se oscurecía al siguiente, así también fluctuaba la nitidez de la propia figura, y tan pronto era un ser de un solo brazo como de una sola pierna o de veinte, o bien con dos piernas pero sin cabeza, o bien era una cabeza sin cuerpo; partes de las que, cuando se desvanecían, no quedaba visible silueta alguna en la densa

oscuridad en que se fundían. Y no se había Scrooge recuperado del asombro cuando la figura volvía a aparecer de nuevo, clara y nítida como antes.

—¿Eres el espíritu cuya llegada me han anunciado? —preguntó Scrooge.

—Lo soy.

La voz era dulce y amable. Singularmente apagada, como si en vez de estar junto a él se hallase muy lejos.

—¿Quién y qué eres? —preguntó Scrooge.

—Soy el espíritu de las Navidades Pasadas.

—¿Pasadas hace mucho? —preguntó Scrooge, observando su pequeña estatura.

—No. Las que tú pasaste.

Quizá, si alguien le hubiese preguntado por qué, Scrooge no habría sabido responder; pero lo cierto es que sentía verdaderas ganas de ver al espíritu con el gorro puesto, así que le rogó que se cubriera.

—¡Cómo! —exclamó el espectro—. ¿Tan pronto quieres apagar con mano mundana la luz que doy? ¿No te basta con ser uno de esos cuyas pasiones formaron este gorro y me obligaron a llevarlo encasquetado hasta las cejas durante años y años?

Scrooge rechazó reverentemente todo deseo de ofenderlo, o de haber «encapuchado» intencionadamente al espíritu en etapa alguna de su vida. A continuación se atrevió a preguntar qué asunto le traía.

—¡Tu bien! —dijo el espectro.

Scrooge le dio las gracias, aunque no pudo por menos de pensar que una noche de descanso ininterrumpido habría contribuido más a tal fin. El espíritu debió de oírlo pensar, porque dijo inmediatamente:

—Así que protestas. ¡Ten cuidado!

Alargó su mano vigorosa mientras hablaba y lo agarró suavemente del brazo.

—¡Levántate! ¡Y ven conmigo!

Habría sido inútil alegar que ni el tiempo ni la hora eran a propósito para andar por ahí, que se estaba caliente en la cama y el termómetro marcaba muy por debajo de cero, que estaba con poca ropa, en zapatillas, bata y gorro de dormir, y que ahora precisamente se encontraba resfriado. Pero, aunque suave como la de una mujer, la fuerza de esa mano era irresistible. Así que se levantó; pero, al ver que el espíritu se dirigía hacia la ventana, se agarró, suplicante, a su túnica.

—Yo soy mortal —protestó—, y me puedo caer.

—Deja que mi mano te toque *aquí* —dijo el espíritu, poniéndosela en el corazón—, y estarás a salvo de situaciones peores que esta.

Y, mientras decía estas palabras, traspasaron la pared y se encontraron en un camino, en pleno campo, con sembrados a uno y otro lado. La ciudad había desaparecido por completo. No se veía ni rastro de ella. La oscuridad y la niebla se habían disipado también, porque era un día despejado y frío de invierno, con el suelo cubierto de nieve.

—¡Válgame Dios! —dijo Scrooge juntando las manos al tiempo que miraba a su alrededor—. En este lugar me crie yo. ¡Aquí viví de niño!

El espíritu lo miró con dulzura. Aún parecía perdurar el roce suave de su mano, aunque había sido breve y ligero, en la sensibilidad del viejo Scrooge. ¡Y mil olores flotaban en el aire, cada uno relacionado con mil pensamientos y esperanzas y alegrías y caricias olvidadas hacía mucho, mucho tiempo!

—Te tiemblan los labios —dijo el espectro—. ¿Y qué es eso que tienes en las mejillas?

Scrooge murmuró, con un inusitado tono de voz, que era una espinilla; y suplicó al espectro que lo llevara a donde quisiera.

—¿Recuerdas el camino? —preguntó el espíritu.

—¿Que si lo recuerdo? —exclamó Scrooge con ardor—. Podría recorrerlo con los ojos vendados.

—¡Qué extraño, haberlo tenido olvidado durante tantos años! —comentó el espectro—. Sigamos.

Echaron a andar por el camino. Scrooge reconocía cada portillo, cada poste y cada árbol, hasta que, al fin, apareció a lo lejos un pueblecito ferial con su puente, su iglesia y su río serpeante. A continuación vieron venir hacia ellos, al trote, unos cuantos caballitos peludos montados por chiquillos, los cuales daban voces a otros que iban en rústicas calesas y carros guiados por campesinos. Parecían todos muy contentos y no paraban de gritarse unos a otros, llenando de tal modo

los campos de alegría que hasta el aire fresco se regocijaba al oírlos.

—Esas no son sino sombras de seres que existieron —dijo el espectro—. Ignoran nuestra presencia.

Siguieron acercándose los joviales viajeros; y, al llegar a su altura, Scrooge los reconoció y dijo el nombre de todos. ¿Por qué se alegró tanto al verlos? ¿Por qué le brillaron sus fríos ojos y le latió el corazón con violencia al cruzarse con ellos? ¿Por qué le llenó de contento oírlos desearse unos a otros feliz Navidad, al separarse en los desvíos y encrucijadas para regresar a sus casas? ¿Qué significaba «feliz Navidad» para Scrooge? ¡Al diablo las felices navidades! ¿Qué bien le habían reportado a él?

—La escuela no está completamente desierta —comentó el espectro—. Todavía queda un niño allí, abandonado por sus amigos.

Scrooge dijo que ya lo sabía. Y se le escapó un sollozo.

Dejaron el camino real, siguieron por un sendero que él recordaba bien, y no tardaron en llegar a una mansión de oscuro ladrillo rojo, con una pequeña cúpula coronada por una veleta y una campana debajo. Era una casa grande, pero de gastado esplendor: sus espaciosas dependencias apenas se utilizaban, sus muros estaban húmedos y mohosos, las ventanas rotas y las verjas herrumbrosas. Las gallinas cloqueaban y se contoneaban por las caballerizas, y la hierba invadía las cocheras y los cobertizos. En su interior tampoco conservaba muchos

vestigios de su primitivo estado, pues, al entrar en su lúgubre vestíbulo y mirar a través de las puertas abiertas de muchas habitaciones, las encontraron escasamente amuebladas, frías e inmensas. Había olor a tierra en el ambiente y una fría desnudez en aquel lugar que, de alguna forma, se asociaban con madrugar demasiado y no comer demasiado.

El espectro y Scrooge atravesaron el vestíbulo y se dirigieron hacia una puerta del fondo. Se abrió la puerta ante ellos y dejó a la vista una habitación larga, desnuda, melancólica, cuya desnudez acentuaban varias filas de sencillos bancos y pupitres de madera. En uno de ellos, junto a un débil fuego, estaba sentado un niño solitario leyendo un libro; y Scrooge se sentó en un banco, y lloró al verse a sí mismo, pobre niño olvidado, tal y como lo había sido siempre.

Ni un eco recóndito de la casa, ni un chillido y rumor furtivo de ratones tras el enmaderado de las paredes, ni una gota del canalón medio helado del sombrío patio trasero, ni un suspiro del aire entre las ramas peladas del álamo abatido, ni el ocioso oscilar de la puerta de un almacén vacío, ni siquiera un chasquido del fuego, dejó de llegar al corazón de Scrooge con suave influjo, pues dio rienda suelta a sus lágrimas.

El espíritu le tocó el brazo y le señaló a él mismo, de niño, absorto en la lectura. De repente, se detuvo junto a la ventana un hombre vestido con ropas exóticas, asombrosamente real y claro a la vista, con un hacha sujeta al cinturón, y llevando del ronzal a un asno cargado de leña.

—¡Pero si es Alí Babá! —exclamó Scrooge, extasiado—. ¡El viejo y querido Alí Babá! ¡Sí, sí, lo conozco! Así llegó por primera vez, exactamente, unas navidades en que dejaron aquí, completamente abandonado, a ese niño solitario. ¡Pobre chico! ¡Y ahí van Valentín —añadió Scrooge— y su salvaje hermano Orson! Y ese, como se llame, que dejaron en calzoncillos, dormido, a las puertas de Damasco, ¿no lo ves? Y el criado del sultán, puesto cabeza abajo por los genios: ¡ahí está con los pies para arriba! Se lo tiene merecido. Me alegro. ¡Quién le mandaría a él casarse con la princesa!

Oír a Scrooge hablar de tales asuntos con toda la seriedad de su carácter y una voz extraordinaria que estaba entre la risa y el llanto, y ver además su cara animada y excitada, habría sido una verdadera sorpresa para sus colegas del centro financiero de la ciudad.

—¡Ahí está el papagayo! —gritó Scrooge—. ¡Ahí está, con el cuerpo verde y la cola amarilla, y algo así como una lechuga encima de la cabeza! «Pobre Robinson Crusoe», le dijo al regresar este después de navegar alrededor de la isla. «Pobre Robinson Crusoe, ¿dónde has estado, Robinson Crusoe?». Y el hombre creía que estaba soñando, pero no lo estaba. Era el papagayo, ¿sabes? ¡Allá va Viernes, corriendo hacia la cala para salvar su vida! ¡Eh! ¡Oye! ¡Eh!

Seguidamente, con una rápida transición muy ajena a su carácter habitual, dijo, compadeciéndose del niño que fue: «¡Pobre chico!», y se puso a llorar otra vez.

—Me gustaría… —murmuró Scrooge, metiéndose la mano en el bolsillo y mirando a su alrededor, tras enjugarse los ojos con el puño de la camisa—; pero ahora ya es demasiado tarde…

—¿Qué es lo que deseas? —preguntó el espíritu.

—No, nada, nada —dijo Scrooge—. Es solo que anoche vino un chiquillo a cantar villancicos a la puerta de mi casa. Me habría gustado darle algo. Eso es todo.

El espectro sonrió pensativo e hizo un gesto con la mano, diciendo al mismo tiempo:

—¡Veamos otra Navidad!

Nada más pronunciar estas palabras, creció la figura infantil de Scrooge, y la habitación se volvió un poco más oscura y más sucia. Se encogieron las tablas del enmaderado, se agrietaron las ventanas, del techo cayeron fragmentos de yeso y quedaron al descubierto las vigas desnudas; pero de cómo ocurrió todo esto tenía Scrooge tanta idea como podéis tenerla ahora vosotros. Solo sabía que todo aquello era cierto; que había sucedido así; que allí estaba él, solo otra vez, cuando todos los demás chicos se habían ido a casa a pasar estupendamente las vacaciones.

Ahora no estaba leyendo, sino que paseaba desesperado arriba y abajo. Scrooge miró al espectro y, tras mover tristemente la cabeza, se volvió a mirar con ansiedad hacia la puerta. Cuando esta se abrió, entró corriendo una niña mucho más pequeña que el chico, le echó los brazos al cuello y, besándolo repetidamente, le decía: «Hermano, querido hermano».

—¡He venido para llevarte a casa, mi querido hermano! —dijo la criatura, palmoteando con sus manitas e inclinándose para reír—. ¡Para llevarte a casa, a casa, a casa!

—¿A casa, pequeña Fan? —replicó el muchacho.

—Sí —dijo la niña, rebosante de alegría—. A casa, y para siempre. A casa para siempre jamás. Papá es mucho más amable que antes; tanto, que la casa es como el Paraíso. Me habló con tanta dulzura una noche cuando me iba a acostar, que no me dio miedo preguntarle otra vez si podías volver; y dijo que sí, que debías volver; y me ha enviado en un coche para llevarte. ¡Y vas a ser un hombre! —dijo la niña, abriendo mucho los ojos—, y no vas a volver nunca más aquí; pero antes vamos a pasar las navidades juntos, y a divertirnos más que nadie en el mundo.

—¡Eres ya toda una mujer, pequeña Fan! —exclamó el muchacho.

Ella aplaudió y rio, y trató de tocarle la cabeza; pero era demasiado pequeña y no la alcanzaba, así que volvió a reír y se puso de puntillas para abrazarlo. Luego empezó a tirar de él, con infantil impaciencia, hacia la puerta; y él la acompañó de buena gana.

Una voz terrible gritó en el vestíbulo: «¡Bajad el baúl del señorito Scrooge, venga!»; y apareció el propio maestro, que miró al señorito Scrooge con feroz condescendencia, y lo sumió en un espantoso estado de ánimo al estrecharle la mano. A continuación condujo al chico y a su hermana a la sala de visitas

más helada y vetusta que haya visto nadie en su vida, donde los mapas de la pared y los globos terráqueos y celestes de las ventanas estaban ateridos de frío. Entonces sacó una licorera con un vino sospechosamente claro y un trozo de bizcocho tremendamente amazacotado, y sirvió a los jóvenes una porción de estas exquisiteces, al tiempo que mandaba a un escuálido criado que trajese un vaso de «algo» para el postillón, el cual respondió que se lo agradecía, pero que si era de la misma espita que el que había probado antes, prefería no tomar. Dado que, entretanto, habían atado el baúl del señorito Scrooge en lo alto del coche, los hermanos se despidieron contentísimos del maestro, subieron, y se alejaron alegres por la curva del camino que atravesaba el jardín: las veloces ruedas levantaron salpicaduras de la escarcha y la nieve de las hojas ennegrecidas de los aligustres.

—Siempre fue una criatura delicada a la que el menor soplo de aire podía marchitar —dijo el espectro—. ¡Pero tenía un gran corazón!

—Sí que lo tenía —exclamó Scrooge—. Es verdad. No lo voy a negar, espíritu, ¡Dios me libre!

—Murió siendo ya mujer —dijo el espectro—, y tuvo hijos, según creo.

—Un niño —replicó Scrooge.

—Cierto —dijo el espectro—. ¡Tu sobrino!

Scrooge pareció desasosegado, y contestó escuetamente:

—Sí.

Aunque acababan de dejar atrás la escuela, ahora se encontraban en las calles concurridas de una ciudad donde oscuros viandantes iban de un lado para otro, donde luchaban por abrirse paso oscuros carruajes y coches, y donde reinaba todo el tráfago y bullicio de una verdadera ciudad. Se advertía claramente, por los adornos de las tiendas, que en aquel lugar era Navidad también; pero era de noche, y las calles estaban iluminadas.

El espectro se detuvo ante la puerta de cierto almacén, y preguntó a Scrooge si lo conocía.

—¿Que si lo conozco? —dijo Scrooge—. ¡Aquí fui aprendiz!

Entraron. Al ver a un señor viejo tocado con una peluca galesa, y sentado detrás de un pupitre tan alto que, de serlo dos centímetros más, el hombre se habría dado con la cabeza en el techo, Scrooge exclamó, presa de gran excitación:

—¡Pero si es el viejo Fezziwig! ¡Bendito sea Dios, Fezziwig vivo otra vez!

El viejo Fezziwig dejó su pluma y miró el reloj, que señalaba las siete. Se frotó las manos, se ajustó su amplio chaleco, se estremeció de risa, desde los zapatos hasta su órgano de la benevolencia, y exclamó con voz sosegada, meliflua, sonora, espesa y jovial:

—¡Eh, vosotros! ¡Ebenezer! ¡Dick!

El Scrooge del pasado, ahora convertido en un joven mozo, acudió apresuradamente junto con su compañero, el otro aprendiz.

—¡Pero si es Dick Wilkins! —dijo Scrooge al espectro—. ¡Válgame Dios! ¡Dick en persona! Me tenía mucho cariño. ¡Pobre Dick! ¡Mi querido Dick!

—¡Ea, chicos! —dijo Fezziwig—. Se acabó el trabajo por hoy. Es Nochebuena, Dick. ¡Navidad, Ebenezer! ¡Vamos a echar el cierre en un santiamén! —exclamó el viejo Fezziwig, dando una fuerte palmada.

¡No os podéis imaginar con qué presteza se pusieron los dos jóvenes manos a la obra! Salieron a la calle cargados con los postigos —uno, dos, tres—, los colocaron en su sitio —cuatro, cinco, seis—, pusieron las barras y los pasadores —siete, ocho, nueve— y volvieron a entrar, antes de contar doce, resoplando como caballos de carreras.

—¡Hale! —exclamó el viejo Fezziwig, saltando del alto pupitre con asombrosa agilidad—. Despejad esto, chicos, y haced sitio aquí. ¡Hale, Dick! ¡Vamos, Ebenezer!

¿Despejar? No había nada que no hubiesen despejado o no hubiesen podido despejar, bajo la mirada atenta del viejo Fezziwig. Terminaron en un minuto. Arrinconaron todo lo movible como si lo eliminasen de la vida pública para siempre; barrieron y fregaron el suelo, avivaron las lámparas, echaron un montón de carbón al fuego, y el almacén quedó confortable, cálido, seco e iluminado como os gustaría ver un salón de baile en una noche de invierno.

Entró un violinista con un libro de música, se subió al alto pupitre, lo convirtió en orquesta y comenzó a afinar su

instrumento, que sonó como si tuviese cincuenta dolores de tripa. Entró la señora Fezziwig con amplia y digna sonrisa, entraron las tres señoritas Fezziwig, radiantes y encantadoras. Entraron los seis jóvenes pretendientes cuyos corazones habían roto las tres muchachas. Entraron todos los jóvenes de uno y otro sexo empleados en la empresa. Entró la criada con su primo el panadero. Entró la cocinera con el lechero, amigo personal de su hermano. Entró el mozo de enfrente, de cuyo amo se sospechaba que no le daba bastante de comer, tratando de ocultarse detrás de la doncella de dos portales más allá, cuya señora se sabía que le tiraba de las orejas. Todos entraron, uno tras otro: unos con timidez, otros con descaro; unos con gracia, otros con torpeza; unos empujando, otros empujados; todos entraron, de todas las formas y maneras. Y salieron a bailar veinte parejas a la vez, dando medio giro con las manos, luego otro medio al revés, inclinándose la mitad y volviéndose a incorporar; dando vueltas y revueltas en diversas fases de afectuosa agrupación: desviándose siempre la primera pareja, y tomando la cabeza una nueva al llegar a ese punto, hasta que todas figuraron en el puesto delantero y no quedó una sola detrás que acudiese en su ayuda. Una vez terminado esto, el viejo Fezziwig dio unas palmadas para que parase el baile, y dijo en voz alta: «¡Ha estado muy bien!», y el violinista hundió su cara acalorada en una jarra de cerveza negra, especialmente preparada para ese fin. Pero, sacrificando el descanso por sus ansias de reaparecer, volvió a empezar en

seguida, aunque aún no había bailarines, como si se hubiesen llevado a casa, exhausto, encima de un postigo, al anterior violinista, y fuese él un hombre totalmente nuevo, dispuesto a superarlo o perecer.

Hubo más bailes, y juegos de prendas, y nuevos bailes, y hubo tarta, y vino especiado, y una gran pieza de carne asada, y otra de carne cocida, y hubo pasteles de carne picada, y cerveza abundante. Pero el gran golpe de efecto de la noche vino después de las carnes asada y cocida, cuando el violinista —¡un viejo zorro: la clase de hombre que sabe lo que tiene que hacer, mejor de lo que vosotros o yo podríamos haberle indicado!— atacó la tonada para la danza «Sir Roger Coverley». Entonces salió el viejo Fezziwig a bailar con la señora Fezziwig. Se colocaron a la cabeza, lo que era arduo cometido para ellos, pues les seguían detrás veintitrés o veinticuatro parejas: gentes que no se iban a amilanar, que se habían propuesto bailar y no sabían siquiera caminar.

Pero aunque hubieran sido el doble, o el cuádruple, el viejo Fezziwig les habría igualado, y lo mismo la señora Fezziwig. En cuanto a ella, era una digna pareja de su marido, en toda la extensión de la palabra. Si no es este un gran elogio, decidme otro mejor, y lo emplearé.

Una clara luz parecía emanar de las pantorrillas de Fezziwig. Le resplandecían como lunas en cada parte de la danza. No habríais podido predecir, en un momento cualquiera, qué iban a hacer al siguiente. Y cuando el viejo señor

Fezziwig y la señora Fezziwig hubieron ejecutado toda la danza —avanzar y retroceder, tomar a la pareja de la mano, saludar y hacer la reverencia, el «tirabuzón», el «paso de la aguja» y volver al sitio—, Fezziwig hizo un *entrechat* con tal destreza que pareció que parpadeaba con las piernas, y volvió a caer sobre sus pies sin tambalearse.

Cuando el reloj dio las once, concluyó este baile doméstico. El señor y la señora Fezziwig ocuparon sus puestos, uno a cada lado de la puerta, y, a medida que sus invitados salían, fueron estrechándoles la mano a cada uno de ellos y deseándoles feliz Navidad. Cuando se hubo marchado todo el mundo menos los dos aprendices, hicieron lo mismo con ellos. Y se apagaron sus voces alegres y dejaron que los muchachos se fueran a sus camas, situadas debajo de un mostrador de la trastienda.

Durante todo este tiempo, Scrooge había estado como enajenado. Tenía el corazón y el alma puestos en la escena y en su antigua persona. Lo corroboró todo, lo recordó todo, disfrutó de todo y experimentó la más extraña agitación. Y solo en aquel momento, al alejarse las caras radiantes de aquel muchacho que él había sido y de Dick, se acordó del espectro, y se dio cuenta de que este lo estaba mirando, en tanto la luz de su cabeza resplandecía muy clara.

—Cuesta poco —dijo el espectro— hacer que estas gentes sencillas se sientan llenas de gratitud.

—¿Poco? —repitió, como un eco, Scrooge.

El espíritu le hizo señas para que escuchase a los dos aprendices, que colmaban de alabanzas a Fezziwig, y dijo:

—¡Cómo! ¿No te parece poco? No se ha gastado más que unas libras de vuestro dinero mortal; tres o cuatro, quizá. ¿Tanto es, para que merezca esos elogios?

—No es eso —dijo Scrooge, molesto por el comentario, y hablando inconscientemente como si él fuese el Scrooge del pasado, no como el de ahora—. No es eso, espíritu. Está en manos de Fezziwig hacernos dichosos o desdichados; hacer que nuestro trabajo sea ligero o pesado, un placer o una carga. Digamos que su fuerza consiste en palabras y miradas, en cosas tan leves e insignificantes que no se pueden sumar ni contar; ¿y qué? La dicha que proporciona es tan grande como si costase una fortuna —Scrooge advirtió la mirada del espectro, y se calló.

—¿Qué pasa? —dijo el espectro.

—Nada de particular —dijo Scrooge.

—Algo pasará, ¿no? —insistió el espectro.

—No —dijo Scrooge—, nada. ¡Que ahora me gustaría poder decirle una o dos palabras a mi escribiente! Nada más.

El joven Scrooge apagó la lámpara mientras él manifestaba este deseo; y Scrooge y el espectro volvieron a encontrarse el uno junto al otro al aire libre.

—Se me acaba el tiempo —comentó el espíritu—. ¡Vamos deprisa!

Esto no iba dirigido a Scrooge, ni a nadie a quien este pudiera ver; pero tuvo un efecto inmediato. Porque otra vez volvió

Scrooge a verse a sí mismo. Ahora era mayor: un hombre en la plenitud de la vida. Su cara no tenía los rasgos ásperos y acartonados de los años posteriores, pero en ella ya empezaban a asomar signos de preocupación y de avaricia. Había un movimiento ansioso, ávido e inquieto en sus ojos, que delataban la pasión que en él había arraigado, y donde iba a caer la sombra del árbol que en él estaba creciendo.

No se hallaba solo, estaba sentado junto a una hermosa joven vestida de luto, en cuyos ojos había lágrimas que brillaban a la luz que difundía el espectro de las Navidades Pasadas.

—Poco importa —dijo ella suavemente—. Para ti, muy poco. Otro ídolo me ha suplantado; si puede traerte alegría y consuelo en los días futuros, como yo habría procurado hacer, no tengo motivos para apesadumbrarme.

—¿Qué ídolo te ha suplantado? —replicó él.

—Uno de oro.

—¡Ese es el trato imparcial de la gente! —dijo—. No hay nada con lo que sea más cruel que con la pobreza, ¡y no hay nada que proclame condenar con más severidad que la persecución de la riqueza!

—Temes demasiado a la gente —respondió ella suavemente—. Todas tus otras esperanzas se han fundido en la de ponerte fuera del alcance de sus sórdidos reproches. He visto desvanecerse una tras otra tus más nobles aspiraciones, hasta que se ha apoderado de ti esa pasión dominante: ganar dinero. ¿No es así?

—¿Y qué? —replicó él—. ¿Y qué, si me he vuelto más juicioso? No he cambiado respecto a ti.

Ella negó con la cabeza.

—¿Crees que he cambiado? —preguntó él.

—Nuestro compromiso viene de muy atrás. Lo hicimos cuando éramos pobres y estábamos conformes con serlo hasta que, con el tiempo, pudiésemos mejorar nuestra fortuna material con nuestro paciente trabajo. Tú has cambiado. Cuando nos prometimos eras otro hombre.

—Era un jovenzuelo —dijo él con impaciencia.

—Tu propio interior te dice que ya no eres el mismo —replicó ella—. Yo sí. Lo que prometía ser felicidad cuando nuestros corazones eran uno solo, se ha cargado de desdicha ahora que han vuelto a ser dos. No voy a decirte cuántas veces y cuán intensamente he pensado en esto. Basta que sepas que he pensado en ello, y que puedo liberarte del compromiso.

—¿Acaso he pretendido yo que me liberes?

—Con palabras, no. Nunca.

—¿Cómo, entonces?

—Con un cambio de carácter, con una actitud diferente, con otro modo de vida, otra esperanza como meta suprema. Con todo lo que hacía de mi amor algo digno y valioso a tus ojos. Si no hubiese existido nunca eso entre nosotros —dijo la joven, mirándolo dulcemente, pero con firmeza—, dime: ¿me buscarías y tratarías de conquistarme? ¡Por supuesto que no!

Él pareció rendirse, a pesar suyo, a la evidencia de tal suposición. Pero dijo, con un esfuerzo:

—¿De verdad piensas así?

—Me alegraría muchísimo pensar que no es así —contestó ella—. ¡Bien lo sabe Dios! Al darme cuenta de una verdad como esta, he comprendido lo fuerte e irresistible que debe de ser. Pero si fueses libre hoy, mañana, ayer, ¿puedo creer que elegirías a una muchacha sin dote, tú que lo mides todo en función de las ganancias, incluso tu intimidad con ella? O, en caso de elegirla, si es que por un momento traicionases tus principios hasta el extremo de hacer una cosa así, ¿no sé yo que en seguida te vendría el arrepentimiento y el pesar? Claro que lo sé; y por eso te dejo en libertad. De todo corazón, por amor al que fuiste en otro tiempo.

Él fue a hablar; pero ella, con la cabeza vuelta, prosiguió:

—Puede que esto (el recuerdo de lo pasado casi me hace esperar que así sea) te produzca dolor. Pero dentro de poco, de muy poco tiempo, rechazarás de buena gana este recuerdo como un sueño poco provechoso del que tuviste la suerte de despertar. ¡Que seas feliz en la vida que has elegido!

Ella lo dejó; y los dos se separaron.

—¡Espíritu! —dijo Scrooge—. ¡No me enseñes nada más! Llévame a casa. ¿Por qué te complaces en torturarme?

—¡Una sombra más! —exclamó el espectro.

—¡Más, no! —gritó Scrooge— ¡Más, no! No quiero verla. ¡No me enseñes más!

Pero el implacable espectro le sujetó los dos brazos y lo obligó a mirar lo que ocurría a continuación.

Estaban en otro escenario y otro lugar: una habitación no muy amplia ni elegante, pero llena de comodidades. Junto al hogar se encontraba una hermosa joven, tan parecida a la anterior que Scrooge creyó que era la misma, hasta que la vio, ahora convertida en una gentil madre de familia, sentada frente a su hija. El bullicio en la habitación era realmente tumultuoso, porque había allí más niños de los que Scrooge, con su agitado estado de ánimo, podía contar; y, a diferencia del célebre rebaño del poema, no eran cuarenta niños comportándose como uno solo, sino que cada uno se comportaba como cuarenta. El resultado era un alboroto increíble; pero a nadie parecía importarle; al contrario, madre e hija reían de buena gana y disfrutaban lo indecible; y esta última, al incorporarse al juego poco después, fue asaltada sin piedad por los pequeños forajidos. ¡Qué no habría dado yo por ser uno de ellos! Aunque jamás habría sido tan desconsiderado, ¡de ningún modo! Ni por todo el oro del mundo habría estropeado aquel peinado de trenzas, ni lo habría deshecho. ¡Dios mío!, ni para salvar mi vida le habría quitado su precioso zapatito. En cuanto a rodear su cintura jugando, como hacía la prole atrevida, no habría podido; habría temido que se me quedara el brazo curvado para siempre, en castigo, y no poder volverlo a enderezar. Sin embargo, cómo me habría gustado, lo confieso, rozar sus labios; hacerle preguntas para que los abriese;

contemplar las pestañas de sus ojos entornados sin provocarle un rubor; soltar las ondas de sus cabellos, de los que un simple centímetro habría sido un recuerdo inestimable. En fin, confieso que me habría gustado gozar de las alegres libertades de un niño, y ser lo bastante mayor para apreciar su valor.

Pero de pronto llamaron a la puerta, y se produjo inmediatamente tal revuelo que la joven, con el rostro sonriente y el peinado maltrecho, fue arrastrada hacia el centro de aquel grupo arrebolado y bullicioso, a tiempo de saludar al padre, que regresaba acompañado por un mozo cargado con juguetes y regalos de Navidad. ¡Y qué gritos y forcejeos y acometidas al indefenso mozo hubo a continuación! ¡Cómo lo asaltaron trepando por las sillas como si fueran escalas, para registrarle los bolsillos, le arrebataron los paquetes de papel marrón, lo sujetaron por la corbata, se colgaron de su cuello, le aporrearon la espalda y le dieron patadas en las piernas con afecto irreprimible! ¡Con qué gritos de sorpresa y alegría acogieron la abertura de cada paquete! ¡Y el anuncio terrible de que el más pequeño había sido sorprendido metiéndose en la boca la sartén de una casa de muñecas, y la sospecha más que fundada de que se había tragado un pavo de juguete pegado a una fuente de madera! ¡Y el inmenso alivio de descubrir que había sido una falsa alarma! ¡Qué alegría, qué gratitud, qué éxtasis! Sería imposible describirlos. Baste decir que, poco a poco, los niños y sus emociones fueron abandonando la habitación y,

uno tras otro, subieron por la escalera a la parte superior de la casa, donde se acostaron y al fin se apaciguaron.

Y ahora Scrooge miró con más atención que nunca al dueño de la casa, que se sentó junto a la chimenea con su esposa y su hija, la cual se había reclinado cariñosamente en él. Y, al pensar que una criatura como aquella, tan graciosa y prometedora, podía haberle llamado padre, y haber sido una primavera en el sombrío invierno de su vida, se le enturbiaron los ojos.

—Belle —dijo el marido, volviéndose hacia su mujer con una sonrisa—, esta tarde he visto a un antiguo amigo tuyo.

—¿A quién?

—¡Adivínalo!

—¿Cómo voy a adivinarlo? ¡Ah, ya sé! —añadió a continuación, riendo como él—. El señor Scrooge.

—Efectivamente, el señor Scrooge. He pasado por delante de la ventana de su oficina; y como no estaba cerrada y tenía una vela encendida, no he podido por menos de verlo. Su socio se está muriendo, según he oído, y estaba allí él solo. Está completamente solo en el mundo, según creo.

—¡Espíritu! —dijo Scrooge con voz quebrada—, ¡sácame de este lugar!

—Ya te he dicho que estas eran sombras de cosas que han pasado —dijo el espectro—. ¡No me culpes a mí de que sean como son!

—¡Sácame de aquí! —exclamó Scrooge—. ¡No puedo soportarlo!

Scrooge se volvió hacia el espectro; y, al ver que lo miraba con una cara en la que, de alguna extraña manera, había rasgos de todas las caras que le había mostrado, se puso a forcejear con él.

—¡Llévame! Devuélveme a mi casa. ¡No me atormentes más!

En la lucha —si puede llamarse lucha, puesto que el espectro, sin resistencia visible por su parte, seguía imperturbable a los esfuerzos de su adversario—, Scrooge observó que la luz de su cabeza brillaba intensamente; y, relacionando esto vagamente con su influjo sobre él, agarró el gorro apagavelas y, con súbito movimiento, se lo encasquetó al espectro en la cabeza.

El espíritu se achicó bajo el gorro, de manera que el apagavelas lo cubrió por entero; pero, aunque Scrooge se lo apretaba con todas sus fuerzas, no podía sofocar su luz, que salía por debajo y se extendía por el suelo como una inundación.

Se dio cuenta de que estaba exhausto y vencido por una somnolencia irresistible, y, además, de que se encontraba en su propio dormitorio. Dio un último apretón al gorro y soltó las manos; apenas tuvo tiempo de llegar tambaleante a la cama antes de sumirse en un sueño profundo.

EL SEGUNDO
DE LOS TRES ESPÍRITUS

Al despertarse en mitad de un ronquido prodigioso e incorporarse en la cama para poner en orden sus pensamientos, Scrooge no tuvo necesidad de que le dijesen que la campana estaba a punto de dar otra vez la una. Comprendió que había recobrado la conciencia en el instante preciso, con el exclusivo propósito de tener una entrevista con el segundo mensajero enviado a él por intermedio de su socio Jacob Marley. Pero, tras advertir que se estaba quedando desagradablemente frío, y preguntarse qué cortina descorrería este nuevo espectro, las apartó todas él mismo; y, tumbándose otra vez, se puso a mirar con atención alrededor de su cama, pues deseaba desafiar al espíritu en el momento de su aparición, y no quería que lo pillase desprevenido y lo pusiese nervioso.

Hay caballeros de talante despreocupado que se jactan de haber recorrido mundo y estar preparados para cualquier contingencia, que afirman tener gran capacidad para la aventura y ser capaces de afrontar lo que sea, desde el juego a cara o cruz hasta el homicidio, entre cuyos extremos se despliega, evidentemente, una amplia gama de situaciones. Aunque no me atrevo a afirmar que Scrooge fuera tan audaz, sí quiero decir que estaba preparado para un amplio surtido de extrañas

apariciones, y que nada entre un bebé y un rinoceronte le habría asombrado demasiado.

Ahora bien, aunque estaba preparado para casi todo, no lo estaba en absoluto para que nada sucediese; así que, cuando la campana dio la una y no surgió ninguna aparición, le acometió un violento temblor. Transcurrieron cinco minutos, diez minutos, un cuarto de hora, pero no ocurría nada. Durante todo este tiempo permaneció acostado en la cama, verdadero corazón y centro de un resplandor rojizo que se derramó sobre ella cuando el reloj dio la hora; y, aunque solo se trataba de luz, era más alarmante que una docena de espectros, ya que no podía averiguar qué significaba, o qué finalidad tenía; y a veces lo asaltaba el temor de que en aquel mismo momento estuviese aconteciendo un interesante caso de combustión espontánea, sin tener el consuelo de saberlo. Finalmente, sin embargo, empezó a pensar (como tú o yo habríamos pensado desde el principio; porque, como sucede siempre, la persona que no se encuentra en el apuro es la que dice saber cómo habría que haber actuado, y asegura que así lo habría hecho), finalmente, digo, empezó a pensar que tal vez estuviese la fuente secreta de esta luz espectral en la habitación contigua, de la que, siguiéndole la pista, parecía provenir. Y al adueñarse de su mente tal idea, se levantó sigiloso y se dirigió en zapatillas hacia la puerta.

En el instante en que la mano de Scrooge tocó la cerradura, una voz extraña lo llamó por su nombre y le dijo que entrase. El viejo obedeció.

Era su propia habitación. De eso no cabía duda. Pero había sufrido una sorprendente transformación. Las paredes y el techo estaban tan cubiertos de verdor que parecía una auténtica floresta, en la que había relucientes bayas por todas partes. Las hojas tiesas del acebo, el muérdago y la hiedra reflejaban la luz como si hubiese diseminados multitud de espejitos; y rugían chimenea arriba llamas tales como jamás había conocido la piedra del hogar en los tiempos de Scrooge, o de Marley, o durante los muchos inviernos pasados. Amontonados en el suelo, formando una especie de trono, había pavos, gansos, caza, pollos, piezas de carne adobada, grandes piernas asadas, lechones, largas ristras de salchichas, empanadas de carne, budines de ciruela, cajas de ostras, castañas asadas, manzanas coloradas, jugosas naranjas, peras exquisitas, inmensos roscones de Reyes y humeantes tazones de ponche que enturbiaban la habitación con sus vapores deliciosos. Cómodamente sentado sobre este lecho, se hallaba un alegre gigante de magnífico aspecto que, sosteniendo encendida una antorcha de forma no muy distinta a la del cuerno de la abundancia, la levantó muy alto para alumbrar a Scrooge al asomar por la puerta.

—¡Pasa! —exclamó el espectro—. ¡Pasa, hombre, y conóceme bien!

Scrooge entró tímidamente e inclinó la cabeza ante este espíritu. No era ya el Scrooge obstinado de antes; y, aunque los ojos del espíritu eran plácidos y amables, no quiso mirarlos.

74

—Soy el espectro de la Navidad Presente —dijo el espíritu—. ¡Mírame!

Scrooge obedeció respetuosamente. El espectro llevaba una simple hopalanda o manto, de color verde oscuro, ribeteada de piel blanca. Le quedaba tan holgada sobre el cuerpo esta hopalanda que dejaba al descubierto su amplio pecho, como si desdeñase tapárselo u ocultarlo con ningún artificio. Sus pies, visibles bajo los amplios pliegues de su ropaje, estaban desnudos también, y no llevaba en la cabeza más que una corona de acebo, engastada aquí y allá con relucientes carámbanos. Sus rizos de color castaño oscuro flotaban largos y generosos; generosos como su rostro cordial, sus ojos chispeantes, sus manos abiertas, su voz animada, su gesto espontáneo y su aire alegre. Ceñida a la cintura tenía una vieja vaina; pero no contenía ninguna espada, y estaba corroída por la herrumbre.

—¿Nunca habías visto a nadie como yo? —exclamó el espíritu.

—Nunca —respondió Scrooge.

—¿No has andado con los miembros más jóvenes de mi familia, es decir (porque yo soy jovencísimo), con mis hermanos mayores, nacidos en estos últimos años? —prosiguió el fantasma.

—Creo que no —dijo Scrooge—. Me temo que no. ¿Tienes muchos hermanos, espíritu?

—Más de mil ochocientos —dijo el espectro.

—¡Una familia tremenda, para alimentarla! —murmuró Scrooge.

El espectro de la Navidad Presente se levantó.

—Espíritu —añadió Scrooge sumisamente—, llévame a donde quieras. Anoche salí contra mi voluntad, pero aprendí una lección que me está haciendo efecto ahora. Esta noche, si tienes algo que enseñarme, deja que saque provecho de ello.

—¡Toca mi hopalanda!

Scrooge hizo lo que se le decía, y la agarró con fuerza.

Acebo, muérdago, bayas rojas, hiedra, pavos, gansos, caza, pollos, carnes adobadas, asados, lechones, salchichas, ostras, empanadas, budines, fruta, ponches: todo se desvaneció en un instante. Y lo mismo le sucedió a la habitación, al fuego, al resplandor rojo y a la hora de la noche; y se encontraron en las calles de la ciudad, una mañana navideña, donde —dado lo riguroso del tiempo— la gente producía una especie de música áspera, aunque animada y nada desagradable, al raspar la nieve de la acera delante de sus viviendas y del tejado de sus casas, de donde era un regocijo delirante para los chicos verla caer pesadamente sobre la calle y desintegrarse en minúsculas tormentas de nieve.

Las fachadas de las casas aparecían bastante negras, y más aún las ventanas, en contraste con la suave y blanca capa de nieve de los tejados y con la otra más sucia del suelo; en la acumulación de la última nieve caída, las ruedas pesadas de los carros y furgones habían dejado profundos surcos; se cruzaban y

recruzaban cien veces donde confluían las calles importantes, formando intrincados canales difíciles de seguir en el espeso barro amarillento y en el agua helada. El cielo estaba encapotado y las calles más pequeñas se hallaban anegadas de sucia niebla, húmeda y glacial, cuyas partículas más pesadas descendían en forma de una lluvia de átomos de hollín, como si, de común acuerdo, se hubiesen prendido fuego todas las chimeneas de Gran Bretaña y arrojasen llamas para solaz de sus corazones. Nada tenían de alegre el clima y la ciudad: no obstante, reinaba en todas partes una atmósfera de alegría que no habrían sido capaces de difundir el aire más puro del verano o el más espléndido sol estival.

Porque la gente que arrojaba paladas desde las techumbres de sus casas estaba llena de alegría y jovialidad; se daban voces desde los antepechos, e intercambiaban de vez en cuando alguna jocosa bola de nieve —proyectil infinitamente más amable que muchas bromas verbales—, riendo con gana cuando acertaban, y no menos cuando erraban el tiro. Las pollerías estaban aún medio abiertas y las fruterías resplandecían de luz. Tenían grandes y barrigudos cestos de castañas, con aspecto de chalecos de provectos y risueños caballeros recostados en la puerta, asomando a la calle su apoplética opulencia. Había rojizas, bronceadas cebollas de España de ancha cintura que lucían su gordura de frailes hispanos y, desde sus estantes, guiñaban el ojo con malicia a las muchachas que pasaban y miraban con recato el muérdago colgado. Había peras y manzanas

agrupadas en altas y espléndidas pirámides; había racimos de uva colgados de llamativos ganchos, por benevolencia de los fruteros, para que se le hiciese la boca agua gratis a la gente al pasar; había montones de avellanas, marrones y musgosas, que recordaban con su fragancia antiguos paseos por el bosque y agradables caminatas entre hojarasca marchita que te llega hasta el tobillo; había manzanas de Norfolk, rechonchas y morenas, que destacaban del amarillo de los limones y las naranjas, y que, con lo voluminoso de sus jugosas personas, instaban y suplicaban que se las llevasen a casa en bolsas de papel y se las comiesen después de cenar. Los mismos peces dorados y plateados de la pecera colocada entre esta fruta escogida, aunque miembros de una especie taciturna y de sangre fría, parecían saber que ocurría algo; y, como peces que eran, boqueaban dando vueltas y más vueltas en su reducido mundo, con lenta y desapasionada excitación.

¿Y las tiendas de comestibles? ¡Ah, las tiendas de comestibles! Casi cerradas, con quizá una o dos persianas bajadas, pero ¡qué visiones a través de sus rendijas! No era solo el alegre ruido que los platos de la balanza, al descender, producían sobre el mostrador, o que el cordel y el rollo se separasen con tanta presteza, o que los botes de conserva golpeteasen de un lado para otro como si se tratara de un número de juegos malabares, o que la mezcla de olores del té y el café fuese tan agradable al olfato, o incluso que las pasas fuesen tan abundantes y selectas, las almendras tan excepcionalmente blancas, las

ramas de canela tan largas y rectas, tan deliciosas las otras especias, las frutas escarchadas tan tiesas y cubiertas de azúcar derretido para hacer que los mirones más desapasionados se sintiesen desfallecer, y por tanto de mal humor. Ni era que los higos estuviesen frescos y carnosos, o que las ciruelas francesas se arrebolasen con modesta acidez en sus cajas lujosamente decoradas, o que todo estuviera gustoso y rodeado de adornos navideños, sino que los parroquianos acudían tan presurosos y acuciados por las esperanzadoras promesas del día, que tropezaban unos con otros en la puerta, entrechocaban con sus cestas de mimbre, se dejaban sus compras en el mostrador, volvían corriendo a buscarlas, y cometían cien equivocaciones parecidas con el mejor humor; mientras, el tendero y su personal se mostraban tan abiertos y solícitos que los relucientes corazones con que se ataban sus delantales detrás podrían haber sido los suyos propios, puestos en las manos para que les pasasen revista y los picoteasen las cornejas navideñas si les apetecía.

Pero no tardaron los campanarios en llamar a todas las buenas gentes a las iglesias y a los templos, y allá fueron, llenando las calles con sus mejores vestidos y sus caras más alegres. Y al mismo tiempo emergieron, desde docenas de callejas, callejones y esquinas anónimas, innumerables personas que llevaban sus cenas a los hornos de las tahonas. La visión de estos pobres trasnochadores pareció interesar enormemente al espíritu, pues se detuvo con Scrooge junto a la puerta de

una panadería; y, levantando las tapaderas a los portadores a medida que pasaban, rociaba sus manjares con el incienso de su antorcha. Y era una especie de antorcha muy poco común, porque una o dos veces en que, al chocar entre sí, algunos de los que llevaban sus comidas intercambiaron palabras airadas, el espíritu derramó unas cuantas gotas de agua sobre ellos, y al punto recuperaron el buen humor. Porque a continuación decían que era una vergüenza disputar el día de Navidad. ¡Y desde luego que lo era! ¡Bien sabía Dios que lo era!

Llegado el momento, cesaron las campanas y cerraron las panaderías; sin embargo, aún perduraba un grato vestigio de todas aquellas comidas, y de su proceso de cocción, en las manchas derretidas del horno de cada panadero, cuyas losas humeaban como si cociesen también.

—¿Tiene algún sabor especial eso que asperjas con tu antorcha? —preguntó Scrooge.

—Sí. El mío.

—¿Le iría bien a todas las comidas que se sirven este día? —preguntó Scrooge.

—A todas las que se ofrecen con amabilidad. A la de los pobres sobre todo.

—¿Por qué a la de los pobres sobre todo? —inquirió de nuevo Scrooge.

—Porque es la que más lo necesita.

—Espíritu —dijo Scrooge, tras reflexionar un momento—, me extraña que, de todos los seres de los múltiples mundos

que nos rodean, seas tú el que quiera obstaculizar las oportunidades de inocente disfrute de estas gentes.

—¿Yo? —exclamó el espíritu.

—Tú querrías privarles de los medios de comer el séptimo día de la semana, que es a menudo el único en que puede decirse que comen —dijo Scrooge—. ¿No es así?

—¿Yo? —exclamó el espíritu.

—¿No pretendes cerrar estos lugares el séptimo día? —dijo Scrooge—. Pues viene a ser lo mismo.

—¿Que yo pretendo eso? —exclamó el espíritu.

—Perdona si me equivoco. Se ha hecho en tu nombre, o al menos en el de tu familia —dijo Scrooge.

—Hay algunos en este mundo vuestro —replicó el espíritu— que afirman conocernos, y cometen en nuestro nombre actos de pasión, de orgullo, de malevolencia, de odio, de envidia, de intolerancia y de egoísmo, que son tan ajenos a nosotros y a toda nuestra estirpe, como si jamás hubiesen existido. Recuerda eso, y achaca a ellos sus acciones, no a nosotros.

Scrooge prometió hacerlo así; y prosiguieron, invisibles como antes, hacia las afueras de la ciudad. Una notable particularidad del espectro (que Scrooge ya había observado en la panadería) era que, pese a su estatura gigantesca, podía adaptarse fácilmente a cualquier sitio, y que estaba de pie en una estancia de techo bajo con la misma gracia y aspecto de criatura sobrenatural que podía estarlo en un salón alto.

Y tal vez fue la satisfacción que el buen espíritu sentía en exhibir este poder suyo, o bien su natural generoso, amable y franco, así como su compasión para con todos los pobres, lo que lo condujo a casa del escribiente de Scrooge; porque allí se dirigió, con Scrooge agarrado a su hopalanda. Y, en el umbral de la puerta, el espíritu sonrió y se detuvo a bendecir la morada de Bob Cratchit con aspersiones de su antorcha. ¡Figuraos, la casa de Bob! Bob, que solo ganaba quince «bobs» a la semana, que solo se embolsaba quince copias de su cristiano nombre los sábados, ¡y, sin embargo, el espectro de la Navidad Presente bendijo cada rincón de su pequeña casa!

Entonces se levantó la señora Cratchit, la esposa de Bob, pobremente ataviada con un vestido dos veces vuelto del revés, pero precioso con sus cintas, que son baratas y hacen buen efecto por seis peniques, y puso el mantel con la ayuda de la segunda de sus hijas, Belinda Cratchit, que también lucía varias cintas. Mientras, el señorito Peter Cratchit hundía un tenedor en la cazuela de las patatas y, aunque se le metían las puntas de su monstruoso cuello postizo (propiedad particular de Bob, cedida a su hijo y heredero en atención a la festividad del día) en la boca, disfrutaba de verse tan elegantemente vestido, y estaba deseando exhibir sus galas en los parques de moda. A continuación entraron atropelladamente dos Cratchit más pequeños, niño y niña, gritando que habían notado olor a ganso delante de la panadería, y que lo habían reconocido como el de ellos; y, deleitándose en voluptuosos pensamientos sobre la

salvia y la cebolla, los dos pequeños Cratchit se pusieron a bailar alrededor de la mesa y a ensalzar al señorito Peter Cratchit, en tanto que este (nada envanecido, aunque casi le ahogaba el cuello postizo) soplaba la lumbre, hasta que las patatas, que se cocían lentamente, rompieron a hervir, golpeando sonoramente la tapadera de la cazuela para que las sacasen y las pelasen.

—¿Dónde estará vuestro querido padre? —dijo la señora Cratchit—. ¿Y vuestro hermanito Tiny Tim? ¿Y Martha? ¡La pasada Navidad no se retrasó ni media hora!

—¡Aquí está Martha, madre! —exclamó una joven, apareciendo al tiempo que hablaba.

—¡Aquí está Martha, madre! —gritaron los dos pequeños Cratchit—. ¡Viva! ¡Tenemos ganso, Martha!

—¡Válgame Dios, cariño, cuánto has tardado! —exclamó la señora Cratchit, mientras la besaba una docena de veces y le quitaba el chal y el sombrero con afectuoso celo.

—Anoche tuvimos que terminar mucho trabajo —contestó la joven—, y hemos tenido que recoger esta mañana, madre.

—¡Bueno! Lo importante es que ya has venido —dijo la señora Cratchit—. Siéntate junto al fuego, cariño, y caliéntate. ¡Dios te bendiga!

—¡No, no, que viene papá! —gritaron los dos pequeños Cratchit, que estaban en todas partes al mismo tiempo—. ¡Escóndete, Martha, escóndete!

Conque Martha se escondió, y entró el bueno de Bob, el padre, con lo menos un metro de bufanda —sin contar los

flecos— colgándole por delante, zurcidas y cepilladas sus ropas para que estuviesen a tono con la fecha, y con Tiny Tim a hombros. Porque Tiny Tim, ¡ay!, usaba una pequeña muleta, y un aparato de hierro le sostenía las piernas.

—Pero, ¿dónde está Martha? —gritó Bob Cratchit, mirando a su alrededor.

—No viene —dijo la señora Cratchit.

—¿Que no viene? —dijo Bob, con un súbito desmoronamiento de su euforia; porque había hecho de caballo de Tiny Tim todo el trayecto desde la iglesia, y llegaba resoplando—. ¿Que no viene, el día de Navidad?

A Martha no le gustó verlo decepcionado, ni siquiera en broma; así que salió antes de tiempo de detrás de la puerta del armario, y corrió a sus brazos, mientras los dos pequeños Cratchit empujaban a Tiny Tim y se lo llevaban al lavadero para que pudiese oír cantar al budín en el caldero.

—¿Y qué tal se ha portado Tim? —preguntó la señora Cratchit, después de reírse de Bob por su credulidad, y de que este estrechase a su hija lleno de gozo.

—Ha sido bueno como el pan —contestó Bob— e incluso mejor. El caso es que se queda muchas veces ensimismado y piensa las cosas más extrañas que se han oído. Mientras volvíamos, me ha dicho que esperaba que las gentes lo hubieran visto en la iglesia, porque, como es tullido, podría agradarles recordar, en el día de Navidad, al que había hecho andar a los cojos y ver a los ciegos.

La voz de Bob temblaba al contarles esto, y aún tembló más cuando dijo que Tiny Tim se estaba haciendo fuerte y vigoroso.

Oyeron la pequeña y activa muleta en el suelo y, antes de que dijeran una palabra más, apareció Tiny Tim escoltado por su hermano y su hermana, que lo llevaron a su taburete delante del fuego; y, entretanto, Bob, arremangándose los puños de la camisa (¡el pobre, como si se le pudiesen estropear más de lo que ya los tenía!), preparó una bebida caliente en una jarra con ginebra y limón, la agitó repetidamente y la puso en la chimenea para que hirviese a fuego lento; el señorito Peter y los dos pequeños y ubicuos Cratchit salieron a buscar el ganso, y poco después volvieron con él en solemne procesión.

Se armó tal bullicio que podíais haber pensado que el ganso era la más rara de las aves, un fenómeno emplumado junto al cual un cisne negro era cosa corriente; y, en verdad, algo así era para esta casa. La señora Cratchit calentó la salsa (preparada de antemano en un cazo pequeño) hasta que empezó a sisear; el señorito Peter machacó las patatas con increíble vigor; la señorita Belinda endulzó la compota de manzanas; Martha limpió los platos calientes; Bob instaló a Tiny Tim a su lado, en una esquina de la mesa; los dos pequeños Cratchit colocaron las sillas para todos, sin olvidar las de ellos, y montaron guardia en sus puestos con la cuchara metida en la boca para evitar reclamar a gritos su ración de ganso antes de que les tocase el turno. Por último, llegaron las fuentes y se bendijo la mesa. A continuación vino un silencio contenido, mientras la señora

Cratchit, tras inspeccionar detenidamente el filo del cuchillo de trinchar, se dispuso a hundirlo en la pechuga; pero al hacerlo, y salir el esperado torrente del relleno, se elevó en derredor suyo un murmullo de placer, y hasta Tiny Tim, excitado por los dos pequeños Cratchit, golpeó la mesa con el mango del cuchillo y gritó débilmente:

—¡Viva!

Jamás se había visto un ganso como aquel. Bob dijo que no creía que se hubiese guisado jamás tan bien un ganso. Lo tierno y sabroso que estaba, su tamaño y buen precio, fueron temas de universal admiración. Acompañado de la compota de manzana y el puré de patatas, fue comida suficiente para la familia entera; en efecto, como dijo la señora Cratchit con gran regocijo (al observar un minúsculo pedazo de carne adherido a un hueso que había quedado en la fuente), ¡después de todo, incluso había sobrado! Sin embargo, todos habían comido bastante, ¡y los pequeños Cratchit, en particular, se habían puesto de salvia y cebolla hasta las orejas! Pero, ahora que la señorita Belinda había cambiado los platos, la señora Cratchit abandonó la habitación sola (demasiado nerviosa para consentir la presencia de testigos) con objeto de sacar el budín y traerlo a la mesa.

¡Imaginaos que no estuviese hecho del todo! ¡Imaginaos que se deshiciese al sacarlo! ¡Imaginaos que alguien hubiese saltado la pared del patio y lo hubiese robado mientras ellos se deleitaban con el ganso...! ¡Solo de pensarlo palidecieron

los dos pequeños Cratchit! Se llegaron a imaginar toda suerte de horrores.

¡Epa! ¡Qué cantidad de vapor! Eso es que el budín estaba ya fuera de la cacerola. ¡Había olor a día de colada! Eso era a causa del mantel. ¡Y olor a restaurante, con una pastelería en el portal vecino y una lavandería en el siguiente! Eso era por el budín. Medio minuto después entraba la señora Cratchit —sofocada, pero sonriendo orgullosa— con el budín duro y firme como una moteada bala de cañón, ardiendo por efecto de la mitad de medio cuartillo de llameante coñac, y con una ramita de acebo en lo alto.

¡Ah, qué maravilloso budín! Bob Cratchit dijo, con toda seriedad, que lo consideraba el mayor éxito conseguido por la señora Cratchit desde que se casaron. La señora Cratchit añadió que, ahora que se le había quitado el peso de encima, confesaba haber tenido sus dudas sobre la cantidad de harina. Todo el mundo tuvo algo que decir sobre el budín, aunque nadie manifestó ni pensó que fuese pequeño para una familia tan numerosa. Habría sido una completa herejía decirlo. Cualquier Cratchit se habría puesto colorado, de haber hecho tal insinuación.

Finalmente concluyó la cena, retiraron el mantel, barrieron las cenizas del hogar y prepararon el fuego. Una vez probada la mezcla de la jarra y juzgada perfecta, trajeron manzanas y naranjas a la mesa y pusieron una paletada de castañas al fuego. A continuación se acomodó toda la familia Cratchit alrededor

del hogar, en lo que Bob Cratchit llamó círculo, aunque solo era la mitad; y junto a Bob Cratchit colocaron toda la cristalería familiar: dos vasos y una flanera a la que le faltaba un asa.

Estos, sin embargo, contenían la bebida caliente tan bien como lo habrían hecho unas copas de oro; y Bob la sirvió con expresión radiante, mientras las castañas chisporroteaban y crepitaban sonoramente. Entonces exclamó Bob:

—¡Feliz Navidad a todos, queridos míos! ¡Que Dios os bendiga!

Cosa que repitió toda la familia.

—¡Que Dios nos bendiga a todos! —dijo, por último, Tiny Tim.

Tiny Tim estaba sentado muy cerca de su padre, en su pequeño taburete. Bob tenía su consumida manita entre las suyas, como reteniéndolo, temeroso de que le arrebatasen de su lado a su hijito amado.

—Espíritu —dijo Scrooge, con un interés como jamás había sentido antes—, dime si Tiny Tim vivirá.

—Veo su sitio vacío —replicó el espectro—, en ese pobre rincón de la chimenea, y una muleta sin dueño cuidadosamente guardada. Si el futuro no altera esas sombras, el niño morirá.

—¡No, no! —dijo Scrooge—. ¡Oh, no, espíritu amable! Dime que se salvará.

—Si el futuro no altera esas sombras —contestó el espectro—, ninguno de mi especie lo encontrará aquí. De todos

modos, ¿qué importa? Si ha de morir, mejor que se muera, y así disminuirá el exceso de población.

Scrooge bajó la cabeza cuando oyó repetir al espíritu sus propias palabras, y se sintió abrumado de contrición y pesar.

—Hombre —prosiguió el espectro—, si es que de veras eres hombre y no piedra berroqueña, contén tu maldita hipocresía hasta que hayas averiguado cuál es el exceso de población y dónde está. ¿Acaso quieres decidir tú qué hombres deben vivir y qué hombres deben morir? Puede que a los ojos del Cielo seas tú más indigno y menos apto para vivir que millones de criaturas como el hijo de este pobre hombre. ¡Ay, Dios! ¡Tener que oír al insecto de la hoja hablar sentenciosamente sobre la excesiva duración de la vida de sus hambrientos congéneres que habitan en el polvo!

Scrooge agachó la cabeza ante el reproche del espectro y, temblando, clavó la mirada en el suelo. Pero la levantó instantáneamente al oír mencionar su nombre.

—¡Por el señor Scrooge! —dijo Bob—. ¡Brindemos por el señor Scrooge, que ha hecho posible el banquete!

—¿Que ha hecho posible el banquete...? —exclamó la señora Cratchit, enrojeciendo—. Ojalá lo tuviéramos aquí. Le iba a dar de comer un poco de lo que pienso; seguro que se lo iba a tomar con apetito.

—Cariño —dijo Bob—: los niños. Que es Navidad.

—Navidad tenía que ser, por supuesto —dijo la señora Cratchit—, para beber a la salud de un ser tan odioso,

mezquino, cruel y sin entrañas como el señor Scrooge. ¡Sabes que lo es, Robert! ¡Nadie lo sabe mejor que tú, pobrecito mío!

—Cariño —contestó Bob con suavidad—, es Navidad.

—Por ti, y por ser el día que es, beberé a su salud —dijo la señora Cratchit—; pero no por él. ¡Que viva muchos años! ¡Feliz Navidad y próspero año nuevo! ¡No me cabe la menor duda de que va a ser muy feliz y muy próspero para él!

A continuación brindaron los niños. Fue la primera acción del día en la que no pusieron ningún entusiasmo. Tiny Tim fue el último de todos en hacerlo, aunque de muy mala gana. Scrooge era el ogro de la familia. La sola mención de su nombre arrojó sobre la reunión familiar una sombra tenebrosa que tardó más de cinco minutos en disiparse.

Una vez pasada, se sintieron diez veces más animados que antes, por el mero alivio de haber cumplido con el siniestro Scrooge. Bob Cratchit les contó que tenía pensado un puesto de trabajo para Peter, lo que iba suponer, si lo conseguía, cinco chelines y medio semanales. Los dos pequeños Cratchit se echaron a reír de manera estrepitosa ante la idea de ver a Peter convertido en hombre de negocios; y el propio Peter se quedó mirando el fuego, pensativo, con su cuello postizo, como si meditase qué inversiones en particular debía efectuar cuando entrase en posesión de tan asombrosos ingresos. Martha, pobre aprendiza de sombrerera, les contó a continuación la clase de trabajo que tenía que hacer, y cuántas horas seguidas trabajaba, y cómo se había hecho a la idea de quedarse en la cama

la mañana siguiente para descansar bien a gusto, dado que era fiesta y se iba a pasar el día en casa. También les contó que había visto hacía unos días a una condesa y a un lord, y que este «era casi tan alto como Peter», y el muchacho, al oír aquello, se subió el cuello de tal manera que, si hubierais estado allí, no le habríais podido ver la cabeza. A todo esto, no paraban de ir y venir las castañas y la jarra; después escucharon una canción sobre un niño extraviado que caminaba por la nieve, cantada por Tiny Tim, que tenía una vocecita quejumbrosa y entonaba muy bien.

Nada había de especial en todo esto. Los Cratchit no eran una familia distinguida; no llevaban buenos vestidos; sus zapatos estaban lejos de ser impermeables; su ropa era escasa; y Peter debía de conocer, y probablemente conocía, la casa de empeños. Pero eran dichosos, se sentían agradecidos, satisfechos unos de otros, y contentos con la Navidad; y mientras se desvanecían, y se mostraban más felices aún bajo las brillantes aspersiones de la antorcha del espíritu, administradas como despedida, Scrooge siguió mirándolos, sobre todo a Tiny Tim, hasta el final.

En aquel momento estaba oscureciendo y nevaba en abundancia; y era maravilloso el resplandor de los fuegos crepitantes de las cocinas, los salones y toda suerte de estancias, mientras Scrooge y el espíritu recorrían las calles. Aquí, el fluctuar de las llamas mostraba los preparativos de una cena íntima, con los platos calentándose delante de la lumbre y las

cortinas rojas dispuestas para ser corridas y aislar, así, del frío y la oscuridad. Allá, todos los niños de la casa salían corriendo a la nieve, al encuentro de sus hermanas y hermanos casados, primos, tíos y tías, para ser los primeros en saludarlos. Aquí, de nuevo, sobre las persianas, se recortaban las sombras de los invitados reunidos; y allá, un grupo de hermosas muchachas, todas con capucha y botas de piel, y hablando a la vez, se dirigían presurosas a alguna casa vecina donde ¡pobre del soltero que las viese entrar —astutas hechiceras, bien lo sabían ellas— encendidas de animación!

Y, a juzgar por la cantidad de gente que se dirigía a reunirse con los amigos, se diría que no quedaba nadie en las casas para recibirlos al llegar, en vez de esperar cada cual a sus invitados y llenar de carbón media chimenea. ¡Válgame Dios, cómo disfrutaba el espectro! ¡Cómo descubría su pecho, y se elevaba, y abría sus anchas palmas derramando con mano generosa su espléndida e inocente alegría sobre cuantos había a su alcance! Hasta el mismo farolero, que andaba presuroso punteando la oscura calle con motas de luz, e iba vestido para pasar la velada en algún sitio, rio sonoramente al cruzarse con el espíritu; ¡aunque poco imaginaba él que se trataba de la propia Navidad!

Y ahora, sin una palabra de advertencia por parte del espectro, se encontraron en un páramo desolado y desierto, donde había diseminadas moles monstruosas de tosca piedra, como si fuese un cementerio de gigantes, y el agua se extendía por

doquier..., o se habría extendido, de no ser por la helada que la tenía prisionera; y nada crecía sino musgo y aulaga y yerba tosca y maloliente. A poniente, el sol había dejado al ocultarse una franja roja como el fuego, que resplandeció un instante sobre la desolación como un ojo hosco; y frunciéndose más, y más, y más, se perdió en la densa oscuridad de la negra noche.

—¿Qué lugar es este? —preguntó Scrooge.

—Un lugar donde viven los mineros que trabajan en las entrañas de la tierra —contestó el espíritu—. Ellos, sin embargo, me conocen. ¡Mira!

En la ventana de una cabaña brillaba una luz, y el espectro y Scrooge se dirigieron rápidamente hacia ella. Al atravesar un muro de piedra y adobe, descubrieron un alegre grupo reunido en torno a un fuego animado. Lo formaban una pareja muy, muy anciana, con sus hijos y los hijos de sus hijos y otra generación más, todos engalanados con sus trajes de fiesta. El viejo, con una voz que rara vez se elevaba por encima de los aullidos del viento en el páramo, les estaba cantando un villancico; era ya una canción muy antigua cuando él la aprendió de niño; y, de vez en cuando, se le unían los demás en coro. Y cada vez que ellos alzaban sus voces, el viejo se animaba y elevaba la suya; y cuando ellos callaban, su vigor se volvía a apagar.

No se detuvo aquí el espíritu, sino que dijo a Scrooge que se agarrase a su hopalanda y, cruzando por encima del páramo, ¿hacia dónde voló? ¿No sería hacia el mar? Pues sí, hacia el mar. Para su horror, al mirar atrás, Scrooge vio el final de la

tierra firme, un espantoso frente de rocas; y el ruido atronador del agua le ensordecía los oídos al embestir y rugir y bramar entre las tremendas cavernas que había excavado, tratando de minar la tierra con furor.

Construido sobre un tenebroso arrecife de rocas sumergidas, a una legua más o menos de la costa, contra la que se estrellaban y se enfurecían las olas todo el año, se alzaba un faro solitario. A su base se agarraban grandes masas de algas, y los petreles —nacidos del viento, cabría imaginar, como las algas del agua— se elevaban y bajaban a su alrededor, como las olas que rozaban al volar.

Pero incluso aquí, los dos hombres que cuidaban del faro habían encendido una hoguera que, a través de la tronera del grueso muro de piedra, derramaba un rayo de claridad sobre el espantoso mar. Juntando sus manos callosas sobre la tosca mesa ante la que estaban sentados, los dos se desearon mutuamente feliz Navidad, alzando su cazo de grog; y uno de ellos, el de más edad, de rostro castigado y marcado por los rigores del tiempo como el mascarón de un viejo barco, se puso a cantar una vigorosa canción que era como un temporal.

Otra vez reanudó su vuelo el espíritu por encima del mar negro y ondulante, avanzando más y más, hasta que, lejos de la costa, según le dijo a Scrooge, descendieron sobre un barco. Se posaron junto al timonel, se acercaron al vigía de proa y a los oficiales de guardia: figuras oscuras y espectrales en sus diversos puestos; pero cada uno de ellos tarareaba una

cancioncilla navideña, pensaba en la Navidad, o hablaba en voz baja con su compañero de alguna Navidad lejana, con la esperanza de regresar alguna vez para esas fechas. Y ese día, cada hombre de a bordo, dormido o despierto, bueno o malo, había tenido para los demás palabras más amables que ningún otro día del año; y había participado en alguna medida en su celebración; y había recordado a sus seres queridos, de los que se encontraba lejos, seguro de que ellos lo recordaban con alegría.

Fue una gran sorpresa para Scrooge, mientras escuchaba los aullidos del viento y pensaba qué solemne era recorrer las tinieblas solitarias sobre un abismo desconocido cuyas profundidades eran secretos tan insondables como la muerte; fue, decía, una gran sorpresa para Scrooge, que estaba absorto en todo esto, oír una fuerte risotada. ¡Y más grande aún lo fue al reconocer la risa de su propio sobrino, y descubrirse a sí mismo en una habitación deslumbrante, cálida y espléndida, con el espíritu sonriendo a su lado, y mirando a este mismo sobrino con benévola aprobación!

—¡Ja, ja! —reía el sobrino de Scrooge—. ¡Ja, ja, ja!

Si, por alguna remota casualidad, llegáis a conocer a alguien más dado a reír que el sobrino de Scrooge, todo lo que puedo deciros es que me gustaría conocerlo también. Presentádmelo, y cultivaré su amistad.

Es una justa, equitativa y noble ley de compensación de la naturaleza que, siendo infecciosas la enfermedad y la tristeza,

no haya en el mundo nada tan irresistiblemente contagioso como la risa y el buen humor. Al echarse a reír el sobrino de Scrooge de esta manera, sujetándose los costados, agitando la cabeza y contrayendo la cara con los gestos más extravagantes, la sobrina política de Scrooge rio con tanta gana como él. Y sus amigos allí reunidos, para no ser menos, estallaron en ruidosas carcajadas.

—¡Ja, ja! ¡Ja, ja, ja, ja!

—¡Dijo que las navidades eran paparruchas, como lo oís! —exclamó el sobrino de Scrooge—. ¡Y lo dijo convencido!

—¡Mayor vergüenza para él, Fred! —dijo la sobrina de Scrooge, indignada.

Benditas sean estas mujeres: jamás hacen nada a medias. Siempre se lo toman todo en serio.

La sobrina de Scrooge era muy bonita; extremadamente bonita. Con una cara preciosa, como sorprendida, con hoyuelos, una boquita colorada que parecía hecha para ser besada —como sin duda lo era—, toda suerte de lunarcitos en la barbilla que se le fundían en uno solo al reír, y los ojos más radiantes que hayáis podido ver en criatura alguna. En conjunto, era lo que podríamos llamar provocativa, ya me entendéis; aunque, eso sí, comedida, ¡absolutamente comedida!

—Es un viejo muy raro —dijo el sobrino de Scrooge—, esa es la verdad; y no todo lo agradable que podría ser. Sin embargo, en el pecado lleva la penitencia; así que nada tengo que decir contra él.

—Estoy seguro de que es muy rico, Fred —insinuó la sobrina de Scrooge—. Al menos, tú siempre me has dicho que lo era.

—¿Y qué más da, querida mía? —replicó el sobrino de Scrooge—. De nada le vale su riqueza. Ningún bien hace con ella. Ni siquiera se procura comodidades. No tiene la satisfacción de pensar, ¡ja, ja, ja!, que eso nos beneficia a nosotros.

—No puedo soportarlo —comentó la sobrina de Scrooge.

Las hermanas de la sobrina de Scrooge y todas las demás señoras expresaron la misma opinión.

—¡Yo sí! —dijo el sobrino de Scrooge—. A mí me da pena; no podría enfadarme con él, aunque quisiera. ¿Quién sufre sus manías? Él, siempre él. Ahora le ha dado por tomarnos antipatía, y no quiere venir a cenar con nosotros. ¿Cuál es el resultado? Bueno, no es gran cosa la cena que se pierde.

—Pues a mí sí me parece que se pierde una cena buenísima —interrumpió la sobrina de Scrooge.

Todos dijeron lo mismo; y había que considerarlos jueces competentes, dado que acababan de cenar y, con el postre sobre la mesa, estaban apiñados alrededor del hogar, a la luz de la lámpara.

—¡Bueno! Me alegro de oírlo —dijo el sobrino de Scrooge—, porque no tengo mucha fe en estas jóvenes amas de casa. ¿Qué opinas tú, Topper?

Topper, a quien evidentemente se le iban los ojos tras una de las hermanas de la sobrina de Scrooge, contestó que un soltero era un pobre paria que no tenía derecho a opinar

sobre este asunto. Ante lo cual la hermana de la sobrina de Scrooge —la rolliza con escote de encaje, no la de las rosas— se ruborizó.

—Sigue, Fred —dijo la sobrina de Scrooge, palmoteando—. ¡Nunca termina lo que empieza a decir! ¡Scrooge es un tipo tan ridículo...!

El sobrino de Scrooge estalló en otra carcajada, y, como era imposible evitar el contagio, aunque la hermana rolliza lo intentó de veras con vinagre aromático, su ejemplo fue seguido unánimemente.

—Iba a decir —prosiguió el sobrino de Scrooge— que el resultado de habernos tomado antipatía y no querer venir a compartir nuestra alegría, es, creo, que se pierde momentos agradables que no le harían ningún daño. Estoy seguro de que se pierde compañías más gratas que las que le pueden brindar sus propios pensamientos, sea en su mohosa oficina o en sus polvorientas habitaciones. Pienso darle todos los años la misma oportunidad, le guste o no, porque me da pena. Aunque se burle de la Navidad hasta que se muera, no podrá por menos de tener mejor opinión de ella (lo desafío) si me ve ir allí de buen talante, año tras año, a decirle: «¿Cómo le va, tío Scrooge?». Y si eso contribuyese a animarlo a dejar a su pobre escribiente aunque fueran cincuenta libras, ya sería algo; y creo que ayer lo conmoví.

La sola idea de que Fred hubiera logrado conmover a Scrooge hizo reír a todos. Pero como era de carácter afable y

no le molestaba que se riesen, los animó en su regocijo y les pasó, alegremente, la botella.

Después del té hubo un poco de música. Porque eran una familia amante de la música, y todos sabían lo que se hacían cuando cantaban a coro una canción o ejecutaban un canon, os lo aseguro; sobre todo Topper, que sabía hacer un bajo como el que más sin que se le hinchasen las venas de la frente ni se le congestionase la cara. La sobrina de Scrooge era muy buena con el arpa, y tocó, entre otras piezas, una tonada sencilla (una nadería: podríais aprender a silbarla en dos minutos) que conocía la niña que había ido a recoger a Scrooge del internado, como le recordó el espectro de las Navidades Pasadas. Cuando sonó esta melodía, a Scrooge le vinieron a la mente todas las cosas que el espectro le había mostrado; se fue enterneciendo cada vez más, y pensó que si la hubiera escuchado más a menudo, años atrás, quizá habría cultivado, en beneficio propio, las bondades de la vida con sus propias manos, sin tener que recurrir a la pala del sepulturero que enterró a Jacob Marley.

Pero no dedicaron la velada entera a la música. Al cabo de un rato se pusieron a jugar a las prendas; porque a veces es bueno sentirse niños, y nunca mejor que en Navidad, cuando el Creador fue niño también. ¡Un momento! Antes jugaron a la gallina ciega. No faltaba más. Y yo me creo que Topper tenía los ojos bien vendados tanto como que veía por las botas. Mi opinión es que se habían puesto de acuerdo él y el sobrino de Scrooge, y que el espectro de la Navidad Presente lo sabía.

La manera de perseguir a la hermana rolliza del escote de encaje era una afrenta a la credulidad de la naturaleza humana. Derribando los atizadores de la chimenea, tropezando con las sillas, chocando con el piano, sofocándose entre las cortinas..., allá donde ella fuera, iba él. Siempre sabía dónde estaba la hermana rolliza. No quería alcanzar a nadie más. Si hubieseis chocado con él, como les ocurrió a algunos, y os hubieseis quedado quietos, habría simulado luchar por atraparos, lo que habría sido un insulto a vuestra inteligencia, y se habría desviado inmediatamente en dirección a la hermana rolliza. Ella gritaba a menudo que eso era trampa; y la verdad es que lo era. Pero cuando la atrapó finalmente, cuando, a pesar del frufrú de su vestido y el rápido escabullirse de su lado, ella quedó acorralada en un rincón del que no tenía escapatoria, entonces el comportamiento de Topper fue de lo más odioso. ¡Porque su manera de fingir no saber quién era, de fingir que era necesario rozar su peinado, de comprobar su identidad presionando cierto anillo que tenía en el dedo y cierta cadena que llevaba en el cuello, fue despreciable, monstruosa! Por supuesto, ella le hizo saber su opinión cuando, al tocarle a otro hacer de gallina ciega, se escondieron los dos a solas detrás de las cortinas.

La sobrina de Scrooge no participó en el juego de la gallina ciega, pues había sido acomodada en un gran sillón con escabel, en un rincón acogedor, cerca del espectro y de Scrooge, situados a su espalda. Pero se incorporó al juego de las prendas y demostró el indecible amor que sentía por su marido con

todas las letras del abecedario. Asimismo, estuvo espléndida en el juego del «Cómo, cuándo y dónde», y, para secreta alegría del sobrino de Scrooge, venció a sus hermanas, aunque estas eran también muy listas, como Topper podía haberos dicho. Habría allí unas veinte personas, jóvenes y viejas, pero todas jugaban, incluso Scrooge, quien, olvidando —embebido en lo que allí ocurría— que su voz no llegaba a oídos de ellos, proponía de vez en cuando su solución a grandes voces, y acertaba la mayoría; pues la aguja más aguda, la mejor de Whitechapel (con garantía de que el ojo no corta el hilo), no era tan aguda como Scrooge: solo se embotaba cuando se le metía algo en la cabeza.

El espectro estaba encantado de verlo con este ánimo; y lo miraba con tal complacencia que Scrooge le rogó, como si fuese un niño, que le permitiera quedarse hasta que se fueran los invitados. Pero el espíritu le dijo que no podía ser.

—¡Van a empezar otro juego! —dijo Scrooge—. ¡Media hora más, espíritu, solo media hora!

Era un juego llamado «Sí y No», en el que el sobrino de Scrooge tenía que pensar algo, y el resto debía averiguar qué era; él solo podía contestar «sí» o «no» a sus preguntas, según el caso. Del fuego nutrido de preguntas al que lo sometieron, parecía deducirse que pensaba en un animal, un animal vivo, un animal desagradable, un animal salvaje, un animal que gruñía y rezongaba, y a veces hablaba, y vivía en Londres, y andaba por las calles, y no lo exhibían, y no lo llevaba nadie, y no vivía en

una casa de fieras, y su carne no se vendía en el mercado, y no era un caballo, ni un asno, ni una vaca, ni un toro, ni un tigre, ni un perro, ni un cerdo, ni un gato, ni un erizo. A cada nueva pregunta que le hacían, el sobrino estallaba en una nueva carcajada; y era tal su regocijo que se vio obligado a levantarse del sofá y dar patadas en el suelo. Por último, la hermana rolliza, cayendo en parecido estado, exclamó:

—¡Lo he averiguado! ¡Ya sé qué es, Fred! ¡Ya sé qué es!

—¿Qué es? —exclamó Fred.

—¡Es tu tío Scro-o-o-o-oge!

Así era, en efecto. El sentimiento de admiración fue general, aunque algunos objetaron que la respuesta a «¿Es un erizo?» debía haber sido «Sí», dado que la respuesta negativa bastaba para haber alejado las sospechas del señor Scrooge, en caso de que hubiesen ido en esa dirección.

—Desde luego, nos hemos divertido bastante a su costa —dijo Fred—, y seríamos unos desagradecidos si no bebiésemos a su salud. Tenemos aquí, a mano, un vaso de vino especiado y caliente; así que yo brindo: ¡Por el tío Scrooge!

—¡Bien! ¡Por el tío Scrooge! —exclamaron todos los demás.

—¡Feliz Navidad y próspero año nuevo al viejo, esté donde esté! —dijo el sobrino de Scrooge—. No ha querido aceptar mi felicitación, pero ojalá le llegue de todos modos. ¡Por el tío Scrooge!

El tío Scrooge había ido poniéndose imperceptiblemente tan animado y alegre que, si el espectro le hubiese concedido

tiempo, habría correspondido a la reunión, ajena de su presencia, con otro brindis, y les habría dado las gracias con inaudible voz. Pero toda la escena desapareció con el aliento de la última palabra que pronunció su sobrino; y otra vez se encontraron viajando él y el espíritu.

Vieron muchas cosas y llegaron muy lejos, y visitaron muchos lugares; pero siempre con un desenlace feliz. El espíritu se detuvo junto al lecho de los enfermos, y estos recobraron la alegría; junto a los que estaban en tierras extrañas, y se sintieron en su país; junto a los combatientes, y fueron pacientes al forjar mayores esperanzas; junto a la pobreza, y se volvió rica. En los asilos, los hospitales y las cárceles, en todos los refugios de la miseria, allá donde el hombre, envanecido por su pequeña y efímera autoridad, no había echado el cerrojo a la puerta impidiendo la entrada al espíritu, dejó este su bendición y enseñó a Scrooge sus preceptos.

Fue una noche larga, si es que realmente fue una sola noche; aunque Scrooge tenía sus dudas sobre esto, porque las fiestas de Navidad parecieron condensarse en el espacio de tiempo que pasaron juntos. Era extraño, además, que mientras Scrooge conservaba inalterado su aspecto exterior, el espectro se volvía cada vez más viejo de manera evidente. Scrooge había observado este cambio, aunque no dijo nada hasta que abandonaron una fiesta infantil de noche de Reyes; entonces, al detenerse los dos en un lugar al aire libre, notó que tenía el cabello gris.

—¿Tan corta es la vida de los espíritus? —preguntó Scrooge.

—La mía, en este mundo, es muy breve —replicó el espectro—. Termina esta noche.

—¿Esta noche? —exclamó Scrooge.

—Esta noche a las doce. ¡Escucha! Mi hora se acerca.

En ese instante las campanas dieron las doce menos cuarto.

—Perdona si es inconveniente la pregunta —dijo Scrooge, mirando con atención la túnica del espíritu—, pero veo algo que no pertenece a tu persona asomando por debajo de tus faldas. ¿Es un pie o una garra?

—Podría ser una garra, a juzgar por la carne que la cubre —fue la afligida respuesta del espíritu—. Mira esto.

De los pliegues de su hopalanda sacó dos niños, dos niños desdichados, infelices, horribles, espantosos, miserables. Se arrodillaron a sus pies y se agarraron a sus ropas.

—¡Hombre, mira aquí! ¡Mira, mira esto! —exclamó el espectro.

Eran un niño y una niña. Flacos, amarillos, harapientos, ceñudos, lobunos; aunque, al mismo tiempo, postrados con humildad. Donde la gracia de la juventud debía haber llenado sus facciones, encendiéndolas con los colores más lozanos, una mano agostada y marchita como la de la vejez las había pellizcado y retorcido y estirado en jirones. Donde hubieran podido entronizarse los ángeles, habitaban los demonios y acechaban amenazadores. Ningún cambio, ninguna degradación, ninguna perversión de la humanidad, cualquiera que sea su grado,

a lo largo de todos los misterios de la maravillosa creación, ha producido monstruos la mitad de espantosos y horribles.

Scrooge retrocedió horrorizado. Puesto que se los habían mostrado de esta manera, intentó decir que eran unos niños muy guapos; pero las palabras se le atragantaron antes de tomar parte en una mentira del tal magnitud.

—Espíritu, ¿son hijos tuyos?

Scrooge no pudo decir más.

—Son hijos del hombre —dijo el espíritu, mirándolos—. Y se aferran a mí, suplicantes, huyendo de sus padres. Este niño es la Ignorancia. Esta niña, la Indigencia. Guárdate de ellos y de los de su especie; pero, sobre todo, guárdate de este niño, porque en su frente veo escrita la palabra Condenación, a menos que sea borrada. ¡Recházala! —exclamó el espíritu, extendiendo la mano hacia la ciudad—. ¡Calumnia a quienes te la digan! ¡Admítela para tus fines perversos, y empeórala aún más! ¡Y espera el final!

—¿No tienen cobijo ni recursos? —exclamó Scrooge.

—¿No hay cárceles? —dijo el espíritu, echándole en cara por última vez sus mismas palabras—. ¿No hay asilos?

La campana dio las doce.

Scrooge buscó al espectro con la mirada, a su alrededor, y no lo vio. Cuando dejó de vibrar la última campanada, se acordó de la predicción del viejo Jacob Marley, y, alzando los ojos, descubrió un fantasma solemne, encapuchado y cubierto de ropajes, que avanzaba, como una bruma por el suelo, hacia él.

EL ÚLTIMO DE LOS ESPÍRITUS

El fantasma se acercó lenta, grave, silenciosamente. Al llegar junto a él, Scrooge cayó de rodillas, porque el mismo aire por el que este espíritu se desplazaba parecía difundir tristeza y misterio.

Iba envuelto en negros ropajes que le ocultaban la cabeza, la cara, la figura y no le dejaban nada visible salvo una mano extendida. De no ser por eso, habría sido difícil discernir su silueta en la noche y distinguirlo de la oscuridad que lo rodeaba.

Cuando lo tuvo cerca, vio que era alto e imponente y que su misteriosa presencia le infundía un solemne temor. No advirtió nada más, porque el espíritu ni hablaba ni se movía.

—¿Estoy en presencia del espectro de las Navidades Venideras? —dijo Scrooge.

El espíritu no contestó, sino que indicó con la mano que caminase.

—Vas a mostrarme las sombras de cosas que aún no han ocurrido, pero que ocurrirán en el tiempo por venir —prosiguió Scrooge—. ¿No es eso, espíritu?

La parte superior de su vestidura se arrugó un instante formando pliegues, como si el espíritu hubiese inclinado la cabeza. Esa fue la única respuesta que obtuvo.

Aunque acostumbrado ya a las compañías espectrales, Scrooge sentía tanto pavor ante esta figura silenciosa que le temblaban las piernas; y, al disponerse a seguirla, descubrió que apenas podía tenerse en pie. El espíritu se detuvo un instante al observar su estado, con el fin de darle tiempo para que se recobrase.

Pero esto hizo que Scrooge se sintiese peor. Le producía un vago e incierto terror saber que, tras aquel sombrío sudario, había unos ojos fantasmales mirándolo fijamente, mientras que él, aunque abría los suyos cuanto podía, no lograba ver otra cosa que una mano espectral y una enorme masa de negrura.

—¡Espectro del futuro! —exclamó—, me das más miedo que ninguno de los espectros que he visto. Pero como sé que tu propósito es hacerme el bien, y espero vivir para ser distinto del que he sido, estoy dispuesto a acompañarte, y a hacerlo con todo mi agradecimiento. ¿No vas a hablarme?

El espectro no contestó. Su mano señaló directamente delante de ellos.

—¡Guíame! —dijo Scrooge—. ¡Guíame! La noche se está desvaneciendo rápidamente, y el tiempo es precioso para mí, lo sé. ¡Guíame, espíritu!

El fantasma se puso en marcha del mismo modo en que había venido hacia él. Scrooge lo siguió a la sombra de su vestido, el cual, según pensó, lo sostenía y lo transportaba.

No pareció que entraran en la ciudad, sino más bien que esta brotaba alrededor de ellos, cercándolos mientras

cobraba forma. Sin embargo allí estaban, en su corazón mismo: en la Bolsa, entre hombres de negocios que andaban presurosos de un lado para otro, hacían tintinear el dinero en sus bolsas, conversaban en grupos, consultaban sus relojes, jugueteaban meditabundos con sus gruesas sortijas de oro..., todo, en fin, tal y como Scrooge les había visto hacer muchas veces.

El espíritu se detuvo junto a un pequeño grupo de negociantes. Al ver que su mano los señalaba, Scrooge se acercó a escuchar su conversación.

—No —estaba diciendo un hombre alto y grueso con una barbilla monstruosa—. No sé nada ni en un sentido ni en otro. Solo sé que ha muerto.

—¿Cuándo murió? —preguntó otro.

—Anoche, creo.

—Vaya, ¿qué es lo que le pasó? —preguntó un tercero, tomando un buen pellizco de rapé de una gran tabaquera—. Yo creía que no se iba a morir nunca.

—Sabe Dios —dijo el primero, bostezando.

—¿Qué ha hecho con su dinero? —preguntó un señor de cara colorada con una excrecencia en la punta de la nariz, que le colgaba como el moco de un pavo.

—No he oído decir nada —dijo el hombre de la barbilla enorme, bostezando otra vez—. Quizás se lo haya dejado a su empresa. Lo que sé es que a mí no me lo ha dejado.

Esta broma fue acogida con una carcajada general.

—Seguramente será un entierro de tres al cuarto —dijo el mismo de antes—, pues a fe que no sé de nadie que piense ir. ¿Y si formáramos un grupo de voluntarios?

—A mí no me importa ir, si hay comida —comentó el señor de la excrecencia en la nariz—. Pero si voy, me tienen que dar de comer.

Otra risotada.

—En fin, veo que soy el más desinteresado de todos —dijo el que había hablado en primer lugar—, porque nunca llevo guantes negros, ni como jamás a mediodía. Pero me ofrezco a ir, si va alguien más. Pensándolo bien, tengo la impresión de haber sido yo su amigo más allegado, pues solíamos pararnos a charlar siempre que nos encontrábamos. ¡Hasta luego!

Hablantes y oyentes se dispersaron y se mezclaron con otros grupos. Scrooge conocía a estos hombres, y se volvió hacia el espíritu en espera de una explicación.

El fantasma siguió adelante y se metió en una calle. Su dedo señaló a dos personas que se saludaban. Scrooge se puso a escuchar otra vez, pensando que quizá estaba aquí la explicación.

Conocía también perfectamente a estos dos individuos. Eran hombres de negocios muy acaudalados y de mucho renombre. Él siempre se había preocupado de conservar su estima; claro está, desde un punto de vista mercantil, estrictamente mercantil.

—¡Hola! ¿Qué tal? —dijo uno.

—¡Hola! ¿Qué tal? —replicó el otro.

—Bueno —dijo el primero—, al fin la ha palmado ese demonio, ¿no?

—Eso me han dicho —respondió el segundo—. Hace frío, ¿verdad?

—Lo normal en navidades. ¿Es usted patinador?

—No, no. Tengo otras cosas en que pensar. ¡Buenos días!

Ni una palabra más. Ese fue su encuentro, esa su conversación, esa su despedida.

Al principio, Scrooge se sorprendió de que el espíritu diese tanta importancia a palabras que parecían triviales; pero convencido de que debían de tener algún propósito oculto, se puso a meditar cuál podría ser. No era probable que tuviesen relación con la muerte de Jacob, su antiguo socio, porque eso pertenecía al pasado, y la incumbencia de este espectro era el futuro. Tampoco se le ocurría nadie directamente vinculado con él mismo a quien pudieran referirse. Pero no dudando de que, a quienquiera que se refiriesen, encerraban alguna moraleja para su propio provecho, decidió guardar en la memoria las palabras que oía y las cosas que veía; y, en especial, observar la sombra de sí mismo, cuando esta apareciese. Porque tenía la esperanza de que la conducta del futuro Scrooge le proporcionase la clave que le faltaba y le diese una fácil solución de estos enigmas.

Miró por todas partes, en este mismo lugar, buscando su propia imagen; pero en su rincón acostumbrado había otro hombre, y, pese a que el reloj señalaba la hora en

111

que él solía estar allí, no veía a nadie que se pareciera a él entre la muchedumbre que entraba y salía a raudales por el pórtico. No obstante, esto le sorprendió poco, ya que había estado dándole vueltas en la cabeza a la idea de cambiar de vida, y pensaba y esperaba ver realizadas sus recién adoptadas decisiones al respecto.

Callado y sombrío, el fantasma estaba de pie junto a él, con la mano extendida. Cuando Scrooge despertó de su absorta búsqueda, le pareció, por el gesto de la mano y por su posición respecto a él, que sus ojos invisibles lo miraban fijamente. Esto le produjo un estremecimiento y una sensación de frío.

El avaro y el espectro dejaron este ajetreado escenario y se adentraron en una parte oscura de la ciudad que Scrooge no había visitado nunca, aunque conocía su situación y su mala fama. Las calles eran sucias y estrechas; las tiendas y las casas, miserables; la gente, desharrapada, borracha, medio descalza y mal encarada. Los callejones y pasadizos, como pozos negros, vertían sus infectos olores, su suciedad y su vida miserable en las calles tortuosas; y el barrio entero rezumaba de crimen, corrupción y miseria.

En aquel antro de ambiente infame había una tienda sórdida, cobijada bajo un sotechado, donde se compraba hierro, trapos viejos, botellas, huesos y despojos grasientos. En el interior, se apilaban sobre el suelo montones herrumbrosos de llaves, clavos, cadenas, bisagras, limas, balanzas, pesas y toda suerte de chatarra. Secretos en los que a pocos les

gustaría escarbar se ocultaban y fermentaban entre montañas de harapos indecentes, masas de grasa putrefacta y montones de huesos. Sentado entre la mercancía con la que comerciaba, junto a una estufa de carbón hecha con ladrillos viejos, había un granuja canoso, de unos setenta años, que se protegía del frío exterior con sucias cortinas, hechas con pingajos de todas clases colgados de una cuerda, y fumaba su pipa gozando del lujo de aquel apacible retiro.

Scrooge y el fantasma se presentaron ante este hombre justo en el momento en que entraba en la tienda una mujer cargada con un voluminoso bulto. Pero no había hecho más que entrar, cuando irrumpió otra mujer igualmente cargada, seguida por un hombre vestido de negro desvaído, el cual se sobresaltó tanto al verlas como se habían sobresaltado ellas al reconocerse entre sí. Tras unos instantes de mudo asombro, al que se sumó el viejo de la pipa, se echaron a reír los tres.

—¡Que la asistenta sea la primera! —exclamó la que había entrado antes—. La lavandera, la segunda, y, en tercer lugar, el empleado de la funeraria. ¿Qué le parece, viejo Joe? ¡Vaya casualidad, encontrarnos aquí los tres sin habernos puesto de acuerdo!

—No podríais haberos encontrado en mejor lugar —dijo el viejo Joe, quitándose la pipa de la boca—. Pasad al salón. Tú hace tiempo que entras y sales con toda libertad; y los otros dos no son desconocidos. Esperad a que cierre la puerta de la tienda. ¡Ah, cómo chirría! Creo que no hay en esta casa una

113

pieza metálica más oxidada que sus bisagras; y estoy seguro de que no hay aquí huesos más viejos que los míos, ¡ja, ja! Todos somos dignos de nuestro oficio, estamos bien hermanados. Pasad al salón; vamos, pasad al salón.

El salón era un espacio que había detrás de la cortina de pingajos. El viejo juntó las brasas del fuego con una vieja varilla de sujetar la alfombra de la escalera; y, tras avivar su humeante lámpara (porque era de noche) con la boquilla de la pipa, volvió a ponérsela en la boca.

Mientras hacía esto, la mujer que había hablado arrojó su bulto al suelo y se sentó de manera descarada en un taburete, con los codos apoyados en las rodillas y mirando con abierto desafío a los otros dos.

—¿Qué? ¿Qué pasa, señora Dilber? —dijo la mujer—. Todo el mundo tiene derecho a mirar por sí mismo. ¡Así lo hizo *él* siempre!

—¡Eso es verdad, desde luego! —dijo la lavandera—. Nadie lo ha hecho mejor que *él*.

—Entonces no se quede ahí mirando como una pasmada. ¿Quién es aquí más lista? Supongo que no vamos a ponernos verdes la una a la otra.

—¡Por supuesto que no! —dijeron a la vez la señora Dilber y el hombre—. Esperemos que no.

—¡Ah, bueno! —exclamó la mujer—. Dejémoslo estar. ¿A quién perjudica la pérdida de unas cuantas cosas como estas? Supongo que al muerto no.

—No, desde luego —dijo la señora Dilber, riendo.

—Si el viejo y maldito tacaño quería conservarlas después de morir —prosiguió la mujer—, ¿por qué en vida no se portó como una persona normal? Si lo hubiese hecho así, habría tenido a alguien para cuidarlo cuando le llegó la hora, en vez de estar allí solo, dando las últimas boqueadas.

—Esa es la verdad más grande que se ha dicho en la vida —dijo la señora Dilber—. Ha sido castigo de Dios.

—¡Ojalá hubiera sido mayor! —replicó la mujer—; y lo habría sido, pueden estar seguros, si hubiese podido yo echarle mano a alguna cosa más. Abra ese bulto, viejo Joe, y dígame cuánto vale. Dígalo claro. A mí no me asusta ser la primera, ni me asusta que ellos lo vean. Creo que, antes de encontrarnos aquí, sabíamos de sobra que cada cual se estaba quedando con lo que podía. No es ningún pecado. Abra el bulto, Joe.

Pero la galantería de sus amigos no lo consintió; y el hombre vestido de negro desvaído, adelantándose a todos, enseñó su botín. No era gran cosa. Uno o dos sellos, un estuche de lápices, un par de gemelos de camisa y un alfiler de corbata de escaso valor. Eso era todo. El viejo Joe lo examinó y tasó todo concienzudamente, anotó con tiza en la pared las cantidades que estaba dispuesto a pagar por cada objeto, y las sumó cuando vio que no quedaba nada más.

—Esa es tu cuenta —dijo Joe—; y no te daría ni seis peniques más aunque me cociesen por no hacerlo. ¿Quién va a continuación?

Entonces le tocó a la señora Dilber. Sábanas, toallas, un traje un poco gastado, dos anticuadas cucharillas de plata, unas pinzas para el azúcar y unas cuantas botas. Su cuenta quedó consignada en la pared de la misma manera.

—Yo siempre doy de más a las señoras. Es una debilidad que tengo... y que me va a llevar a la ruina —dijo el viejo Joe—. Esta es su cuenta. Como me pida un penique más y se ponga a regatear, me arrepentiré de mi generosidad y le rebajaré media corona.

—Y ahora desate mi bulto, Joe —dijo la primera mujer.

Joe se arrodilló para abrirlo con más comodidad; y, tras deshacer gran cantidad de nudos, sacó un pesado rollo de un tejido oscuro.

—¿Qué es esto? —dijo Joe—. ¿Cortinas de cama?

—¡Eso mismo! —contestó la mujer, echándose a reír e inclinándose hacia adelante con los brazos cruzados—. ¡Cortinas de cama!

—No irás a decirme que te las llevaste, con anillas y todo, mientras él yacía muerto allí, ¿verdad? —dijo Joe.

—Pues sí —replicó la mujer—. ¿Por qué no?

—Has nacido para rica —dijo Joe—, y seguro que lo serás.

—De lo que puede estar seguro es de que no voy a dejar de alargar la mano para arramblar con lo que pueda, cuando se trate de gentes como él; eso se lo prometo, Joe —replicó fríamente la mujer—. Y ahora, que no le vaya a caer aceite en las mantas.

—¿Son de él? —preguntó Joe.

—¿De quién, si no? —replicó la mujer—. Supongo que no va a pasar frío sin ellas.

—Espero que no haya muerto de nada contagioso, ¿eh? —dijo el viejo Joe, interrumpiéndose en su trabajo y alzando la mirada.

—No se preocupe —replicó la mujer—. No tengo yo tanto apego a su compañía como para andar merodeando a su alrededor en busca de estas cosas, si fuera así. ¡Ah!, ya puede mirar esa camisa hasta que le duelan los ojos, que no le va a encontrar un solo agujero ni trozo raído. Es la mejor que tenía, y muy fina, por cierto. La habrían desperdiciado, si no llega a ser por mí.

—¿A qué le llamas tú desperdiciar? —preguntó el viejo Joe.

—A ponérsela para enterrarlo con ella, por supuesto —replicó la mujer con una risotada—. Alguien hizo la tontería de ponérsela; pero yo se la he vuelto a quitar. Si no sirve el percal para un caso así, es que no sirve para nada. Le sentaba la mar de bien al muerto. No parecía más feo con la tela que con esta camisa.

Scrooge escuchaba horrorizado este diálogo. Sentados todos alrededor de sus despojos, a la escasa luz que difundía la lámpara del viejo, los observaba con una abominación y una repugnancia que no habrían sido mayores si hubiesen sido demonios inmundos comerciando con el cadáver.

—¡Ja, ja! —rio la misma mujer cuando el viejo Joe, sacando una bolsa de franela con dinero, les dio sus respectivas

ganancias—. ¡Ahí tenéis en qué ha ido a parar! ¡Ahuyentó a todo el mundo cuando estaba vivo, para que nos aprovechemos nosotros ahora que está muerto! ¡Ja, ja, ja!

—¡Espíritu! —dijo Scrooge, temblando de pies a cabeza—. Comprendo, comprendo. El caso de este desventurado podría ser el mío. Mi vida discurre ahora por ese camino. ¡Dios misericordioso! ¿Qué es eso?

Retrocedió, aterrado, porque había cambiado el escenario, y ahora casi tocaba una cama: una cama desnuda, sin cortinas; sobre ella, bajo una sábana andrajosa, yacía algo oculto que, aunque mudo, anunciaba su naturaleza con horrible lenguaje.

La habitación estaba muy oscura, demasiado oscura para poder ver con precisión, aunque Scrooge miró a su alrededor, obedeciendo a un secreto impulso, deseoso de saber qué clase de habitación era aquella. Una pálida luz, procedente del exterior, caía directamente sobre la cama; y en ella, saqueado y despojado, sin nadie que lo velase, lo llorase o lo cuidase, estaba el cadáver del hombre en cuestión.

Scrooge se volvió hacia el fantasma. La mano imperturbable de este señalaba la cabeza. Estaba cubierta con tal descuido que el más ligero roce, el movimiento de un dedo por parte de Scrooge, habría descubierto su cara. Pensó hacerlo; se daba cuenta de lo fácil que era, y quería hacerlo; pero tenía tanta fuerza para retirar el velo como para apartar al espectro de su lado.

¡Oh fría, fría, rígida, horrible Muerte: levanta aquí tu altar, y vístelo de cuantos terrores tengas en tu poder, porque estos

son tus dominios! Pero de las amadas, veneradas y honradas cabezas no puedes inclinar un solo cabello a favor de tus designios terribles, ni volver odioso uno solo de sus rasgos. No es que la mano esté inerte y caiga cuando la soltemos, ni que el corazón y el pulso estén inmóviles, sino que la mano estuvo abierta, y fue leal y generosa, el corazón fue cálido y tierno y valeroso, y su pulso fue de hombre. ¡Hiere, Sombra, hiere! ¡Y mira cómo brotan de la herida sus buenas acciones para sembrar el mundo de vida inmortal!

Ninguna voz pronunció estas palabras al oído de Scrooge; sin embargo, las oyó cuando miraba la cama. Pensó: si este hombre pudiese levantarse ahora, ¿en qué pensaría primero? ¿En la avaricia, en los negocios abusivos, en las atenazadoras preocupaciones? ¡La verdad es que lo habían conducido a un lucrativo final!

El cadáver yacía en la casa oscura y vacía, sin que hubiese hombre, mujer o niño que dijera que fue amable con él en tal o cual ocasión y que, por el recuerdo de una palabra cariñosa, se mostrase ahora afectuoso con él. Un gato arañaba la puerta, y se oía el roer de las ratas bajo la piedra del hogar. Scrooge no se atrevió a pensar qué podían buscar en la habitación del muerto, y por qué estaban tan inquietas y alborotadas.

—¡Espíritu! —dijo—, este sitio es espantoso. No olvidaré sus enseñanzas cuando lo abandonemos, créeme. ¡Vámonos!

Pero el espectro aún señalaba con dedo inmóvil la cabeza del muerto.

—Te comprendo —replicó Scrooge—, y lo haría si pudiese. Pero no tengo fuerzas, espíritu. No tengo fuerzas.

Nuevamente pareció mirarlo.

—Si hay alguien en la ciudad que sienta alguna emoción ante la muerte de este hombre —dijo Scrooge angustiado—, ¡te suplico que me lo muestres, espíritu!

El fantasma desplegó un momento sus negras vestiduras ante él como si fuesen alas; y, al replegarlas, reveló una habitación a la luz del día, donde estaba una madre con sus hijos.

La madre esperaba a alguien con ansiosa impaciencia, pues paseaba de un lado para otro de la habitación; se sobresaltaba al menor ruido, se asomaba a la ventana, miraba el reloj, intentaba, aunque en vano, hacer punto con la aguja, y no soportaba las voces de los niños jugando.

Por último se oyó la esperada llamada. Corrió hacia la puerta y recibió a su marido, un hombre de rostro abatido y marcado por las preocupaciones, aunque joven. Había en él ahora una singular expresión, una especie de grave alegría de la que sentía vergüenza, y que pugnaba por reprimir.

Se sentó ante la cena que habían estado guardándole junto al fuego; y, cuando ella le preguntó tímidamente qué noticias traía —lo que no fue hasta mucho después—, él aparentó no saber qué contestar.

—¿Son buenas o malas? —dijo ella para ayudarlo.

—Malas —contestó él.

—¿Estamos completamente arruinados?

—No. Aún hay esperanzas, Caroline.

—¡Si él se ablanda las hay! —dijo ella, asombrada—. No tenemos por qué perderlas, si ha ocurrido ese milagro.

—Ya no puede ablandarse —dijo su marido—. Ha muerto.

Si la cara es el espejo del alma, ella era una criatura amable y paciente; pero se sintió agradecida en lo más íntimo de su ser al oír aquello, y así lo dio a entender con un gesto de alegría. Un instante después pidió perdón, pesarosa; pero la primera reacción le había salido del alma.

—Lo que me dijo la mujer medio borracha, de la que anoche te hablé, cuando traté de entrevistarme con él para que me diese una semana más, y que me pareció una excusa para no recibirme, ha resultado ser completamente cierto. No solo estaba muy enfermo entonces, sino que se estaba muriendo.

—¿A quién se traspasará nuestra deuda?

—No lo sé. Pero antes de que llegue ese momento tendremos el dinero; y aunque no lo tuviéramos, ya sería mala suerte dar con un acreedor tan despiadado como él. ¡Esta noche podemos dormir tranquilos, Caroline!

Sí. Tranquilizados de este modo, se les sosegó el corazón.

Las caras de los niños, callados y apiñados a su alrededor para escuchar lo que apenas entendían, estaban más radiantes. ¡Y el hogar fue más feliz por la muerte de aquel hombre! La única emoción causada por tal suceso que el espectro pudo mostrarle fue de alegría.

—Enséñame alguna muestra de ternura provocada por esa muerte —dijo Scrooge—, o tendré eternamente presente esa sombría estancia que acabamos de dejar, espíritu.

El espectro lo condujo por largas calles que sus pies conocían; y, mientras caminaban, Scrooge se buscaba a sí mismo por todas partes, aunque no se encontraba. Entraron en casa del pobre Bob Cratchit, morada que él había visitado ya, y hallaron a la madre y a sus hijos sentados alrededor del fuego.

Silencio. Absoluto silencio. Los pequeños y bulliciosos Cratchit estaban sentados en un rincón, inmóviles como estatuas, y miraban a Peter, que tenía un libro ante sí. La madre y las hijas estaban ocupadas cosiendo. ¡Pero qué silenciosos estaban todos!

—«Y, llamando a un niño, lo puso en medio de ellos...».

¿Dónde había oído Scrooge aquellas palabras? No las había soñado. Debió de leerlas el chico en voz alta cuando el espíritu y él cruzaban el umbral. ¿Por qué no seguía?

La madre dejó su labor sobre la mesa y se llevó una mano a la cara.

—El color me hace daño a los ojos —dijo.

¿El color? ¡Ah, pobre Tiny Tim!

—Ahora los tengo mejor otra vez —dijo la esposa de Cratchit—. La luz de la vela me los fatiga; y no quisiera por nada del mundo que vuestro padre me los viera cansados cuando regrese. Debe de ser casi la hora.

—Más bien pasa de la hora —contestó Peter, cerrando su libro—. Pero creo que el papá anda más despacio de lo que solía estas últimas semanas, madre.

Se quedaron muy callados de nuevo. Por último, dijo ella con una voz firme y animada, que solo vaciló una vez:

—Yo lo he visto caminar con..., yo lo he visto caminar muy deprisa con Tiny Tim a hombros.

—Yo también —exclamó Peter—. Muchas veces.

—¡Y yo! —exclamó otro. Todos lo habían visto.

—Pero pesaba poco —prosiguió ella, clavando su mirada en la labor—, y su padre lo quería tantísimo que no era ninguna molestia para él..., ninguna molestia. ¡Pero ahí está vuestro padre en la puerta!

Echó a correr a su encuentro; y el bueno de Bob entró en la habitación con su bufanda, que bastante falta le hacía al pobre. Tenía el té preparado en la repisa interior de la chimenea, y todos compitieron por servírselo. Luego, los dos pequeños Cratchit se subieron a sus rodillas y cada uno apretó su mejilla contra su rostro, como diciendo: «No te preocupes, papá. ¡No estés afligido!».

Bob se mostró muy animado con ellos y habló con alegría a toda la familia. Miró la labor que había sobre la mesa y alabó la aplicación y rapidez de la señora Cratchit y de las niñas. Iban a terminarla mucho antes del domingo, dijo.

—¡El domingo! Entonces, ¿has ido hoy, Robert? —dijo su esposa.

—Sí, cariño —contestó Bob—. Me habría gustado que hubieses venido. Te habría alegrado ver lo verde que es aquel lugar. Pero lo visitarás a menudo. Le prometí ir todos los domingos. ¡Pequeñín, pequeñín mío! —exclamó—. ¡Pequeñín mío!

Bob se desmoronó de repente. No lo pudo evitar. De haber podido evitarlo, él y su hijo habrían estado más separados el uno del otro de lo que estaban.

Abandonó la habitación y subió al cuarto de arriba, que estaba alegremente iluminado y adornado con motivos navideños. Había una silla colocada junto al niño, y señales de que alguien había estado allí recientemente. El pobre Bob se sentó en ella, y, cuando hubo meditado un poco y se hubo serenado, besó la carita. Se resignó con lo ocurrido, y bajó otra vez feliz.

Se sentaron alrededor de la lumbre, y se pusieron a charlar; las niñas y la madre seguían con su labor. Bob les habló de la extraordinaria amabilidad del sobrino del señor Scrooge (al que apenas había visto una vez), el cual, al cruzarse con él en la calle ese día y verlo un poco («bueno, un poquitín abatido», dijo Bob), le preguntó qué le había pasado para encontrarse tan afligido.

—Así que —dijo Bob—, como es el caballero más agradable que he visto en mi vida, se lo conté. «Lo siento muchísimo, señor Cratchit», dijo, «y lo siento profundamente por su buena esposa». Y, a propósito, no sé cómo se ha enterado.

—¿Enterarse de qué, cariño?

—Pues de que eres una buena esposa —dijo Bob.

—¡Eso lo sabe todo el mundo! —dijo Peter.

—¡Muy bien dicho, muchacho! —exclamó Bob—. Espero que así sea. «Lo siento profundamente», dijo el caballero, «por su buena esposa. Si puedo ayudarle en algo», dijo, dándome su tarjeta, «aquí es donde vivo. Por favor, venga a verme». Y no es tanto —añadió Bob— lo que pueda hacer por nosotros, como su amabilidad, lo que me ha resultado realmente encantador. Es como si hubiese conocido a nuestro Tiny Tim y compartiese nuestro sentimiento.

—¡Estoy segura de que es una buena persona! —dijo la señora Cratchit.

—Más segura estarías, cariño —replicó Bob—, si lo vieses y hablases con él. No me sorprendería, fíjate bien, que nos encontrase un puesto mejor para Peter.

—¿Oyes eso, Peter? —dijo la señora Cratchit.

—¡Y entonces —exclamó una de las niñas—, Peter se asociará con alguien y se establecerá por su cuenta!

—¡Dejaos de bobadas! —replicó Peter, sonriendo.

—Eso podría ocurrir cualquier día de estos —dijo Bob—, aunque todavía queda mucho tiempo por delante, cariño. Pero cuando quiera y como quiera que nos separemos, estoy seguro de que ninguno de nosotros olvidará al pobre Tiny Tim... ¿verdad?, ni tampoco esta primera separación que ha habido entre nosotros.

—¡Nunca, padre! —exclamaron todos.

—Y sé —dijo Bob—, sé, queridos míos, que cuando recordemos lo paciente y lo dulce que era, a pesar de ser tan pequeñito, no regañaremos fácilmente; porque si lo hiciéramos, olvidaríamos al pobre Tiny Tim.

—¡Eso nunca, padre! —exclamaron todos otra vez.

—Soy muy feliz —dijo el pobre Bob—. ¡Muy feliz!

Lo besó la señora Cratchit, lo besaron sus hijas, lo besaron los dos pequeños Cratchit, y Peter le estrechó la mano. ¡Espíritu de Tiny Tim, tu infantil esencia provenía de Dios!

—Espectro —dijo Scrooge—, algo me dice que se acerca el momento de nuestra separación. Lo sé, aunque no sé cómo. Dime quién era el hombre que vimos en su lecho de muerte.

El espectro de las Navidades Venideras lo condujo, como antes —aunque en época distinta, pensó; a decir verdad, no parecía haber orden en estas últimas visiones, salvo el hecho de pertenecer al futuro—, a los lugares que frecuentaban los hombres de negocios, pero no se vio a sí mismo. En realidad, el espíritu no se detenía por nada, sino que seguía adelante, como si deseara alcanzar el final, hasta que Scrooge le suplicó que se detuviese un momento.

—Esta plazuela que cruzamos ahora a toda prisa —dijo Scrooge— es donde está y ha estado mucho tiempo mi lugar de trabajo. Veo la casa. Permíteme contemplar lo que seré en días venideros.

El espíritu se detuvo; su mano señaló en otra dirección.

—La casa es aquella —dijo Scrooge—. ¿Por qué señalas hacia otra parte?

El dedo inexorable no se desvió un ápice.

Scrooge corrió a la ventana de su oficina y se asomó. Seguía siendo una oficina, pero no la suya. Los muebles no eran los mismos y la figura sentada en la silla no era él. El fantasma seguía señalando como antes.

Volvió junto a él, preguntándose por qué y adónde se habría ido, y acompañó al fantasma hasta que llegaron a una verja de hierro. Se detuvo a mirar alrededor antes de entrar.

Era un cementerio. Aquí, pues, yacía bajo tierra el desdichado cuyo nombre iba a saber ahora. Era un digno lugar: cercado por casas, invadido de maleza (vegetación de la muerte, no de la vida), atragantado de cadáveres, con su apetito colmado hasta la saciedad. ¡Un digno lugar!

El espíritu se detuvo entre las tumbas y señaló una. Scrooge avanzó hacia ella, temblando. El fantasma seguía exactamente como antes, pero él temía descubrir un nuevo significado en su figura solemne.

—Antes de acercarme a esa lápida que me señalas —dijo Scrooge—, contéstame a una pregunta. ¿Son estas las sombras de las cosas que ocurrirán, o solo de las cosas que pueden ocurrir?

El espectro siguió señalando la sepultura junto a la que estaba.

—Los caminos seguidos por los hombres hacen prever los finales a los que conducen si perseveran en ellos —dijo Scrooge—. Pero si se apartan de esos caminos, los finales habrán de cambiar. ¡Dime que así es lo que tú me muestras!

El espíritu continuó impasible como siempre.

Scrooge avanzó lentamente hacia él, temblando; y siguiendo la dirección del dedo, en la lápida de la abandonada sepultura leyó su propio nombre: EBENEZER SCROOGE.

—¿Era yo el hombre que yacía en el lecho? —preguntó Scrooge, cayendo de rodillas.

El dedo se desvió de la tumba, lo señaló a él, y volvió a señalar la tumba de nuevo.

—¡No, espíritu! ¡Oh, no, no!

El dedo apuntaba impasible.

—¡Espíritu! —exclamó, asiéndose con fuerza a su túnica—. ¡Escúchame! Ya no soy el que era. No quiero ser el hombre que podría haber sido sin tu intercesión. ¿Por qué me enseñas todo esto, si ya no tengo esperanza?

Por primera vez, la mano pareció vacilar.

—Buen espíritu —prosiguió Scrooge, que continuaba en el suelo, suplicante—, tu persona intercede por mí y me compadece. ¡Asegúrame que aún puedo cambiar estas sombras que me has mostrado, dando otro rumbo a mi vida!

La mano bondadosa tembló.

—Honraré la Navidad con todo mi corazón y procuraré observar su espíritu todo el año. Viviré en el pasado, en el presente

y en el futuro. Los espíritus de los tres actuarán dentro de mí. No cerraré los oídos a las lecciones que ellos me enseñen. ¡Oh, dime que puedo borrar lo que está escrito en esta lápida!

Angustiado, agarró la mano espectral. Esta trató de liberarse, pero Scrooge encontraba fuerzas en su súplica, y la retuvo. El espíritu, más fuerte que él, lo rechazó.

Al alzar las manos en una última súplica para que alterase su destino, vio que la capucha y el vestido del fantasma experimentaban una transformación. Menguó, se encogió, y se redujo hasta convertirse en una columna de cama.

EL FINAL DEL RELATO

¡Sí! Y la columna de cama era suya. Y la cama era la suya, y suya la habitación. ¡Y lo mejor y más venturoso de todo era que el tiempo que tenía por delante, para enmendarse, era también suyo!

—¡Viviré en el pasado, en el presente y en el futuro! —repitió Scrooge, gateando para bajarse de la cama—. ¡Los espíritus de los tres actuarán dentro de mí! ¡Oh, Jacob Marley! ¡Bendito sea Dios, y benditas las navidades por esto! ¡De rodillas lo digo, viejo Jacob, de rodillas!

Tan excitado y entusiasmado estaba con sus buenas intenciones que no conseguía que su cascada voz expresase todo lo que quería. Había estado sollozando intensamente en su forcejeo con el espíritu, y tenía la cara empapada de lágrimas.

—¡No las han arrancado! —exclamó Scrooge, abrazando una de las cortinas de la cama—. No las han arrancado, ni tampoco las anillas. Están aquí, estoy aquí: es posible disipar las sombras de las cosas que podrían haber sucedido. Y serán disipadas. ¡Ya lo creo que lo serán!

A todo esto, sus manos no paraban de forcejear con las ropas: volviéndolas del revés, colocando lo de abajo arriba, desgarrándolas, poniéndoselas mal y haciéndolas objeto de toda suerte de extravagancias.

—¡No sé lo que me hago! —exclamó Scrooge, riendo y llorando a la vez, y convertido, con sus calzas, en un perfecto Laoconte—. Me siento ligero como una pluma, feliz como un ángel, alegre como un escolar. Me siento aturdido como un borracho. ¡Feliz Navidad a todos! ¡Feliz año nuevo a todo el mundo! ¡Eh! ¡Hola!

Había ido dando saltos al cuarto de estar, y ahora se había quedado allí de pie, completamente exhausto.

—¡Ahí está el cazo de las gachas! —exclamó Scrooge, empezando a saltar otra vez alrededor de la chimenea—. ¡Ahí está la puerta por la que entró el espectro de Jacob Marley! ¡Ahí está también el rincón donde se sentó el espectro de la Navidad Presente! ¡Y ahí, la ventana desde donde vi a los espíritus errantes! ¡Todo es verdad, todo es cierto, todo ha sucedido! ¡Ja, ja, ja!

En realidad, para un hombre que había estado tantos años sin practicar, fue una risa espléndida, una risa de lo más gloriosa. ¡Progenitora de una larga, de una larguísima serie de brillantes carcajadas!

—¡No sé qué día del mes es! —exclamó Scrooge—. No sé cuánto tiempo he estado entre los espíritus. No sé nada. Soy como un bebé. ¡Eh! ¡Yupi! ¡Hurra!

Sus reacciones de arrobo fueron interrumpidas por los más vigorosos repiques de campanas que había oído en su vida. ¡Clon, clan, cataplán, din, dan, don! ¡Don, dan, din, cataplán, clan, clon! ¡Oh, espléndido, espléndido!

Corrió a la ventana, la abrió y asomó la cabeza. No había niebla ni bruma; estaba despejado, el día era radiante, alegre, estimulante, frío; un frío que le hacía a uno levantar de la tumba; con un sol dorado, un cielo divino, un aire fresco y suave, ¡y las alegres campanas! ¡Oh, espléndido, espléndido!

—¿Qué día es hoy? —gritó Scrooge, dirigiéndose a un chico con ropa de domingo, que se había detenido quizá a mirarlo.

—¿Eh? —replicó el chico, reflejando en su expresión todo el asombro de que era capaz.

—¿Qué día es hoy, muchachito? —dijo Scrooge.

—¿Hoy? —repitió el chico—. ¡Toma, pues Navidad!

—¡Es Navidad! —se dijo Scrooge—. No me la he perdido. Los espíritus lo han hecho todo en una noche. Pueden hacer lo que quieren. Por supuesto que pueden, no faltaría más. ¡Eh, muchachito!

—¿Qué? —replicó el chico.

—¿Conoces la pollería que está en la esquina, no de la calle siguiente, sino de la otra? —preguntó Scrooge.

—Creo que sí —replicó el chico.

—¡Un chico despierto! —exclamó Scrooge—. ¡Un chico excepcional! ¿Y sabes si han vendido ya el magnífico pavo que tenían allí colgado? No el pequeño, sino el grande.

—¿Cuál, uno que es tan grande como yo? —respondió el chico.

—¡Qué encanto de chico! —dijo Scrooge—. Es una delicia hablar con él. ¡Sí, chaval!

—Allí sigue colgado —replicó el chico.

—¿De veras? —dijo Scrooge—. Pues ve a comprarlo.

—¡A otro perro con ese hueso! —exclamó el chico.

—No, no —dijo Scrooge—, te lo digo en serio. Ve a comprarlo, y diles que lo traigan aquí, que yo les daré la dirección adonde tienen que llevarlo. Vuelve con el dependiente, y te daré un chelín. ¡Y si vuelves con él antes de cinco minutos, te daré media corona!

El chico salió como una bala. Muy segura habría de tener la mano en el gatillo el que fuera capaz de hacer un disparo la mitad de veloz.

—¡Se lo enviaré a Bob Cratchit! —murmuró Scrooge, frotándose las manos, y partiéndose de risa—. No sabrá quién se lo envía. Tiene dos veces el tamaño de Tiny Tim. ¡Jamás gastó Joe Miller una broma como esta de mandar un pavo a Bob!

No escribió la dirección con mano muy firme; pero de un modo u otro la escribió. Y bajó a abrir la puerta de la calle, esperando la llegada del dependiente de la pollería. Mientras estaba allí, aguardando, se fijó en la aldaba.

—¡La querré mientras viva! —exclamó Scrooge, acariciándola—. Apenas me había fijado en ella antes. ¡Qué expresión tan honrada tiene su cara! ¡Es una aldaba maravillosa! ¡Ya está aquí el pavo! ¡Hola! ¡Hola! ¿Qué tal? ¡Feliz Navidad!

¡Era un señor pavo! Aquella ave jamás habría podido tenerse sobre sus patas. Se le habrían roto en un instante, como si fueran palitos de lacre.

—Bueno, es imposible llevar eso a Camden Town —dijo Scrooge—. Habrá que alquilar un coche.

La risa con que dijo esto, la risa con que pagó el pavo, la risa con que pagó el coche de alquiler y la risa con que recompensó al chico, solo fueron superadas por la risa con que se sentó otra vez en su silla, casi sin aliento, donde siguió riendo hasta que se le saltaron las lágrimas.

No le resultó tarea fácil afeitarse, porque aún le temblaba bastante la mano; y afeitarse exige cierta concentración, aunque no baile uno mientras tanto. Pero si se hubiese cortado la punta de la nariz, se habría puesto un esparadrapo y se habría quedado tan contento.

Scrooge se vistió de punta en blanco y, por último, salió a la calle. Estaban saliendo riadas de gentes a esa hora, como lo había visto ya en compañía del espíritu de la Navidad Presente. Y, paseando con las manos a la espalda, Scrooge miraba a unos y a otros con complacida sonrisa. Tan irresistiblemente afable parecía, en una palabra, que tres o cuatro individuos joviales le dijeron: «¡Buenos días, señor! ¡Feliz Navidad!». Y Scrooge contaría a menudo, pasado el tiempo, que de todos los sonidos alegres que había escuchado en su vida, fueron esos los más gozosos para sus oídos.

No había andado mucho, cuando vio venir hacia él al señor corpulento que había entrado el día anterior en su oficina preguntando: «¿Es esta la casa "Scrooge y Marley"?». Sintió una punzada en el corazón al pensar cómo le miraría este anciano

caballero al cruzarse con él; pero ahora sabía cuál era el buen camino, y no lo iba a abandonar.

—Mi querido señor —dijo Scrooge, apretando el paso y tomándole ambas manos al anciano caballero—, ¿qué tal está usted? Espero que ayer tuviera éxito en su tarea, tan humanitaria. ¡Feliz Navidad, señor!

—¿Es usted el señor Scrooge?

—Sí —contestó Scrooge—. Así me llamo, y puede que no le haga gracia mi nombre. Permítame que le pida perdón. Y ¿tendría usted la bondad...? —aquí Scrooge le susurró algo al oído.

—¡Válgame Dios! —exclamó el caballero, como si se hubiese quedado sin aliento—. Mi querido señor Scrooge, ¿habla usted en serio?

—Por supuesto —dijo Scrooge—. Ni un penique menos. Esa cantidad incluye muchos atrasos, se lo aseguro. ¿Querrá hacerme ese favor?

—Mi querido señor —dijo el otro, estrechándole la mano—, no sé qué decir ante tanta generosi...

—No diga nada, por favor —replicó Scrooge—. Y venga a verme. ¿Lo hará?

—¡Desde luego! —exclamó el caballero. Y era evidente que pensaba hacerlo.

—Gracias —dijo Scrooge—. Se lo agradezco mucho. ¡Un millón de gracias! ¡Que Dios lo bendiga!

Fue a la iglesia, y paseó por las calles, y observó a las gentes que iban presurosas de aquí para allá, y acarició las cabezas

de los niños, y se interesó por los mendigos, y se asomó a las cocinas de las casas, y miró por las ventanas; y descubrió que todo le producía alegría. Jamás había imaginado que un paseo —que nada— pudiera producirle tanta felicidad. Por la tarde, encaminó sus pasos hacia la casa de su sobrino.

Pasó por delante de la puerta una docena de veces, antes de decidirse a subir y llamar. Pero tomó impulso, y lo hizo.

—¿Está el señor en casa, muchacha? —preguntó Scrooge a la criada. «¡Una muchacha simpática!», pensó, «muy simpática».

—Sí, señor —dijo la criada.

—¿Dónde está, preciosa? —dijo Scrooge.

—Está en el comedor, señor, con la señora. Lo anunciaré, si lo desea.

—Gracias. Ya me conoce —dijo Scrooge, con la mano ya en la manivela de la puerta del comedor—. Entraré yo solo, preciosa.

Scrooge hizo girar suavemente la manivela y asomó furtivamente la cabeza. Estaban pasando revista a la mesa, puesta con gran ceremonia, pues estos jóvenes amos son siempre meticulosos en tales cosas, y les gusta verlo todo en orden.

—¡Fred! —dijo Scrooge.

¡Válgame el Cielo, cómo se sobresaltó su sobrina política! Scrooge había olvidado por completo que el día anterior la había visto sentada en un rincón, con los pies en el escabel; de lo contrario, no habría entrado en absoluto de esa manera.

—¡Dios mío! —dijo Fred—. ¿Quién es?

—Soy yo. Tu tío Scrooge. He venido a cenar. ¿Puedo pasar, Fred?

¿Que si podía pasar? Fue una suerte que Fred no le arrancara el brazo al estrecharle la mano. Y a los cinco minutos Scrooge estaba como en casa. Nadie habría podido ser más efusivo que él. Su sobrina se comportó exactamente igual. Lo mismo hizo Topper, cuando llegó. Y también la hermana rolliza, cuando llegó a su vez. Y al igual se mostraron todos cuantos acudieron. ¡Y gozaron de una velada maravillosa, con juegos maravillosos, maravillosa armonía, y ma-ra-vi-llo-sa alegría!

Sin embargo, a la mañana siguiente Scrooge se dirigió temprano a su oficina. Sí, muy temprano. ¡Ojalá pudiese llegar el primero y sorprender a Bob Cratchit llegando tarde! En eso tenía puesto todo su afán.

Y lo consiguió. ¡Vaya si lo consiguió! El reloj dio las nueve. Y Bob no apareció. Dio luego el cuarto, y Bob sin llegar. Ya llevaba un retraso de dieciocho minutos y medio. Scrooge estaba sentado con la puerta de su despacho abierta del todo para poder verlo entrar en el tabuco.

Antes de abrir la puerta, Bob se había quitado el sombrero y también la bufanda. Se subió al taburete en un santiamén, y empezó a darle a la pluma como si tratase de ganarle la partida al reloj.

—¡Hola! —gruñó Scrooge, adoptando lo mejor que pudo su tono acostumbrado—. ¿Qué es eso de venir a estas horas?

—Lo siento mucho, señor —dijo Bob—. Me he retrasado.

—¿Retrasado? —repitió Scrooge—. Sí. Ya lo creo que sí. Venga aquí, haga el favor.

—Es solo una vez al año, señor —imploró Bob, emergiendo del tabuco—. No volverá a repetirse. Ayer me estuve divirtiendo un poco, señor.

—Bueno, pues ahora voy a decirle algo, amigo mío —dijo Scrooge—. No estoy dispuesto a consentir más tiempo este tipo de cosas. Por consiguiente —prosiguió, saltando de su taburete y dando a Bob tal codazo en el chaleco que le hizo retroceder tambaleante a su tabuco—, por consiguiente, ¡le voy a subir el sueldo!

Bob se echó a temblar y se acercó un poco más a donde tenía la regla. Por un momento se le ocurrió la idea de derribar a Scrooge con ella, sujetarlo, y llamar a la gente de la calle pidiendo ayuda y una camisa de fuerza.

—¡Feliz Navidad, Bob! —dijo Scrooge, con una sinceridad que no ofrecía dudas, al tiempo que le daba palmadas en la espalda—. ¡Más feliz, Bob, mi buen amigo, que las que le he deseado durante muchos años! ¡Le subiré el sueldo y procuraré ayudar a su esforzada familia, y esta misma tarde hablaremos de sus asuntos ante un buen tazón de ponche caliente! ¡Y encienda los braseros y vaya a comprar otro saco de carbón antes de escribir una sola palabra más, Bob Cratchit!

Scrooge hizo más de lo prometido. Hizo todo lo que dijo e infinitamente más; y para Tiny Tim, que no murió, fue como un

segundo padre. Se volvió tan buen amigo, tan buen patrono y tan buen hombre como el mejor de esta vieja ciudad y de todas las viejas ciudades, pueblos y urbes de este viejo mundo. Algunos se reían al ver su radical transformación, pero él dejaba que se riesen y les hacía poco caso, pues era lo bastante discreto como para saber que jamás había ocurrido nada bueno en este mundo de lo que no se hubiesen reído algunos, al principio, hasta hartarse; y, comprendiendo que tales gentes siempre estarían ciegas, consideraba que era preferible que arrugasen los ojos con sus muecas, a que mostrasen su falta de sensibilidad de manera más nociva. También su corazón se reía; y eso bastaba para él.

No volvió a tener tratos con espíritus, pero a partir de entonces vivió de acuerdo con el principio de la más absoluta sobriedad; y siempre se dijo que si había un hombre dotado de discreción para celebrar bien la Navidad, ese era él. ¡Ojalá pueda decirse lo mismo de nosotros, de todos nosotros! Y, como exclamó Tiny Tim, ¡que Dios nos bendiga a todos!

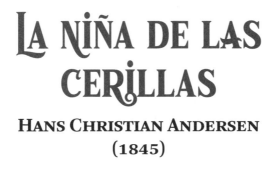

La niña de las cerillas

Hans Christian Andersen
(1845)

Una fría tarde de invierno, hace mucho tiempo, cuando no existían semáforos, ni pasos de cebra ni más coches que los tirados por caballos, una niña pequeña vendía cerillas por las calles.

Cuando se hizo de noche empezó a nevar, pero la niña no se atrevía a volver a casa porque no había vendido ni una miserable cerilla y temía que su padre la regañara. Sin embargo, era Nochebuena y había mucha gente por todas partes.

Al cruzar la calle tuvo que echar a correr porque de pronto apareció un carruaje que iba a toda velocidad, y entonces perdió las zapatillas. Es que llevaba unas zapatillas viejas de su madre que estaban muy dadas de sí y le quedaban enormes.

Una la recogió un chiquillo, pero, en vez de devolvérsela, dijo que se la quedaba para hacer una cuna a sus hijos cuando los tuviera... ¡ya ves lo grande que sería la zapatilla! Y de la otra... nunca más se supo.

La pobre niña tuvo que seguir andando descalza y los pies se le iban enfriando más y más. Por si fuera poco, ¡no paraba de nevar! Afortunadamente tenía una melena larga y preciosa que le tapaba el cuello y al menos por ahí no le entraba el frío.

Al cabo de un rato, cansada y aterida, se sentó en un rincón abrigado entre dos casas y se acurrucó cuanto pudo para taparse los pies con la falda.

«En cuanto se me calienten los pies y las manos —pensó—, vuelvo corriendo a casa y, entretanto, voy a encender una cerilla.»

¡Risss!, sonó la cerilla al rascarla contra la pared. ¡Cómo quemaba y qué luz tan cálida daba!

Tanto la confortó la humilde llama que la niña creyó que se encontraba delante de una estufa con patas y todo, y con un fuego magnífico ardiendo en el interior. ¡Qué calorcito! ¡Qué bien se estaba! Acercó los pies a la estufa pero, en ese momento, la cerilla se extinguió y, con ella, desapareció también la estufa.

Sin embargo, ella no se desanimó; encendió otra cerilla y... ¡se encontró dentro de una habitación con la mesa puesta! Y ¡qué mesa tan magnífica! Tenía un mantel blanquísimo con alegres bordados rojos y verdes, platos de porcelana fina y un apetitoso pavo asado, relleno de ciruelas y manzanas, que

todavía humeaba. De repente el pavo saltó de la fuente con el tenedor y el cuchillo de trinchar clavados en la pechuga y voló hacia la niña para que se lo comiera. Pero... ¡lástima! Justo en ese momento se apagó la cerilla.

Tampoco esta vez perdió el ánimo y, al prender la tercera cerilla, se encontró sentada al pie de un precioso árbol de Navidad adornado con muchas velas encendidas, bolas de colores y estampas como las de los escaparates. Tendió los brazos hacia las ramas y... la cerilla se acabó. Las velas del árbol subieron hacia lo alto y la niña, al levantar la mirada, se dio cuenta de que eran las estrellas del cielo; se quedó mirándolas hasta que vio caer una, que dejó una larga estela de luz y le recordó a su abuela.

Su abuela era la persona que más la quería en el mundo, pero se había muerto hacía poco. Un día le había contado que, cuando caía una estrella, quería decir que el alma de una persona había subido al cielo. Por eso la niña pensó que acababa de morir alguien y que se había ido al cielo.

Encendió otra cerilla y, en medio del resplandor, apareció su abuela, tan radiante, dulce y cariñosa como cuando estaba viva.

—¡Abuelita! ¡Abuelita! —exclamó la niña—. ¡Llévame contigo! ¡No quiero que te vayas cuando se apague la cerilla! ¡No desaparezcas como la estufa, el pavo asado y el árbol de Navidad!

Entonces se puso a encender cerillas, una tras otra, para no dejar de ver a su abuela. Las cerillas brillaban como nunca,

más que la luz del sol, y la abuela era cada vez más alta, más hermosa y más cariñosa. Por fin dio la mano a su nieta y, envueltas las dos en un gran resplandor, se elevaron en el aire, cada vez más alto, hacia las estrellas. La niña ya no tenía frío ni hambre ni los tendría nunca más, porque sería feliz en el cielo con su abuela. La madrugada del día de Navidad unas personas encontraron a una niña muerta de frío en un rincón entre dos casas, pero tenía las mejillas arreboladas y una sonrisa en los labios; a su lado había una caja de cerillas vacía.

—¡Pobrecita! ¡Quería calentarse con las cerillas! —exclamaron al darse cuenta.

Pero jamás sabrían las maravillas que había visto la niña ni la alegría con que se había ido al cielo de la mano de su abuela para siempre.

Un juego extraño de Navidad

Charlotte Riddell
(1868)

Cuando, por la muerte de un pariente lejano, yo, John Lester, heredé la finca de Martingdale, no podría haberse encontrado en lo largo y ancho de Inglaterra a una pareja más feliz que mi única hermana Clare y yo.

No éramos tan hipócritas como para fingir pena por la pérdida de nuestro familiar, Paul Lester, un hombre al que nunca habíamos visto, del que habíamos oído más bien poco, y ese poco, negativo, de cuyas manos jamás habíamos recibido nada; una persona, en definitiva, tan desconocida para nosotros como el primer ministro, el zar de Rusia o cualquier otro ser humano muy lejos de nuestro extremadamente humilde ámbito cotidiano.

Su pérdida fue sin duda una ganancia para nosotros. Su muerte representaba no una deprimente despedida de alguien muy honrado y querido desde hacía mucho tiempo, sino la adquisición de tierras, casas, consideración, riqueza, para mí, John Lester, un artista que se alojaba en la segunda planta del número 32 de la calle Great Smith, en Bloomsbury.

Martingdale no era una finca rural al uso. A los Lester que la habían ido heredando periódicamente durante el curso de unos cientos de años no se les podría haber calificado ni mucho menos de hombres prudentes. En lo que respecta a su descendencia fueron, de hecho, poco honestos, ya que se desprendieron de las mansiones y las granjas, de derechos comunes y patronatos, de una manera señorial pero a la vez tan poco formal que a la larga Martingdale, estando en manos de Jeremy Lester, el último dueño residente, quedó reducida a un pequeño punto en el mapa de Bedfordshire.

Con relación a Jeremy Lester había un misterio. Nadie sabía qué había sido de él. Se hallaba en el salón de roble de Martingdale, en Nochebuena, y desapareció antes del alba para no reaparecer jamás en carne y hueso.

Por la noche, un tal señor Wharley, un gran amigo y compañero inseparable de Jeremy, se había sentado a jugar a cartas con él hasta pasadas las doce campanadas, luego se despidió de su anfitrión y cabalgó a casa bajo la luz de la luna. Después de eso nadie, hasta donde podía determinarse, volvió a ver a Jeremy vivo.

Su modo de vida tampoco había sido el más habitual, ni el más respetable, y no fue hasta que llegó el año nuevo sin haber en la casa noticias de su paradero cuando los criados se alarmaron seriamente en relación a su ausencia.

Entonces empezaron las indagaciones respecto a él, unas indagaciones que se hacían más apremiantes conforme pasaban las semanas y los meses sin tener la más mínima pista de su paradero. Se ofrecieron recompensas, se pusieron anuncios, pero aun así seguía sin saberse nada de Jeremy; así que con el tiempo su heredero legítimo, Paul Lester, tomó posesión de la casa y fue a pasar los meses de verano a Martingdale con su rica esposa y los cuatro hijos que había tenido la mujer con su primer marido. Paul Lester era abogado, un abogado con demasiado trabajo, y todo el mundo suponía que estaría encantado de dejar la profesión e irse a vivir a Martingdale, donde el dinero de su esposa y la fortuna que él había acumulado le harían gozar de una buena posición social incluso entre las familias vecinas en el campo; y tal vez se trasladó con dicha intención a Bedfordshire.

Si ese era el caso, sin embargo, cambió enseguida de opinión, puesto que con las nieves de enero regresó a Londres, alquiló las tierras que rodeaban la casa, cerró la mansión, contrató a un guardián y no volvió a preocuparse más por su casa solariega.

El tiempo transcurrió y la gente comenzó a decir que la casa estaba encantada, que Paul Lester había «visto algo», etcétera.

Y todas esas historias se repitieron debidamente para nuestro beneficio cuando, cuarenta y un años después de la desaparición de Jeremy Lester, Clare y yo fuimos a inspeccionar nuestra herencia.

Digo «nuestra» porque Clare había permanecido a mi lado valientemente en la pobreza, en la miseria absoluta, y la prosperidad no iba a separarnos ahora. Lo que era mío era de ella, y eso lo sabía mi hermana, Dios la bendiga, sin necesidad de que yo se lo dijera.

La transición de una estricta pobreza a una relativa riqueza fue en nuestro caso de lo más placentera, porque no lo habíamos previsto en absoluto. Jamás nos habíamos imaginado que heredaríamos de Paul Lester y, por consiguiente, no nos remordía la conciencia puesto que ni en nuestros peores días habíamos deseado su muerte.

Si hubiera dejado testamento, sin duda jamás habríamos acabado en Martingdale y, por lo tanto, nunca habría escrito esta historia; pero, por suerte para nosotros, murió intestado y la propiedad de Bedfordshire fue para mí.

En cuanto a su fortuna, la había gastado viajando y dando grandes recepciones en su casa señorial en Portman Square. En lo relativo a sus efectos, la señora Lester y yo llegamos a un acuerdo amistoso, y me concedió el honor de invitarme a visitarla de vez en cuando y, según oí, decía de mí que era un joven muy presentable y digno de «mi posición social», lo que, por supuesto, viniendo de tan buena autoridad, fue muy

grato. Además, me preguntó si tenía la intención de vivir en Martingdale, y al responderle que sí, dijo que esperaba que me gustara mucho.

Me sorprendió entonces que lo dijera en un tono algo peculiar, y cuando fui a Martingdale y oí las historias absurdas que circulaban en relación a que la casa estaba embrujada, estuve seguro de que la señora Lester tenía más miedo que esperanza.

La gente decía que el señor Jeremy «paseaba» por Martingdale. Afirmaban haberlo visto cazadores furtivos, guardabosques, niños que usaban el parque como atajo para ir al colegio y amantes que tenían sus encuentros bajo los olmos y las hayas.

En cuanto al guardián de la finca y su mujer, los terceros residentes desde la desaparición de Jeremy Lester, el hombre negaba serio con la cabeza cuando le preguntaban, mientras que la mujer declaraba que ni por todo el oro del mundo entraría en la habitación roja ni en el salón de roble después del anochecer.

—Oí contar a mi madre, señor, pues ella trabajó aquí después de la vieja señora Reynolds, la primera guardiana, que lo que pasaba en esas mismas habitaciones ponía el pelo de punta a cualquier cristiano. Se oía ruido de pasos, improperios, golpes en los muebles; y luego pasos fuertes subiendo la escalera principal, para seguir por el pasillo hasta la habitación roja, un portazo y luego más pasos fuertes. Dicen, señor,

153

que Paul Lester se lo encontró una vez, y desde entonces no se ha vuelto a abrir el salón de roble. Yo misma nunca he entrado.

Al oír aquel hecho, lo primero que hice fue ir al salón de roble, abrir las contraventanas y dejar que el sol de agosto entrara a raudales en la estancia encantada. Se trataba de una habitación anticuada, con muebles sencillos: una mesa grande en el centro, otra más pequeña en un hueco junto a la chimenea, sillas alineadas contra las paredes y, en el suelo, una alfombra polvorienta, comida por las polillas. Había unas figuras de perros en el hogar, rotas y oxidadas; un parachispas de latón, falto de lustre y abollado; un cuadro de un combate naval sobre la repisa de la chimenea y otra obra de arte de un mérito semejante colgada entre las ventanas. En general, una estancia totalmente prosaica y aun así bastante alegre de la que salieron los fantasmas en cuanto entró la luz del día, y que me propuse, en cuanto «me hubiera asentado», redecorar, volver a amueblar y convertir en una acogedora sala de estar. Todavía no había cumplido los treinta, pero había aprendido a ser prudente gracias a esa buena escuela que es la necesidad, y no era mi intención gastar demasiado dinero hasta saber con certeza cuáles eran las verdaderas rentas derivadas de las tierras que todavía pertenecían a la finca Martingdale y los impuestos que pesaban sobre ellas. De hecho, quería saber de cuánto dinero disponía antes de comprometerme a cualquier gran despilfarro, y aquel lugar llevaba tanto tiempo desatendido que experimenté ciertas dificultades para llegar al estado de mis ingresos reales.

Pero, entretanto, Clare y yo disfrutábamos mucho explorando cada rincón de nuestros dominios, sacando el contenido de viejos armarios y arcones, examinando los rostros de nuestros antepasados que nos miraban desde las paredes, paseando por los jardines descuidados, llenos de malas hierbas, maleza y enredaderas, donde el boj medía cinco metros y medio de alto y los brotes de los rosales se extendían varios metros. Desde entonces he puesto orden en el lugar: no hay hierba en los caminos, no hay zarzas trepadoras en el terreno, se han cortado y arreglado los setos, se han podado los árboles y recortado el boj. Pero a menudo digo que hoy en día, a pesar de todas mis mejoras, o más bien a consecuencia de ellas, Martingdale no es ni la mitad de bonito que en su estado prístino pintoresco e incivilizado.

Aunque decidí no comenzar a reparar y decorar hasta estar informado en cuanto a la renta de Martingdale, mi estado financiero era por aquel entonces tan satisfactorio que Clare y yo nos fuimos al extranjero, antes de que se fuera el buen tiempo, para realizar las vacaciones de las que llevábamos tanto tiempo hablando. No sabíamos qué ocurriría al cabo de un año, como comentó sabiamente Clare. Era sensato disfrutar mientras pudiéramos y, por lo tanto, antes de terminar agosto estábamos deambulando por el continente, holgazaneando en Ruan, visitando las galerías de París, y hablando de ampliar nuestro mes de placer a tres meses. Lo que me hizo decidirme a tomar este camino fue nuestro

encuentro con una familia inglesa que pretendía pasar el invierno en Roma. Los conocimos por accidente, pero, al descubrir que éramos casi vecinos en Inglaterra —de hecho, la propiedad del señor Cronson estaba situada muy cerca de Martingdale—, la relación superficial pronto se convirtió en algo más íntimo y al poco tiempo nos hallamos viajando en compañía.

Desde el principio, a Clare no le gustó mucho aquel plan. Había una «muchacha» en Inglaterra con la que quería que me casara, y el señor Cronson tenía una hija que sin duda era tanto bella como atractiva. La muchacha no había despreciado al artista John Lester, mientras que la señorita Cronson indiscutiblemente se había propuesto conquistar a John Lester de Martingdale y habría retirado su hermoso rostro ante la mirada de admiración de un hombre pobre. Todo eso lo veo bastante claro ahora, pero entonces estaba ciego y le habría propuesto matrimonio a Maybel (así era como se llamaba) antes de finalizar el invierno si no hubieran llegado de repente noticias de la enfermedad de la madre del señor Cronson. En un momento cambió el programa y nuestros agradables días de viaje por el extranjero tocaron a su fin. Los Cronson hicieron las maletas y se marcharon, mientras Clare y yo regresamos más despacio a Inglaterra, un poco disgustados, he de confesar, el uno con el otro.

Era mediados de noviembre cuando llegamos a Martingdale y encontramos aquel lugar nada romántico ni agradable. Los

paseos estaban mojados, empapados, los árboles no tenían hojas, no había flores salvo unas cuantas rosas tardías, rosadas, que florecían en el jardín. Había sido una estación húmeda y el lugar tenía un aspecto desolador. Clare desistió de invitar a Alice a que acudiera a hacerle compañía durante los meses de invierno, como había pensado; y en cuanto a mí, los Cronson continuaban fuera, en Norfolk, donde tenían intención de pasar la Navidad con la anciana señora Cronson, que ya se había recuperado.

En general, Martingdale parecía bastante lóbrega, y las historias de fantasmas de las que nos reíamos mientras el sol inundaba la habitación se hicieron menos irreales cuando no tuvimos nada más que la luz del fuego y las velas de cera para disipar la oscuridad. También se hicieron más reales cuando criado tras criado fueron dejándonos para buscar empleo en otra parte. Cuando los «ruidos» se hicieron frecuentes en la casa; cuando nosotros mismos, Clare y yo, oímos con nuestros propios oídos el ruido de pasos, los portazos y el parloteo que nos habían estado describiendo.

Mi querido lector sin duda no será víctima de las fantasías supersticiosas. Menospreciará la existencia de fantasmas y «le gustaría encontrar una casa encantada en la que pasar una noche», lo que es muy valiente y loable, pero espere a estar en una vieja mansión campestre, lóbrega y desolada, llena de los sonidos más inexplicables, sin un sirviente, con nadie salvo un guardián anciano y su esposa, que, al vivir en el extremo

más remoto del edificio, no oían el ruido de pasos ni los portazos que se sucedían durante toda la noche.

Al principio, me imaginé que los ruidos los producían algunas personas malintencionadas que querían, para sus propios propósitos, mantener la casa deshabitada; pero Clare y yo fuimos llegando poco a poco a la conclusión de que debía de tratarse de una aparición sobrenatural y de que Martingdale, por lo tanto, se había vuelto inhabitable.

Aun así, como personas prácticas y, a diferencia de nuestros predecesores, sin dinero para vivir donde y como queríamos, decidimos observar para ver si encontrábamos rastro de cualquier influencia humana en el asunto. Si no, acordamos demoler el ala derecha de la casa y la escalinata principal.

Noche tras noche nos quedábamos despiertos hasta las dos o las tres de la madrugada, Clare haciendo costura y yo leyendo, con un revólver sobre la mesa a mi lado; pero nada, ni un sonido ni una aparición recompensó nuestra vigilia. Eso fue lo que confirmó mis primeras ideas de que el sonido no era sobrenatural, pero, para acabar de investigar el asunto, decidí que pasaría la Nochebuena, el aniversario de la desaparición del señor Jeremy Lester, de guardia en los aposentos de la cama roja. Ni siquiera le mencioné a Clare mis intenciones.

Sobre las diez, agotados por nuestras vigilias anteriores, nos retiramos a descansar. Cerré haciendo ruido la puerta de

mi dormitorio, algo ostentosamente, quizá, y cuando la abrí media hora después, ningún ratón habría podido avanzar por el pasillo con más sigilo que yo. Me senté a oscuras en la habitación roja y durante más de una hora bien podría haber estado en mi tumba, porque no se veía nada en la estancia, pero al final la luna se alzó y proyectó unas luces extrañas por el suelo y en la pared del aposento encantado.

Hasta entonces, había estado vigilando frente a la ventana, pero me cambié de lugar, a un rincón cerca de la puerta, donde quedaba oculto a la vista gracias a las pesadas colgaduras de la cama y un armario antiguo.

Seguía allí, pero aún no había un sonido que interrumpiera el silencio. Estaba tan cansado por todas aquellas noches de desvelo, harto de mi vigilia en solitario, que al final caí dormido y me desperté al oír que la puerta se abría suavemente.

—John —dijo mi hermana, casi en un susurro—. John, ¿estás aquí?

—Sí, Clare —respondí—, pero ¿qué haces levantada a estas horas?

—Ven abajo —contestó—. Están en el salón de roble.

No me hizo falta que me explicara a quién se refería y la seguí sigilosamente escaleras abajo, advertido por una mano alzada de la necesidad de silencio y precaución.

Junto a la puerta... junto a la puerta abierta del salón de roble, se detuvo, y ambos nos asomamos al interior.

En la estancia que habíamos dejado a oscuras por la noche ardía un brillante fuego en el hogar, velas encendidas lanzaban destellos en la repisa de la chimenea, habían sacado la mesita de su habitual rincón y, en ella, dos hombres estaban sentados jugando a cartas.

Podíamos ver el rostro del jugador más joven. Era el de un hombre de unos veinticinco años, alguien que había tenido una vida dura y cruel, que había echado a perder su fortuna y su salud, que había sido en vida Jeremy Lester. Me costaría explicar cómo lo sabía, cómo relacioné al momento los rasgos del jugador con los del hombre que llevaba cuarenta y un años desaparecido, que había desaparecido hacía cuarenta y un años aquella misma noche. Iba vestido con un atuendo de una época pasada, tenía el pelo empolvado y alrededor de las muñecas lucía unos volantes de encaje.

Parecía alguien que, al regresar a casa después de una gran fiesta, se había sentado a jugar a cartas con un amigo íntimo. En su meñique destellaba un anillo y en la pechera de su camisa relucía un valioso diamante. Llevaba hebillas de diamantes en los zapatos y, según la moda de su época, vestía pantalones bombachos y medias de seda, que resaltaban a la perfección la forma de unas piernas y unos tobillos fornidos.

Estaba sentado enfrente de la puerta, pero no levantó los ojos para mirarla ni una vez. Su atención parecía centrada en las cartas.

Durante un rato reinó el silencio absoluto en la estancia, interrumpido tan solo por el conteo trascendental del juego. Nos quedamos en el umbral, conteniendo el aliento, aterrorizados pero aun así fascinados por la escena que se representaba ante nosotros.

Las cenizas caían suavemente en el hogar, como nieve. Escuchamos el recuento del *cribbage* —quince-dos, quince-cuatro, y así sucesivamente—, pero no se pronunció ni una palabra más hasta que, por fin, el jugador cuyo rostro no podíamos ver exclamó:

—Gano yo, la partida es mía.

Entonces su oponente recogió las cartas y, después de barajarlas sin prestar mucha atención, las juntó todas y le lanzó a la cara la baraja entera a su invitado, exclamando:

—Has hecho trampas, mentiroso. ¡Toma!

Hubo tal ajetreo y confusión mientras arrojaban sillas, gesticulaban con violencia y gritaban vehementes que no pudimos distinguir ni una de las frases que pronunciaron. Sin embargo, de pronto, Jeremy Lester salió de la habitación a grandes zancadas, con tanta prisa que casi nos rozó al pasar junto a nosotros. Salió del salón y subió dando fuertes pasos por las escaleras, hasta la habitación roja, para después bajar al cabo de unos minutos con un par de estoques bajo el brazo.

Cuando volvió a entrar en el salón, tal como nos pareció ver, dejó al otro hombre escoger el arma y abrió de par en par la ventana. Tras dar paso ceremoniosamente a su

contrincante para que saliera primero, se adentró en la noche, y Clare y yo les seguimos.

Cruzamos el jardín y continuamos por un estrecho camino serpenteante hasta un trozo liso de hierba protegida del norte por una plantación de jóvenes abetos. A aquellas horas, la luz de la luna brillaba con intensidad en la noche y pudimos ver con claridad a Jeremy Lester midiendo el terreno.

—A la de tres —le dijo por fin al hombre que todavía nos daba la espalda.

Habían echado a suerte el terreno y había perdido el señor Lester, que se situó con los rayos de luna de frente. No quisiera volver a ver nunca a un sujeto tan apuesto.

—Uno —empezó a decir el otro—, dos... —Y antes de que nuestro pariente tuviera la menor sospecha de las intenciones de su rival, este se abalanzó sobre él y le clavó el estoque a Jeremy Lester en el pecho.

Al presenciar aquella cobarde traición, Clare gritó con fuerza. Al instante, los combatientes desaparecieron, la luna quedó oculta tras una nube y nosotros, a la sombra de la plantación de abetos, temblábamos de frío y terror. Pero supimos por fin qué había sido del último propietario de Martingdale, que había caído no en un combate justo, sino vilmente asesinado por un falso amigo.

Cuando me desperté ya avanzada la mañana de Navidad, vi un mundo blanco y contemplé los jardines, los árboles, los arbustos todos cargados y cubiertos de nieve. Había nieve por

todas partes, una nevada como no recordaba nadie en cuarenta y un años.

—Fue un día de Navidad como este cuando el señor Jeremy desapareció —le comentó el viejo sacristán a mi hermana, que había insistido en arrastrarme por la nieve hasta la iglesia, después de lo cual Clare se desmayó y la llevaron a la sacristía, donde le confesé al vicario todo lo que habíamos visto la noche anterior.

Al principio, aquel individuo respetable se inclinó más bien a tratar el asunto a la ligera, pero cuando, quince días más tarde, la nieve se derritió y fueron a inspeccionar la plantación de abetos, confesó que tal vez había más cosas en el cielo y la tierra de las que había soñado su limitada filosofía.

En un pequeño lugar despejado justo dentro de la plantación, hallaron el cuerpo de Jeremy Lester. Lo reconocimos por el anillo y las hebillas de diamantes, y el broche brillante en el pecho; y el señor Cronson, que en calidad de juez llegó para examinar esas reliquias, estaba evidentemente inquieto mientras oía mi relato.

—Señor Lester, ¿acaso vio usted en el sueño la cara de... del caballero... del contrincante de su pariente?

—No —respondí—, estuvo de espaldas a nosotros en todo momento.

—De todos modos, ya no hay nada que se pueda hacer al respecto —observó el señor Cronson.

—Nada —contesté.

Y allí habría terminado el caso si, al cabo de unos días, cuando estábamos comiendo en Cronson Park, Clare no hubiera de repente dejado caer el vaso de agua que estaba llevándose a los labios, exclamando:

—¡Mira, John, ahí está! —Se levantó de su asiento y, con una cara blanca como el mantel, señaló un retrato que colgaba de la pared—. Lo vi un instante cuando volvió la cabeza hacia la puerta al marcharse Jeremy Lester —explicó—. Es él.

Sobre lo que sucedió tras aquella identificación no tengo más que un vago recuerdo. Los criados corrían de acá para allá. La señora Cronson se cayó de la silla histérica; las jóvenes se arremolinaron en torno a su madre; el señor Cronson, temblando como si le hubiera entrado una fiebre, intentó justificarse de algún modo, mientras Clare rogaba una y otra vez que nos marcháramos de allí.

Nos marchamos no solo de Cronson Park, sino de Martingdale. No obstante, antes de abandonar nuestra mansión, me reuní con el señor Cronson, quien dijo que el retrato que Clare había identificado era del padre de su esposa, la última persona que había visto a Jeremy Lester con vida.

—Ahora es un anciano —terminó de decir el señor Cronson—, un hombre de más de ochenta años, que me lo ha confesado todo. No traerá la pena y la desgracia a nuestra familia sacando a la luz este asunto, ¿verdad?

Le prometí que mantendría silencio, pero la historia se fue filtrando poco a poco y los Cronson abandonaron el país.

Mi hermana no volvió jamás a Martingdale, se casó y vive en Londres. Aunque le aseguro que no se oyen ruidos extraños en mi casa, no tiene intención de visitar Bedfordshire, donde la «muchacha» sobre la que hace tiempo quiso que yo «pensara seriamente» ahora es mi esposa y la madre de mis hijos.

UN SUEÑO NAVIDEÑO Y CÓMO SE HIZO REALIDAD

LOUISA MAY ALCOTT
(1882)

—Estoy harta de la Navidad. ¡Ojalá no se volviera a celebrar nunca más! —exclamó una niña pequeña que parecía descontenta, mientras estaba sentada de brazos cruzados, observando a su madre ordenar una pila de regalos dos días antes de entregarlos.

—¡Vaya, Effie, qué cosas tan terribles dices! Eres tan mala como el viejo Scrooge, y me temo que si no te importa la querida Navidad, te ocurrirá algo como le sucedió a él —respondió su madre casi dejando caer el cuerno de plata que estaba llenando con deliciosas golosinas.

—¿Quién era Scrooge? ¿Qué le pasó? —preguntó Effie con un atisbo de interés en su rostro inexpresivo, mientras se hacía

con el caramelo de limón más amargo que pudo encontrar, pues en aquel momento no le apetecía nada dulce.

—Era uno de los mejores personajes de Dickens y algún día podrás leer esa preciosa historia. El hombre odiaba la Navidad, pero un extraño sueño le mostró lo entrañable y hermosa que es, y lo convirtió en mejor persona.

—La leeré, pues me gustan los sueños y yo misma tengo muchos curiosos. Aun así no impiden que esté harta de la Navidad —dijo Effie, buscando descontenta entre los caramelos a ver si había alguno que valiera la pena comerse.

—¿Por qué estás harta de la que debería ser la época más feliz del año? —preguntó su madre con preocupación.

—Quizá no lo estaría si pasara algo nuevo. Pero siempre es lo mismo y ya no hay sorpresas. Siempre encuentro un montón de caramelos en mis calcetines. Algunos no me gustan y enseguida me canso de los que sí me gustan. Siempre hay una gran cena, como demasiado y me encuentro mal al día siguiente. Luego hay un árbol de Navidad por alguna parte, con un muñeco en la punta o un viejo y tonto Papá Noel, y los niños bailan y gritan por los caramelos y los juguetes que rompen, y cosas brillantes que no sirven para nada. De verdad, mamá, he tenido tantas Navidades así que no creo que pueda soportar otra.

Y Effie se tumbó en el sofá, como si la mera idea fuera demasiado para ella.

La madre se rio ante la desesperación de su hija, pero lamentaba verla tan descontenta cuando lo tenía todo para

168

hacerla feliz y la niña no había conocido más que diez días de Navidad.

—Supón que este año no te damos ningún regalo. ¿Eso qué te parecería? —preguntó la madre, deseando complacer a su niña mimada.

—Me gustaría un regalo grande y magnífico, y otro pequeñito, para tener el recuerdo de alguna buena persona —dijo Effie, una personita imaginativa, llena de caprichos e ideas, que a sus amigos les gustaba satisfacer, sin reparar en el tiempo, en los problemas ni en el dinero, puesto que era la más pequeña de tres hermanas y muy querida por toda la familia.

—Bueno, cariño, veré qué puedo hacer para complacerte, sin decir ni una palabra hasta que todo esté preparado. ¡Ojalá se me ocurriera algo nuevo por donde empezar!

Y su madre continuó atando los paquetes con cara pensativa mientras Effie se acercaba a la ventana para contemplar la lluvia que la había hecho quedarse en casa y estar triste.

—A mí me parece que los niños pobres se lo pasan mejor que los ricos. Yo no puedo salir y ahí hay una niña de mi edad chapoteando, sin ninguna sirvienta diciéndole que se ponga las botas de agua, el abrigo, que se lleve el paraguas o que se preocupe por que vaya a resfriarse. Ojalá fuera una mendiga.

—¿Te gustaría tener hambre, frío, ir andrajosa, mendigar todo el día y dormir sobre un montón de ceniza por la noche? —le preguntó su madre, pensando en qué vendría a continuación.

169

—Cenicienta vivía así y al final le salió bien. La chica de ahí fuera tiene un cesto con sobras en el brazo, va envuelta en un viejo chal grande y no parece importarle lo más mínimo, aunque le sale agua de las botas. Está mojándose los pies, riéndose de la lluvia y comiendo una patata fría como si supiera mejor que el pollo y el helado que he cenado yo. Sí, creo que los niños pobres son más felices que los ricos.

—A veces yo también lo pienso. Hoy en el orfanato vi dos docenas de alegres pequeñas almas que no tienen padres, ni hogar, ni esperan nada en Navidad salvo un palo de caramelo o un pastelito. Ojalá hubieras estado allí para ver lo felices que eran jugando con los viejos juguetes que unos niños ricos les habían enviado.

—Puedes darles los míos. Estoy tan harta de ellos que no quiero volver a verlos —dijo Effie apartando la vista de la ventana para mirar la bonita casa de juguete llena de todo lo que el corazón de un niño podría desear.

—Lo haré y así empezarás con algo de lo que no te canses, si es que lo encuentro.

Y la madre frunció el ceño tratando de dar con una gran sorpresa para aquella niña a la que ya no le importaba la Navidad.

No se dijo nada más por el momento y Effie salió hacia la biblioteca, donde encontró un ejemplar de *Canción de Navidad* con el que se sentó en una esquina del sofá para leerlo entero antes del té. No entendió algunas partes, pero se rio y lloró en

muchos pasajes de aquella encantadora historia, y se sintió mejor sin saber por qué.

Pasó toda la tarde pensando en el pobre pequeño Tim, en la señora Cratchit con el budín, en el viejo y robusto caballero que bailaba de forma tan alegre que «sus piernas centellaban en el aire», y pronto llegó la hora de irse a dormir.

—Vamos, caliéntate los pies —dijo la niñera de Effie— mientras yo te peino y te cuento una historia.

—Esta noche quiero un cuento de hadas y que sea interesante —ordenó la niña mientras se ponía su camisón de seda azul y las zapatillas forradas de piel para sentarse delante del fuego y que le cepillaran sus largos tirabuzones.

Así que la niñera le contó sus mejores historias, y cuando la niña por fin se tumbó bajo sus cortinas de encaje, tenía la cabeza llena de un revoltijo curioso de duendes navideños, niños pobres, tormentas de nieve, confites y sorpresas. Así que no es de extrañar que soñase toda la noche; y aquel fue un sueño que no olvidó jamás.

Se hallaba sentada en una piedra, en mitad de un gran prado, sola completamente. La nieve caía rápido, silbaba un viento amargo y estaba haciéndose de noche. Tenía hambre, frío, estaba cansada, y no sabía adónde ir ni qué hacer.

«Quería ser una niña mendiga y ahora lo soy, pero no me gusta y ojalá alguien viniera a ocuparse de mí. No sé quién soy y creo que debo de estar perdida», pensó Effie, con el curioso interés que tiene una acerca de sí misma en sueños.

Pero cuanto más lo pensaba, más desconcertada se sentía. Más rápido caía la nieve, más frío soplaba el viento, más oscura se hacía la noche, y la pobre Effie decidió que se habían olvidado de ella y la habían dejado allí sola para que se congelara. Las lágrimas se enfriaban en sus mejillas, notaba los pies como carámbanos y el corazón moría en su interior, por lo hambrienta, asustada y triste que se sentía. Apoyó la cabeza en las rodillas, se dio por perdida, y permaneció allí sentada mientras los grandes copos de nieve empezaban a convertirla en un pequeño montón blanco, cuando de repente oyó el sonido de una música y, sobresaltada, miró y escuchó con ojos y oídos bien abiertos.

A lo lejos brillaba una luz tenue y se oía una voz cantando. Intentó correr hacia el grato resplandor, pero no pudo moverse, y se quedó como una pequeña estatua de expectación mientras la luz se acercaba y las dulces palabras de la canción se oían cada vez más claras.

> Partimos de nuestro feliz hogar
> Para por el mundo vagar,
> Una semana todos los años
> Al invierno acompañamos.
> Te traemos alegría,
> ¡Es Navidad, es el día!
>
> La estrella de Oriente
> Brilla suficiente
> Para iluminar el más pobre hogar.

Los corazones se calientan,
Los regalos se presentan,
¡La Navidad acaba de llegar!

Animados árboles aparecen
Ante ojos que resplandecen
Y con tentadora alegría florecen.
Las voces cantan contentas
Y suenan campanas argentas.
Las Navidades despiertan.

Oh, festiva campanada,
Oh, época esperada,
Que tanto nos unía.
«¡Bienvenida, fiesta!»,
Exclama la gente dispuesta.
Es Navidad, es el día.

Una voz infantil cantaba, una mano infantil sostenía una pequeña vela y, en el círculo de luz suave que emitía, Effie vio a una bonita criatura caminando hacia ella a través de la nieve y la noche. Un ser sonrosado y sonriente, envuelto en pieles blancas, con una corona de acebo verde y escarlata en sus cabellos resplandecientes, con la vela mágica en una mano y la otra extendida como para entregar regalos y estrechar cariñosamente otras manos.

Effie se olvidó de hablar cuando la brillante visión se aproximó más, sin dejar huellas en la nieve, tan solo iluminando el camino con su pequeña vela, e inundando el aire con la música de su canción.

—Querida niña, estás perdida, y yo he venido a buscarte —dijo el extraño, tomando las frías manos de Effie entre las suyas, sonriéndole como el sol al tiempo que las bayas del acebo resplandecían como un pequeño fuego.

—¿Me conoces? —preguntó Effie, sin sentir miedo, pero sí una gran alegría por su llegada.

—Conozco a todos los niños y voy a buscarlos, pues esta es mi fiesta, y los reúno de todas partes del mundo para que se diviertan conmigo una vez al año.

—¿Eres un ángel? —quiso saber Effie mientras le buscaba las alas.

—No, soy un espíritu de la Navidad y vivo con mis compañeros en un lugar agradable, preparándonos para nuestra fiesta, cuando nos dejan salir para vagar por el mundo y ayudar a que estos sean unos días felices para los que nos dejen entrar. ¿Quieres venir a ver cómo trabajamos?

—Iré a cualquier sitio contigo. No vuelvas a dejarme sola —exclamó Effie de buena gana.

—Primero haré que te sientas cómoda. Eso nos encanta. Tienes frío, y yo te calentaré. Tienes hambre, y yo te daré de comer. Estás triste, y yo te pondré contenta.

Con un gesto de su vela llevó a cabo los tres milagros y los copos de nieve se convirtieron en un abrigo de pieles blancas con una capucha que cubría la cabeza y los hombros de Effie. Apareció un cuenco de sopa caliente que fue a sus labios y desapareció cuando la niña se lo hubo bebido con ansia hasta la

última gota. Y de repente, aquel campo desalentador se convirtió en un mundo tan lleno de maravillas que Effie olvidó todos sus problemas en un minuto.

Sonaban campanas tan alegremente que costaba no empezar a bailar. Unas guirnaldas verdes colgaban de las paredes y todos los árboles eran árboles de Navidad llenos de juguetes y encendidos con velas que nunca se apagaban.

En un rincón, muchos pequeños espíritus cosían como locos ropa de abrigo y terminaban el trabajo más rápido que ninguna máquina de coser inventada, para preparar grandes montones de prendas que iban a enviarse a los pobres. Otras criaturas atareadas metían dinero en monederos y escribían cheques que mandaban volando en el viento. Caería un bonito tipo de tormenta de nieve sobre un mundo lleno de miseria.

Espíritus más viejos y serios examinaban pilas de libritos, donde se guardaba el registro del año anterior, se decía lo diferente que las personas lo habían pasado y qué tipo de regalos se merecían. Algunos obtendrían paz; otros, decepción; algunos, pena y remordimiento; y otros, gran alegría y esperanza. A los ricos les enviaron pensamientos generosos; a los pobres, gratitud y satisfacción. Los niños tendrían más amor y deber hacia sus padres; y los padres, paciencia renovada, sabiduría y satisfacción para y hacia sus hijos. No se olvidaba a nadie.

—Por favor, dime qué lugar maravilloso es este —pidió Effie en cuanto se recompuso tras el primer vistazo a todas esas cosas asombrosas.

—Este es el mundo de la Navidad. Aquí trabajamos todo el año, y no nos cansamos nunca de prepararnos para el feliz día. Verás, estos son los santos que justo están partiendo; algunos tienen que ir muy lejos y no pueden desilusionar a los niños.

Mientras hablaba, el espíritu señaló cuatro puertas, por las que salían cuatro grandes trineos cargados de juguetes, con un alegre y viejo Papá Noel sentado en medio de cada uno, colocándose bien los mitones y arropándose con su abrigo para un viaje largo y frío.

—¡Vaya, creía que solo había un Papá Noel, y que incluso él no era más que una patraña! —exclamó Effie, asombrada ante aquel panorama.

—Nunca pierdas la fe en las viejas piedras, incluso después de averiguar que no son más que la grata sombra de una bonita verdad.

Justo entonces los trineos salieron con un gran tintineo de campanas y el golpeteo de los cascos de los renos, mientras todos los espíritus daban tales gritos de júbilo que llegaron a oírse en el mundo inferior, donde la gente dijo: «Oíd cómo cantan las estrellas».

—Nunca más volveré a decir que no existe Papá Noel. Bueno, enséñame más cosas.

—Creo que te gustará ver este lugar y puede que tal vez aquí aprendas algo.

El espíritu sonrió mientras mostraba el camino hacia una puertecita, por la que Effie se asomó a un mundo de juguetes.

Abundaban las casas de muñecas, y por doquier se veían muñecas de todo tipo como si fueran personas vivas. Señoras de cera sentadas en sus salones, vestidas con elegancia; muñecas negras guisando en las cocinas; niñeras saliendo a pasear con muñequitos pequeños; y las calles estaban repletan de soldados de plomo marchando, caballos de madera haciendo cabriolas, vagones de tren armando estruendo al pasar, y hombrecillos corriendo de acá para allá. Había tiendas, y personitas comprando piernas de cordero, paquetes de té, ropa minúscula, y todo lo que las muñecas quieren, usan o llevan puesto.

Pero en aquel momento advirtió que las muñecas en ciertos aspectos tenían mejores modales y costumbres que los seres humanos, y observó con entusiasmo para ver por qué hacían esas cosas. Una refinada muñeca parisina en su carruaje recogía a una criada de estambre negro que iba cojeando con un cesto de ropa limpia y la llevaba al destino de su viaje, como si fuera lo apropiado. Otra interesante dama de porcelana se quitó su cómodo abrigo rojo y envolvió con él a una pobre criatura de madera vestida con papel y tan mal pintada que su rostro habría provocado berrinches a los bebés.

—Me parece a mí que una vez conocí a una niña rica que no les daba sus cosas a los pobres. Ojalá recordara quién era para decirle que fuese tan amable como la muñeca de porcelana —dijo Effie, emocionada por la dulzura con la que la hermosa criatura abrigaba al pobre espantajo, para después salir corriendo con su vestidito gris a comprar una lustrosa ave de

corral, pegada a una bandeja de madera, que le llevó para cenar a su madre inválida.

—Recordamos estas cosas a la gente mediante sueños. Creo que la niña de la que hablas no olvidará esto. —Y el espíritu sonrió como si le hiciera gracia una broma que ella no había captado.

Sonó una campanilla mientras Effie miraba, y los niños salieron correteando hacia una escuela roja y verde, con el tejado que se levantaba, de modo que se veía lo bien que se sentaban en sus pupitres con libros minúsculos o dibujaban en las pizarras de un par de centímetros cuadrados con migajas de tiza.

—Conocen muy bien la lección y son silenciosos como ratones. En mi colegio armamos mucho jaleo y siempre sacamos malas notas. Les diré a las niñas que deberían pensar mejor lo que hacen o sus muñecas serán mejores estudiantes que ellas —dijo Effie muy impresionada, al asomarse y ver que no había ninguna vara en la mano de la diminuta maestra, quien alzó la vista y negó con la cabeza mirando a la intrusa, como si le pidiera que se marchara antes de alterar el orden de la escuela.

Effie se retiró enseguida, pero no pudo resistirse a echar un vistazo por la ventana de una elegante mansión, donde una familia cenaba, los niños se portaban muy bien en la mesa y no refunfuñaron ni un poco cuando su madre les dijo que no podían tomar más fruta.

—Bueno, enséñame algo más —dijo cuando regresaron a la puerta que los sacaría del País de los Muñecos.

—Ya has visto cómo nos preparamos para Navidad, así que déjame que te muestre adónde preferimos enviar nuestros buenos y alegres regalos —respondió el espíritu, volviéndole a dar la mano.

—Lo sé. He visto muchísimos —empezó a decir Effie, pensando en sus propias Navidades.

—No, nunca has visto lo que voy a enseñarte. Sal y recuerda lo que veas esta noche.

En un abrir y cerrar de ojos, aquel mundo fantástico se desvaneció, y Effie se encontró en una parte de la ciudad que no había visto antes. Estaba alejada de las zonas más alegres, donde todas las tiendas brillaban de luz y estaban llenas de cosas bonitas, y todas las casas lucían un aire festivo al tiempo que las personas iban de acá para allá con joviales saludos. Reinaba un ambiente triste en las calles lúgubres donde vivían los pobres, y donde no se preparaban para Navidad.

Unas mujeres hambrientas se asomaban a las tiendas destartaladas, deseando comprar carne y pan, pero sus bolsillos vacíos se lo prohibían. Hombres achispados se bebían sus salarios en los bares; en muchas habitaciones frías y oscuras, los niños pequeños se acurrucaban bajo unas mantas finas, intentando olvidar su miseria durmiendo.

No había buenas cenas inundando el ambiente con sabrosos aromas, ni árboles alegres de los que cayeran juguetes y caramelos hacia las manos ansiosas, ni colgaban calcetines en fila junto a la repisa de la chimenea para que los llenaran,

ni se oía el sonido animado de la música, las voces alegres y los pies danzantes; no había ni rastro de la Navidad por ninguna parte.

—¿Aquí no se celebra? —preguntó Effie, temblando, mientras agarraba con fuerza la mano del espíritu, siguiéndolo a donde la llevaba.

—Hemos venido a traerla. Déjame que te muestre a nuestros mejores trabajadores. —Y el espíritu señaló a unos hombres y unas mujeres de rostro dulce que entraban sigilosamente a las casas pobres y realizaban tan hermosos milagros que Effie fue incapaz de apartar sus ojos de ellos.

Algunos metían dinero en los bolsillos vacíos y enviaban a las madres felices a comprar todas las comodidades que necesitaban; otros apartaban a los borrachos de la tentación y los llevaban a casa, donde encontraban placeres más seguros. Se encendían fuegos en las chimeneas frías, las mesas se llenaban como por arte de magia y las extremidades temblorosas se envolvían con ropa cálida. Las flores de pronto adornaban las habitaciones de los enfermos, las personas mayores ya no se sentían olvidadas, los corazones tristes encontraban consuelo en una palabra amable, y los malos se ablandaban por la historia del que perdonaba todos los pecados.

Pero el trabajo más bonito era para los niños, y Effie contuvo el aliento para observar aquellas hadas humanas colgar y llenar los calcetines sin los que la Navidad de un niño no es perfecta, introduciendo cosas que antes habría considerado

unos regalos muy humildes, pero que ahora le resultaban preciosos porque aquellos pobrecitos no tenían nada.

—¡Qué maravilla! Ojalá pudiera alegrar las Navidades de alguien, como hace esta buena gente, y sentir el amor y agradecimiento que ellos sienten —dijo Effie en voz baja mientras miraba a los hombres y mujeres ocupados haciendo su trabajo y marchando sigilosamente sin pensar en ninguna recompensa salvo su propia satisfacción.

—Puedes hacerlo si quieres. Te he enseñado cómo. Inténtalo y verás las felices fiestas que pasarás de aquí en adelante.

Mientras hablaba, el espíritu parecía envolverla con sus brazos, y desapareció con un beso.

—¡Oh, quédate y enséñame más! —exclamó Effie, intentando agarrarlo fuerte.

—Cariño, despierta, y dime por qué sonríes en sueños —le dijo una voz al oído.

Y al abrir los ojos, allí estaba su madre inclinada sobre ella, mientras el sol de la mañana entraba a raudales en el dormitorio.

—¿Se han ido todos? ¿Has oído las campanas? ¿A que era maravilloso? —preguntó, frotándose los ojos, y después miró a su alrededor, buscando al bonito niño que era tan dulce y real.

—Has estado soñando a lo grande, hablando dormida, riéndote y dando palmas como si le aplaudieras a alguien.

Dime qué ha sido tan maravilloso —dijo su madre, alisándole el pelo alborotado y levantando a la dormilona.

Luego, mientras la vestían, Effie contó su sueño, y a la niñera le pareció magnífico; pero la madre sonrió al ver qué curioso era cómo se habían mezclado en su sueño las cosas que la niña había pensado, leído, oído y visto a lo largo del día.

—El espíritu me dijo que podría realizar bonitos milagros si lo intentaba, pero no sé cómo empezar, yo no tengo una vela mágica para que aparezcan banquetes ni para iluminar bosquecillos de árboles navideños —dijo Effie, con tristeza.

—Sí que la tienes. ¡Lo haremos! ¡Lo haremos!

Y aplaudiendo, la madre de repente empezó a bailar por toda la habitación como si hubiera perdido el juicio.

—¿Cómo? ¿Cómo? Dímelo, mamá —gritó Effie, bailando detrás de ella, dispuesta a creer que todo era posible al recordar las aventuras de la noche anterior.

—¡Lo tengo! ¡Se me ha ocurrido esa nueva idea que buscaba! ¡Una idea maravillosa si puedo llevarla a cabo!

Y la madre bailó un vals con la niña hasta que sus rizos volaron alocadamente por el aire, mientras a la niñera le entraba un ataque de risa.

—¡Dímelo! ¡Dímelo! —gritó Effie.

—No, no, es una sorpresa. ¡Una gran sorpresa para el día de Navidad! —canturreó la madre, sin duda cautivada por aquel pensamiento agradable—. Venga, vamos a desayunar, pues debemos afanarnos si queremos hacer de espíritus mañana.

Tú y la niñera saldréis a comprar y traeréis montones de cosas mientras yo lo preparo todo entre bastidores.

Corrieron escaleras abajo mientras la madre hablaba, y Effie gritó jadeando:

—No será una sorpresa, porque sé que vas a invitar a unos cuantos niños pobres aquí y habrá un árbol o algo así. No será como en mi sueño, pues allí había muchísimos árboles y más niños de los que podríamos encontrar en cualquier parte.

—No habrá árbol, ni fiesta, ni cena en esta casa, ni tampoco regalos para ti. ¿No será eso una sorpresa? —Y la madre se rio al ver la cara desconcertada de Effie.

—Hazlo. Creo que me va a gustar. Y no haré preguntas para que me llegue de sopetón cuando sea el momento —dijo, y desayunó sumida en sus pensamientos, pues aquella sí iba a ser una Navidad distinta.

Durante toda esa mañana, Effie trotó detrás de su niñera entrando y saliendo de las tiendas para comprar docenas de perros ladradores, corderos de peluche y pájaros chillones; juegos de té diminutos, libros ilustrados alegres, mitones y capuchas, muñecos y caramelos. Se envió un paquete tras otro a casa, pero cuando Effie regresó, no vio ni rastro de ellos a pesar de que miró por todas partes. La niñera se rio, pero no dijo ni mu, y volvió a salir por la tarde con una larga lista de más cosas para comprar, mientras Effie vagaba triste por la casa, sin el habitual revuelo alegre que había antes de la cena de Navidad y la diversión nocturna.

En cuanto a la madre, había desaparecido durante todo el día y llegó por la noche tan cansada que lo único que pudo hacer fue tumbarse a descansar en el sofá, sonriendo como si un pensamiento muy agradable la hiciera feliz a pesar del agotamiento.

—¿Va bien la sorpresa? —preguntó Effie con inquietud, pues le parecía muchísimo tiempo esperar hasta que llegara otra noche.

—¡A la perfección! Mejor de lo que esperaba, porque varios buenos amigos están ayudando o no habría podido hacerlo como yo quería. Sé que te gustará, cariño, y recordarás durante mucho tiempo esta nueva manera de tener unas felices Navidades.

La madre le dio un beso muy cariñoso y Effie se fue a la cama.

✳✳✳

El día siguiente fue muy extraño, pues al despertarse, no había calcetines que examinar, ni una pila de regalos bajo su servilleta, ni nadie le dijo «¡Feliz Navidad!», y la comida le resultó de lo más normal. Su madre volvió a desaparecer y la niñera no dejaba de enjugarse los ojos y decir:

—¡Hay que ver! Es la idea más bonita que he oído jamás. Nadie salvo tu querida mamá podría haberlo hecho.

—¡Calla o me volveré loca porque no conozco el secreto! —exclamó Effie más de una vez, y no le quitó el ojo de encima al reloj, pues a las siete de la tarde la sorpresa se revelaría.

La ansiada hora llegó por fin, y la niña estaba demasiado entusiasmada para hacer preguntas cuando la niñera le puso el abrigo y la capucha, la llevó al carruaje y se marcharon, dejando atrás la casa a oscuras y en silencio.

—Me siento como las niñas en los cuentos de hadas que se las llevan a lugares extraños y ven cosas hermosas —dijo Effie en un susurro, mientras atravesaban tintineando las animadas calles.

—¡Ay, cariño, sí es como un cuento de hadas, eso te lo aseguro! Y esta noche verás más cosas hermosas que la mayoría de los niños. Pero tú estate tranquila y haz lo que yo te diga, sin pronunciar ni una palabra a pesar de lo que veas —respondió la niñera, temblando por el entusiasmo mientras daba unas palmaditas sobre una caja en su regazo, y asintió con la cabeza y se rio con ojos brillantes.

Entraron en un patio oscuro y llevaron a Effie por una puerta trasera hasta una pequeña habitación, donde la niñera enseguida procedió a quitarle no solo el abrigo y la capucha, sino también el vestido y los zapatos. Effie se quedó con la mirada fija y se mordió el labio, pero permaneció quieta hasta que de la caja salió un abriguito de piel blanca y unas botas, una corona de hojas de acebo y bayas, y una vela con un adorno de papel dorado alrededor. Entonces ella dejó escapar un largo «¡Oh!», y cuando la vistieron y se vio reflejada en el cristal, retrocedió exclamando:

—¡Vaya, me parezco al espíritu de mi sueño!

—¡Así es, y ese es el papel que vas a representar, preciosa! Bueno, ahora calladita mientras te vendo los ojos y te coloco en tu sitio.

—¿Me va a dar miedo? —susurró Effie, llena de asombro, puesto que al salir oyó el sonido de muchas voces, el ruido de muchos pies, y a pesar de la venda, estaba segura de que brillaba una luz intensa sobre ella cuando se detuvo.

—No tiene por qué. Yo estaré cerca de ti y tu mamá también estará allí.

Después de atarle el pañuelo para taparle los ojos, la niñera subió con Effie unos escalones y la colocó en una tarima alta, donde lo que parecían unas hojas le tocaron la cabeza, y el suave chasquido de unas lámparas inundó el aire.

La música comenzó en cuanto la niñera dio una palmada, las voces del exterior sonaron más cerca y se oyeron pasos subiendo sin duda las escaleras.

—¡Bueno, cariño, mira la alegre Navidad que habéis creado tú y tu madre para aquellos que lo necesitaban!

Le quitaron la venda y, por un minuto, Effie de verdad creyó que se había vuelto a quedar dormida, pues se encontraba en medio de «un bosquecillo de árboles de Navidad», alegres y brillantes como en su visión. Los pequeños pinos estaban dispuestos doce a cada lado, en dos filas por la habitación, sobre unas mesitas bajas, y detrás de Effie había uno más alto que se alzaba hasta el techo. De él colgaban coronas de palomitas, manzanas, naranjas, cuernos con caramelos y todo tipo de pastelitos,

desde corazones de azúcar hasta gigantescas galletas de jengibre. En los árboles más pequeños vio muchos de sus propios juguetes desechados y los que la niñera había comprado, y muchos otros que parecían haber llovido directamente del país de la Navidad donde tenía la sensación de volver a estar.

—¡Qué maravilla! ¿Para quién es? ¿Qué es ese ruido? ¿Dónde está mamá? —exclamó Effie, pálida de felicidad y sorpresa, mientras se quedaba mirando la brillante callecita desde su posición elevada.

Antes de que la niñera pudiera contestar, las puertas en el extremo inferior se abrieron y entraron veinticuatro niñas huérfanas vestidas de azul, cantando dulcemente, hasta que el asombro transformó la canción en gritos de alegría y sorpresa al aparecer aquel espectáculo resplandeciente. Mientras contemplaban con ojos redondos el bosque de cosas bonitas a su alrededor, la madre de Effie se acercó a su hija y, apretando su mano para darle valentía, contó la historia del sueño con unas cuantas palabras sencillas, terminándola de este modo:

—Así que mi niña también quería ser un espíritu de la Navidad y convertir este en un día feliz para aquellos que no tenían tantos placeres y comodidades como ella. Le gustan las sorpresas y planeamos esto para todas vosotras. Ella representará al hada buena y os dará a cada una algo de este árbol, y después todas encontraréis vuestro nombre en uno de los árboles pequeños y podréis ir a disfrutarlo a vuestra manera. Id pasando, queridas, para que os llenemos las manos.

Nadie les dijo que lo hicieran, pero todas aplaudieron efusivamente antes de que una de las niñas diera el primer paso. Entonces, una a una, se quedaron mirando embelesadas a la bonita responsable del festín mientras se inclinaba para ofrecerles grandes naranjas amarillas, manzanas rojas, racimos de uvas, caramelos y pastelitos, hasta que no quedó ni uno, y una fila doble de rostros sonrientes se volvió hacia ella mientras las niñas regresaban a su sitio de la manera ordenada que les habían enseñado.

Después las buenas señoras que habían ayudado a la madre de Effie con todo su corazón llevaron a cada una a su propio árbol, y el alegre alboroto que se armó habría satisfecho hasta al propio Papá Noel. Gritos de júbilo, bailes de deleite, risas y lágrimas (pues aquellas criaturas tan tiernas no podían soportar tanto placer al mismo tiempo, y sollozaban con la boca llena de caramelos y las manos repletas de juguetes). ¡Cómo corrían para enseñarse las unas a las otras los nuevos tesoros! ¡Cómo se asomaban y probaban, tiraban y pellizcaban, hasta que el aire quedó inundado de ruidos extraños, el suelo cubierto de papeles, y los arbolitos, desnudos salvo por las velas!

—No creo que el cielo pueda ser mejor que esto —susurró una niña menuda, mientras miraba a su alrededor en medio de aquella maravillosa confusión, sosteniéndose con una mano el delantal lleno, mientras con la otra se llevaba complacientemente confites a la boca.

—¿Eso de ahí arriba es un ángel de verdad? —preguntó otra, fascinada por la figura blanca con la corona en su pelo resplandeciente, que de algún modo misterioso había sido la causa de toda aquella felicidad.

—Ojalá me atreviera a ir a darle un beso para agradecerle esta maravillosa fiesta —dijo una niña coja, apoyándose en su muleta, junto a los escalones, preguntándose cómo sería estar sentada en el regazo de una madre, como estaba Effie mientras contemplaba la feliz escena delante de ella.

Effie la oyó y, al acordarse del pequeño Tim, bajó corriendo y abrazó a la niña pálida, besando su cara melancólica mientras le decía cariñosamente:

—Puedes hacerlo, pero es mi madre la que se merece el agradecimiento. Ella ha sido quien lo ha hecho todo. Yo solo lo soñé.

Katy, la niña coja, se sintió como si «un ángel de verdad» estuviera abrazándola y tan solo pudo darle las gracias tartamudeando mientras las otras chiquillas se acercaban corriendo para ver al bonito espíritu y tocar su traje suave, hasta que quedó rodeaba por una multitud de vestidos azules riéndose mientras levantaban sus regalos para que los viera y admirara.

La madre se agachó y susurró una palabra a las chicas mayores, y de pronto todas se dieron la mano para bailar alrededor de Effie, cantando mientras brincaban.

Todo era muy bonito y a las señoras les costaba interrumpir la diversión, pero era tarde para las pequeñas y demasiado

jolgorio es un error. Así que las niñas se colocaron en fila y marcharon otra vez delante de Effie y su madre para dar las buenas noches con unas caritas tan llenas de gratitud que los ojos de las que las miraban se nublaron por las lágrimas. La madre besó a todas y muchos de aquellos corazones infantiles sintieron el tacto de sus labios como el mejor regalo. Effie estrechó tantas manitas que notó un hormigueo en las suyas propias; y cuando se acercó Katy, le puso a Effie una muñeca pequeña en las manos al tiempo que le susurraba:

—Tú no has tenido ni un regalo y nosotras hemos tenido muchos. Quédate esta, es la cosa más bonita que he recibido.

—Me la quedaré —respondió Effie y la sostuvo con fuerza hasta que la última cara sonriente se hubo marchado, terminó la sorpresa y se acostó segura en su cama, demasiado cansada y feliz para nada más que dormir.

—¡Mamá, ha sido una bonita sorpresa y te lo agradezco mucho! No sé cómo lo hiciste, pero esta es la Navidad que más me ha gustado de todas, y quiero celebrar una cada año. He recibido un regalo enorme y maravilloso, y aquí está el pequeñito que guardaré por amor que me ha dado la pobre Katy. ¡Hasta esa parte de mi deseo se ha hecho realidad!

Y Effie se quedó dormida con una sonrisa de felicidad en los labios, su regalo humilde todavía en la mano y un nuevo amor por la Navidad en el corazón que nunca cambió durante la larga vida que pasó haciendo el bien.

Una Navidad en el campo

Louisa May Alcott
(1882)

«Un poco de buena vida vale más que
un montón de aprendizaje.»

Querida Emily:

Se me ha ocurrido una brillante idea y enseguida me he apresurado a compartirla contigo. Hace tres semanas llegué a esta zona virgen de Vermont para visitar a mi anciana tía, también para tener un poco de tranquilidad y distancia en las que analizar ciertas nuevas posibilidades que se han abierto ante mí, y para decidir si me caso con un millonario y me convierto en reina de la sociedad, o me quedo como «la encantadora señorita Vaughan» y espero a que llegue el héroe conquistador.

La tía Plumy me ruega que me quede a pasar la Navidad aquí y yo he accedido, porque le tengo pánico siempre a la comida formal con la que mi tutor celebra el día.

Mi brillante idea es la siguiente: voy a preparar una fiesta a la vieja usanza. ¿Vendrías a ayudarme? Estoy segura de que disfrutarás muchísimo, puesto que mi tía es todo un personaje. Vale la pena ver al primo Saul, y Ruth es una chica mucho más guapa que cualquier pimpollo que se presente en sociedad esta temporada. Tráete a Leonard Randal contigo y que tome notas para sus nuevos libros; así le saldrán más frescos y auténticos que el último, a pesar de lo ingenioso que era.

El aire es estupendo aquí arriba, la gente es muy graciosa, esta vieja granja está llena de tesoros y tu amiga del alma aprovechará para abrazarte. Mándame un telegrama con un simple sí o no, y te esperaremos el martes.

Siempre tuya,
Sophie Vaughan

—Vendrán ambos, pues están tan hartos de la vida en la ciudad y tienen tantas ganas de un cambio como yo —dijo la que había escrito esta carta, mientras la doblaba e iba a mandarla por correo sin demora.

La tía Plumy estaba en la gran cocina haciendo pasteles. Una vieja alma jovial, con un rostro rubicundo como una manzana de invierno, una voz alegre y el corazón más bueno que haya podido latir bajo un vestido de guingán. La hermosa Ruth

estaba picando el relleno para los pasteles y cantando tan contenta mientras trabajaba que ni los veinticuatro mirlos inmortales habrían podido poner más música al pastel que ella. Saul estaba metiendo leña en el enorme horno, y Sophie se detuvo un instante en el umbral a mirarlo, pues siempre disfrutaba viendo a su fornido primo, al que comparaba con un vikingo escandinavo por su barba y pelo rubios, aquellos penetrantes ojos azules, metro ochenta de estatura, y con unos hombros que parecían lo bastante anchos y fuertes para soportar cualquier carga.

Estaba de espaldas a ella, pero él la vio primero y volvió su cara sonrojada para mirarla, una cara que siempre se iluminaba de repente cada vez que la chica se acercaba.

—Ya está escrita, tía; y ahora quiero que Saul la eche al correo para tener una pronta respuesta.

—En cuanto pueda remangarme, prima.

Y Saul arrojó el último tronco; parecía dispuesto a poner una faja alrededor de la Tierra en menos de cuarenta minutos.

—Bueno, cariño, no pondré la más mínima objeción, si te hace feliz. Supongo que podremos soportarlo si *puen* tus amigos de la ciudad. Me atrevería a decir que las cosas por aquí les parecerán *mu* peculiares, pero supongo que por eso vienen. La gente ociosa hace cosas *mu* raras para *entretenese*.

Y la tía Plumy se inclinó sobre el rodillo para sonreír y asentir con un perspicaz brillo en los ojos, como si le gustara aquel plan tanto como a Sophie.

—Me dan un poco de miedo, pero intentaré que no te avergüences de mí —dijo Ruth, que quería a su encantadora prima incluso más de lo que la admiraba.

—No temas por eso, querida. Ellos serán los que estén incómodos y debéis tranquilizarlos siendo vosotros mismos y tratándolos como si fueran personas normales y corrientes. Nell es muy alegre y agradable cuando deja sus costumbres urbanas, como tendrá que hacer aquí. Enseguida adoptará un espíritu festivo, y estoy segura de que os gustará a todos. El señor Randal es peor debido a tantos elogios y mimos, como acostumbra a recibir la gente de éxito, así que un poco de conversación sencilla y trabajo duro no le vendrá mal. Es todo un caballero a pesar de sus aires de grandeza y elegancia, y se lo tomará bien, si le tratáis como a un hombre y no como a un león.

—Yo me ocuparé de él —dijo Saul, que había escuchado con gran interés la última parte del discurso de Sophie, sin duda sospechando que era su enamorado, y disfrutando con la idea de proporcionarle una abundante cantidad de «conversación sencilla y trabajo duro».

—Yo los mantendré *entreteníos* si eso es lo que necesitan, pues habrá mucho que hacer, y nos cuesta conseguir ayuda aquí arriba. Los nuestros no contratan a *desconocíos*. Del trabajo a casa hasta que se casan y no van llenándose la cabeza con ideas tontas u olvidando todo lo útil que les enseñaron sus madres.

La tía Plumy miraba a Ruth mientras hablaba y un repentino rubor en las mejillas de la muchacha demostró que las palabras habían dado en el clavo de ciertos caprichos ambiciosos que había tenido la bonita hija de la casa de los Basset.

—Cumplirán con su parte y no serán un problema. Me ocuparé de eso, puesto que sin duda eres la tía más querida del mundo al permitirme apoderarme de ti y de lo tuyo de esta manera —exclamó Sophie, abrazando a la anciana con cariño.

Saul deseó que el abrazo pudiera devolverse por poderes, ya que las manos de su madre estaban demasiado cubiertas de harina como para ir más allá de acercarse afectuosamente al delicado rostro que parecía tan fresco y joven al lado del suyo arrugado. Como no podía hacerse, escapó a la tentación y «se remangó» sin demora.

Las tres mujeres se pusieron a pensar juntas en su ausencia y el plan de Sophie creció rápidamente, pues Ruth ansiaba ver a un novelista de verdad y a una dama elegante, y la tía Plumy, que iba a seguir sus propios planes, decía «Sí, cariño» a todas las sugerencias.

Hubo grandes preparativos y adornos aquel día en la vieja granja, puesto que Sophie quería que sus amigos disfrutaran de los placeres del campo, y sabía qué complementos serían indispensables para que estuvieran cómodos, qué ornamentos sencillos estarían en armonía con el escenario rústico en el que pretendía interpretar el papel de *prima donna*.

Al día siguiente, recibieron un telegrama tanto del león como de la dama aceptando la invitación. Llegarían esa misma tarde, pues no hacía falta preparar nada para aquel viaje espontáneo, cuya novedad era el principal atractivo desde la perspectiva de unas personas hastiadas.

Saul quería sacar el trineo doble para ir a buscarlos, pues estaba orgulloso de sus caballos, y había caído una buena nevada que embellecía el paisaje y añadía un nuevo placer a las festividades navideñas.

Pero Sophie declaró que debían usar el viejo trineo amarillo, con Punch, el caballo de granja, porque deseaba que todo estuviera en consonancia; y Saul obedeció al pensar que jamás había visto nada más hermoso que su prima cuando esta apareció con la anticuada capa de camelote de su madre y una papalina estilo calabaza de seda azul. Él mismo iba muy bien con su abrigo de piel. Se había cepillado el cabello y la barba hasta que le habían brillado como hilos de oro, tenía color en las mejillas y una chispa de regocijo en los ojos, mientras que el entusiasmo le otorgaba a su cara normalmente seria la vivacidad necesaria para ser guapo.

Se alejaron en el viejo chirriante trineo y dejaron a Ruth acicalándose, latiéndole con fuerza el corazón, y a la tía Plumy preparando una cena tardía dispuesta a tentar al paladar más fino.

—No ha venido a por nosotros y ni tan siquiera hay una diligencia a la que subirnos —dijo Emily Herrick al tiempo que le

echaba un vistazo a la pequeña estación de tren desvencijada donde se habían apeado.

—Ese es el rostro inolvidable de nuestra bella amiga, pero lleva un sombrero de su abuela, si mis ojos no me engañan —respondió Randal, dándose la vuelta para mirar a la pareja que se acercaba por detrás.

—Sophie Vaughan, ¿qué pretendes yendo así vestida? —exclamó Emily mientras besaba la cara sonriente enmarcada por aquel sombrero y se quedaba mirando el curioso abrigo.

—Voy disfrazada para representar mi papel, y tengo la intención de continuar así vestida. Este es nuestro anfitrión, mi primo, Saul Basset. Venid al trineo enseguida, él se encargará de vuestro equipaje —dijo Sophie, dolorosamente consciente de la antigüedad de su atuendo al posar los ojos en el bonito sombrero y el manto de Emily, y la masculina elegancia del abrigo de Randal.

Apenas estaban subidos cuando apareció Saul con una maleta en una mano y un baúl grande al hombro, y los colocó sobre un trineo de madera que había al lado con tanta facilidad como si fueran bolsas de mano.

—Ese es tu héroe, ¿no? Bueno, sí lo parece, tranquilo y atractivo, taciturno y alto —comentó Emily en un tono de aprobación.

—Deberían haberle llamado Sansón o Goliat, aunque creo que fue el hombre pequeño el que lanzaba cosas y se convirtió en el héroe al final —añadió Randal, contemplando sus

movimientos con interés y cierta envidia, puesto que tanta escritura le había dejado las manos tan delicadas como las de una mujer.

—Saul no vive en una casa de cristal, así que las piedras no le harán daño. Recordad que el sarcasmo está prohibido y la sinceridad, a la orden del día. Ahora sois gente del campo y os vendrá bien probar unos días su modo de ser simple y honesto.

Sophie no tuvo tiempo de decir nada más, pues Saul subió al trineo y partió con el breve comentario de que el equipaje «llegaría enseguida».

Los invitados, que tenían hambre y frío y estaban cansados, estuvieron bastante callados durante el breve recorrido, pero la hospitalaria bienvenida de la tía Plumy y los sabrosos aromas de la cena que los aguardaba derritieron el hielo y se ganaron sus corazones de inmediato.

—¿No es agradable? ¿No os alegráis de haber venido? —preguntó Sophie mientras llevaba a sus amigos al salón, cuya formalidad había compensado colocando unas brillantes cortinas *chintz* en las ventanas, ramas de *tsuga* sobre los viejos retratos, un cuenco de porcelana con flores en la mesa y un fuego magnífico en la amplia chimenea.

—Es todo perfectamente maravilloso y ya estoy empezando a disfrutarlo —respondió Emily, sentándose sobre la alfombra de fabricación artesanal, cuyas rosas rojas de franela se abrían en un cesto azul.

—Si pudiera añadir un poco de humo a este espléndido fuego, sería perfecto. ¿Querría Sansón acompañarme? —preguntó Randal, esperando su permiso, con la cigarrera en la mano.

—No tiene pequeños vicios, pero tú puedes satisfacer los tuyos —respondió Sophie, desde las profundidades de una mecedora.

Emily miró a su amiga como si su voz hubiera adquirido un nuevo tono y después se dio la vuelta nuevamente hacia el fuego con un breve gesto de asentimiento, como si le confiara un secreto al reflejo de sí misma en el brillante morillo de latón.

—Su Dalila no toma esta forma. Espero con interés descubrir si tiene una. ¡Qué margarita está hecha la hermana! ¿Acaso habla? —preguntó Randal, intentando recostarse en un sofá de arpillera, en el que estaba resbalándose incómodamente.

—Oh, sí, y canta como un pájaro. Deberíais oírla cuando se despoje de su timidez. Eso sí, cuidado, pues es una margarita celosamente custodiada y no debe ser recogida por ninguna mano ociosa —le advirtió Sophie al recordar cómo se había sonrojado Ruth ante los cumplidos de Randal en la cena.

—Debería esperar ser aniquilado por el hermano mayor si intentase algo más que «pura» admiración y respeto. No temas en cuanto a eso, pero dinos qué nos aguarda tras esta espléndida cena. Una recolección de manzanas, un concurso de

hilado, una fiesta del descascarado o un pasatiempo primitivo de algún tipo, no me cabe la menor duda.[1]

—Como sois nuevos a estas costumbres, os voy a dejar descansar esta noche. Nos sentaremos junto al fuego y contaremos historias. A la tía se le da muy bien eso y Saul tiene recuerdos de la guerra que merece la pena oír si conseguimos que nos los cuente.

—Ah, ¿así que estuvo en la guerra, eh?

—Sí, durante todo el periodo. Es el comandante Basset, aunque prefiere que le llamen por su nombre de pila. Luchó maravillosamente y terminó con varias heridas, aunque no era más que un niño cuando obtuvo todas esas cicatrices y condecoraciones. Me siento muy orgullosa de él por eso.

Y así parecía Sophie al mirar la fotografía de un joven uniformado en el lugar de honor en la alta repisa de la chimenea.

—Tenemos que animarle para oír esos recuerdos de guerra. Quiero nuevos incidentes y apuntaré todo lo que pueda, si se me permite.

Entonces Randal fue interrumpido por el mismo Saul, que entró con una brazada de leña para el hogar.

—¿Puedo hacer algo más por ti, prima? —preguntó, contemplando la escena con una mirada anhelante.

---

1 Se enumeran una serie de festividades antiguas del siglo XVIII como las *bees,* que eran reuniones de colonos en las granjas durante ese periodo, en este caso la *apple bee* era un encuentro social de granjeros para ayudar en la recolecta de manzanas o a procesar la fruta. En contraposición a los *match,* que se llevaban a cabo en la ciudad y eran más sofisticados, pero el objetivo también era reunirse para hacer ropa, por ejemplo, para toda la familia (en caso del *spinning match*).

—Ven y siéntate con nosotros, y habla de la guerra con el señor Randal.

—Cuando haya alimentado al ganado y hecho mis tareas, estaré encantado. ¿En qué regimiento estaba usted? —preguntó Saul, bajando la vista desde sus alturas hacia el delgado caballero, que contestó brevemente.

—En ninguno. Me hallaba en el extranjero por aquel entonces.

—¿Estaba enfermo?

—No, ocupado con una novela.

—¿Tardó cuatro años en escribirla?

—Me vi obligado a viajar y documentarme antes de poder terminarla. Estas cosas llevan más trabajo del que la gente pueda creer.

—Me parece a mí que nuestra guerra era mejor historia que cualquiera de las que pudo encontrar en Europa, y la mejor manera de documentarse habría sido luchando en ella. Si quiere héroes y heroínas, allí habría encontrado bastantes.

—No me cabe duda y me gustaría compensar mi aparente negligencia oyendo sus propias hazañas, comandante.

Randal tenía la esperanza de haberle dado un giro gentil a la conversación, pero Saul no iba a caer y abandonó la estancia diciendo, con un brillo de diversión en los ojos:

—No puedo parar ahora. Los héroes pueden esperar, los cerdos, no.

Las chicas se rieron por aquel repentino descenso de lo sublime a lo ridículo, y Randal se unió a ellas con la sensación de que su condescendencia no había pasado inadvertida.

Como atraída por el alegre sonido, apareció la tía Plumy y, tras sentarse en la mecedora, mantuvo una conversación como si conociera a sus invitados desde hacía años.

—*Reíros*, jóvenes, eso es mejor para la digestión que cualquiera de los potingues que toma la gente. ¿Tienes problemas de dispepsia, cariño? Me pareció que no comías mucho, así que creí que estabas delicada —dijo mirando a Emily, cuyas pálidas mejillas y ojos cansados reflejaban una vida trasnochadora y alegre.

—Le aseguro, señora Basset, que no había comido tanto en años, pero me ha sido imposible probar todos esos manjares. No soy dispéptica, gracias, sino que estoy cansada y me encuentro un poco mal, puesto que he estado trabajando bastante últimamente.

—¿Eres profesora? ¿O tienes una *«pofresión»,* como la llaman hoy en día? —preguntó la anciana con un tono de amable interés, que evitaba una risa ante la idea de que Emily fuera nada más que una belleza.

A los demás les costó no perder la compostura mientras la muchacha respondía con modestia:

—No tengo oficio aún, pero me atrevería a decir que sería más feliz si lo tuviera.

—Sin duda alguna, cariño.

—¿Qué me recomendaría, señora?

—Diría que corte y confección va *mu* en tu línea, ¿no? Tu ropa es de un gusto magnífico y *me creería* que la *hubieras* hecho tú misma. —Y la tía Plumy se quedó mirando con interés femenino la simple elegancia del vestido de viaje que era una obra maestra de una modista francesa.

—No, señora, no me hago mi propia ropa, me da demasiada pereza. Escoger la tela es tan difícil y lleva tanto tiempo que solo me quedan fuerzas para ponérmela.

—Las tareas domésticas eran la *pofresion* preferida en mi época. Ahora no está de moda, pero tiene su aprendizaje *pa* ser perfecta en todo lo que exige, y me da a mí que sería más sano y útil que la pintura, la música y *toas* esas cosas elegantes que hacen las jóvenes hoy en día.

—Pero todo el mundo quiere algo bello en sus vidas y cada uno debe saber encontrarlo en su esfera de actuación, si es que se puede encontrar.

—Me *paece* a mí que no hay *necesidá* de tanto arte cuando la naturaleza está llena de la belleza que se *pue* ver y amar. En cuanto a las «esperas» y *to* eso, me se ocurre que si cada uno de nosotros hiciera sus propias tareas como es debido, no tendríamos que ir *porai* arreglando el mundo. Ese es cometido del Señor y me atrevería a decir que Él sabe hacerlo sin nuestros consejos.

Algo en aquellas palabras prosaicas, pero ciertas, pareció reprender a los tres oyentes por sus vidas desperdiciadas, y

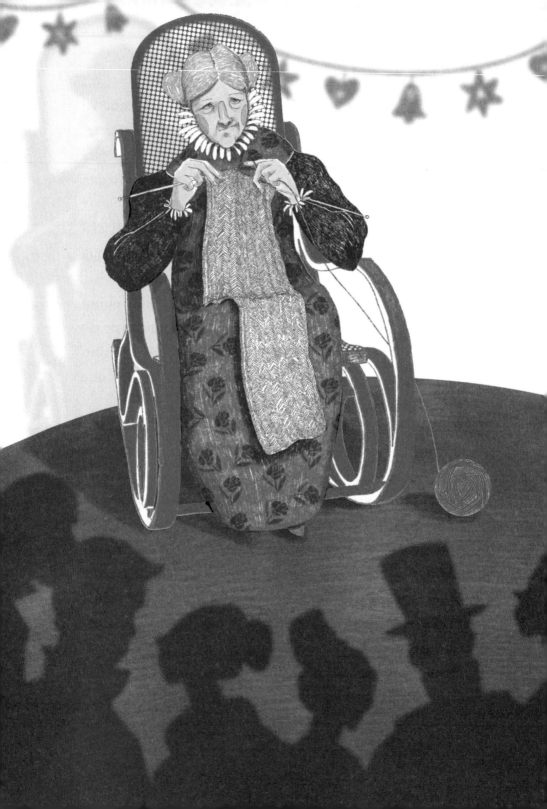

durante un momento no se oyó nada más que el crepitar del fuego, el enérgico chasquido de las agujas de punto de la anciana y la voz de Ruth cantando a lo lejos mientras se preparaba para unirse a la fiesta de abajo.

—A juzgar por ese dulce sonido, ha hecho una de sus «tareas» de maravilla, señora Basset, y a pesar de los disparates de nuestra época, ha conseguido mantener a una chica sana, feliz y nada mimada —comentó Emily, mirando el rostro anciano y tranquilo con el suyo hermoso, lleno de respeto y envidia.

—Eso espero. Ella es mi corderita, la última de mis cuatro queridas niñitas; las demás están *enterrás* con su padre. No espero que se quede mucho tiempo conmigo, y no tengo que *lamentame* cuando la pierda; Saul es el mejor de los hijos; pero las hijas de algún modo están más cerca de las madres y siempre me han *conmovío* las chicas que se quedan sin el ala que las mantenga calientes y a salvo en este mundo de tribulación.

La tía Plumy puso la mano en la cabeza de Sophie mientras hablaba, con una mirada tan maternal que ambas muchachas se acercaron más, y Randal decidió meterla en un libro sin demora.

En aquel instante, Saul regresó con la pequeña Ruth agarrada del brazo, que se arrimó tímidamente a él cuando el joven se sentó en la silla esquinera de cuero en el rincón de la chimenea y ella tomó asiento en un taburete de al lado.

—Ahora el círculo está completo y la imagen es perfecta. No enciendan aún las lámparas, por favor, pero hablen y dejen

que haga un estudio mental de ustedes. Rara vez encuentro una escena tan encantadora que pintar —dijo Randal, que empezaba a disfrutar muchísimo, con el gusto auténtico de un artista por la novedad y el efecto.

—Háblenos de su libro, puesto que hemos estado leyéndolo mientras salía en la revista y tenemos muchas ganas de saber cómo termina —dijo Saul, lanzándose a la brecha, puesto que las mujeres pasaron un momento de bochorno ante la idea de posar para su retrato antes de estar preparadas.

—¿De verdad han leído aquí mi serial y me honran con que les haya gustado? —preguntó el novelista, que se sentía halagado y a la vez le hacía gracia, puesto que su obra era de estilo estético, estudios microscópicos del carácter e imágenes cuidadas de la vida moderna.

—¡Caray! ¿Por qué no iba a gustarnos? —exclamó la tía Plumy—. *Tienemos* cierta educación, aunque no *siamos mu refinaos.* Hay una biblioteca en el pueblo, de la que se ocupan sobre *to* las mujeres, con ferias, reuniones para tomar el té y *to* eso. Nos llegan *toas* esas revistas y Saul nos lee un poco mientras Ruth cose y teje, ya que mi vista no es buena. Nuestro invierno es largo y las tardes serían *mu* aburridas si no tuviéramos novelas y diarios para *alegránoslas.*

—Estoy muy contento de ayudar a que pasen un rato agradable. Bueno, díganme sinceramente lo que piensan de mi trabajo. Las críticas son siempre valiosas y seguro que me gustan las suyas, señora Basset —dijo Randal, preguntándose qué

haría la buena mujer con el delicado análisis y el saber mundano del que él se enorgullecía.

Fue breve, pues la tía Plumy pronto le demostró que prefería liberar la mente en todo momento, y sin duda le había molestado la insinuación de que la gente del campo no podía apreciar la literatura ligera como la gente de la ciudad.

—No entiendo de *na* y menos aún de libros, pero sí *paece* que algunos de tus hombres y mujeres son criaturas *mu* desagradables. Me *paece* a mí que no es sensato siempre estar haciéndonos trizas y *entromitiéndonos* en cosas que deberían llegar poco a poco por la experiencia y las visitas de la Providencia. Las flores no valen ni un centavo si eres tú quien las abre. Mejor esperar y ver lo que pueden hacer solas. Sí me encantan los dichos inteligentes, la forma rara de cubrir algunas partes y las *bofetás* sarcásticas en los puntos débiles de la gente. Pero se sabe *mu* bien que no podemos vivir de tarta de especias y del Charlotte Ruche, y creo se *leirían* más libros si estuvieran llenos de gente y cosas normales, como el buen pan y la mantequilla. *Tonces* llegarían al corazón y no se olvidarían, que es lo que me falta. Los libros de la señorita Terry, los de Stowe y las obras navideñas de Dickens... esos sí son bonitos y esperanzadores, a mi *paecer*.

Cuando la anciana terminó su franco discurso, era evidente que había causado sensación, pues Saul sonreía al fuego, Ruth parecía consternada ante aquel ataque a uno de sus ídolos, y las jóvenes damas se habían quedado estupefactas y a la vez les hacía gracia el entusiasmo de la nueva crítica que se atrevía

a expresar lo que ellas a menudo habían sentido. Randal, sin embargo, estaba bastante tranquilo y se rio de buen humor, aunque en el fondo sintió como si le hubieran echado encima un jarro de agua fría.

—Muchas gracias, señora. Ha descubierto mi punto débil con una precisión sorprendente. Pero verá, no puedo evitar «hacer trizas a la gente», como usted ha expresado; ese es mi don y tiene sus atractivos, como declaran las ventas de mis libros. A la gente le gusta la «tarta de especias» y como eso es lo único que se hace en mi horno, debo continuar así para poder ganarme la vida.

—Eso es lo que dicen los vendedores de ron, pero no es un buen negocio, y yo cortaría leña antes de ganarme la vía hiriendo a mi compañero. Me *paece* a mí que dejaría mi horno enfriar *y* iría a buscar a gente sencilla y feliz para escribir sobre ella; gente sin problemas, que no vaya a buscar agujeros en los abrigos de sus vecinos, sino que vivan con alegría y valentía, que recuerden que somos *tos* humanos, que se *apiaen* de los débiles *y* intenten estar tan llenos de misericordia, paciencia y bondad como Él que nos creó. Ese tipo de libro haría mucho bien, sería *mu* agradable y fortalecedor y haría que los que lo leyeran quisieran al hombre que lo escribió, y lo recordaran cuando muriera y ya no estuviera.

—¡Ojalá pudiera! —dijo en serio Randal, puesto que estaba tan harto de su propio estilo como un relojero lo podría estar de la lupa a través de la que fuerza la vista todo el día. Sabía

 210

que dejaba el corazón al margen de su obra, y que tanto la mente como el alma cada vez eran más morbosos al detenerse demasiado en las fases imperfectas, absurdas y metafísicas de la vida y el carácter. A menudo tiraba la pluma y juraba no volver a escribir más. Pero le gustaban las comodidades y los libros le daban dinero fácil. Estaba acostumbrado al estímulo de los elogios y lo echaba de menos como el borracho echa de menos el vino, así que lo que antes era un placer para sí mismo y los demás estaba convirtiéndose en una carga y una decepción.

La breve pausa que siguió a su involuntario manifiesto de descontento fue interrumpida por Ruth, que exclamó, con un entusiasmo de niña que venció la timidez de niña:

—¡Yo creo que todas las novelas son maravillosas! Espero que escriba otras cien y yo viva para leerlas.

—¡Bravo, mi dulce defensora! Prometo escribir al menos una más y pondré a una heroína que a tu madre le encantará y además admirará —respondió Randal, sorprendido por lo agradecido que estaba ante la aprobación de la muchacha, y lo rápido que su entrenada imaginación empezaba a pintar un fondo en el que esperaba copiar aquella margarita fresca y humana.

Avergonzada por su arrebato involuntario, Ruth trató de esconderse detrás de las anchas espaldas de Saul y su hermano llevó la conversación al punto de partida diciendo con un tono del más sincero interés:

—Hablando del serial, estoy muy ansioso por saber cómo termina su héroe. Es un buen hombre y no tengo claro si va a arruinar su vida casándose con esa mujer tonta o va a hacer algo grandioso y generoso, sin comportarse como un idiota.

—¡Cielo santo, ni yo mismo lo sé! Cuesta mucho encontrar nuevos finales. ¿Alguna sugerencia, comandante? Así no me veré obligado a dejar mi historia sin acabar, pues la gente se queja de que tiendo bastante a hacerlo.

—Bueno, no, no creo que tenga nada que ofrecer. Me parece que no son las proezas sensacionalistas las que sacan lo mejor del héroe, sino algunos grandes sacrificios que hace discretamente un tipo de hombre normal, que es noble sin saberlo. Vi a muchos de esos durante la guerra y a menudo deseaba poder escribir sobre ellos, pues es sorprendente cuánta valentía, bondad y auténtica piedad hay en algunos tipos normales dispuestos a sacarlas cuando llega el momento adecuado.

—Háblenos de alguno de ellos, le agradeceré esa pista. Nadie conoce el sufrimiento del alma de un autor cuando no puede bajar el telón con una escena que cause gran efecto —dijo Randal, con una mirada a sus amigas para pedirles ayuda para obtener una anécdota o un recuerdo.

—Háblale de aquel hombre maravilloso que defendió un puente, como Horacio, hasta que apareció ayuda. Eso fue una historia emocionante, te lo aseguro —respondió Sophie, invitándole a hablar con una sonrisa.

Pero Saul no sería su propio héroe y se limitó a decir:

—Cualquier hombre puede ser valiente cuando tiene la fiebre de la batalla encima de él, y solo hace falta un poco de coraje físico para lanzarse. —Se calló un instante, con los ojos en el paisaje nevado, donde estaba anocheciendo, y luego, como obligado por el recuerdo que evocaba la escena invernal, continuó despacio—: Una de las cosas más valientes que he oído jamás la hizo un pobre hombre que se convirtió en un héroe para mí desde entonces, aunque solo estuve con él esa noche. Fue después de una de las grandes batallas de aquel último invierno en el que me derribaron y quedé con una pierna rota y dos o tres balas aquí y allá. Estaba anocheciendo, la nieve caía, y soplaba un viento fuerte en el campo donde muchos de nosotros yacíamos, muertos y vivos, esperando que viniera la ambulancia a recogernos. Había una refriega no muy lejos y nuestras posibilidades eran más bien escasas entre las heladas y el fuego. Estaba pensando en cómo iba a apañármelas cuando allí cerca encontré a dos pobres tipos que estaban peor que yo, así que me levanté e hice lo que pude por ellos. A uno le habían volado el brazo y gemía de forma terrible. El otro estaba herido de gravedad y moría desangrado por falta de ayuda, pero no se quejaba. Estaba más cerca y me gustó su coraje, pues hablaba animado y me hacía avergonzarme por gruñir. En momentos como esos los hombres se vuelven bestias si no tienen a qué aferrarse y los tres enloquecíamos de dolor, frío y hambre, pues habíamos luchado todo el día en ayunas, cuando oímos un

estruendo en un camino más abajo y vimos que se movían unos faroles. Aquello significaba vida para nosotros y todos intentamos gritar; dos de nosotros bastante flojo, pero yo conseguí dar un buen chillido y lo oyeron.

»—Hay solo sitio para uno más. Mala suerte, chicos, pero vamos llenos y debemos salvar a los heridos graves. Echad un trago y aguantad hasta que volvamos —dijo uno de los de la camilla.

»—Este es el que se va —dije señalando a mi hombre, pues a la luz vi que estaba muy malherido.

»—No, este. Tiene más posibilidades que yo o que este otro; es joven y tiene madre. Yo esperaré —dijo el buen hombre tocándome el brazo, pues me había oído mascullando sobre esta querida señora. Siempre nos acordamos de nuestra madre cuando estamos en mal momento, ya saben.

Los ojos de Saul se dirigieron al rostro de su querida madre con una mirada del más tierno afecto y la tía Plumy respondió con un triste gemido al recordar la necesidad de su hijo y su ausencia aquella noche.

—Bueno, para resumir, se llevaron al tipo que se quejaba y dejaron a mi hombre. Me enfadé mucho, pero no había tiempo para hablar y el egoísta se fue y dejó allí al pobre hombre que perdió su única oportunidad. Yo tenía mi rifle y supuse que podría usarlo si hacía falta, así que volvimos a quedarnos esperando sin muchas esperanzas de recibir ayuda en medio de toda aquella confusión. Y esperamos

hasta la mañana siguiente, pues aquella ambulancia no regresó hasta entonces, cuando la mayoría de nosotros ya no la necesitábamos.

»Jamás olvidaré esa noche. Vuelvo a soñar con ella y la revivo como si fuera real. Nieve, frío, oscuridad, hambre, sed, dolor y, a nuestro alrededor, gritos y maldiciones cada vez más débiles hasta que al final solo el viento aullaba por el prado. ¡Fue horrible! Solos, indefensos, dejados de la mano de Dios, al parecer. Hora tras hora yacimos allí, el uno al lado del otro, bajo un único abrigo, esperando a que nos salvaran o a morir, pues el viento soplaba cada vez más fuerte y nosotros estábamos cada vez más débiles.

Saul respiró hondo y llevó las manos al fuego como si sintiera otra vez el agudo sufrimiento de aquella noche.

—¿Y el hombre? —preguntó Emily en voz baja, como reacia a romper el silencio.

—¡Era un hombre! En momentos como ese los hombres hablan como hermanos y muestran lo que son. Allí tumbado, helándose lentamente, Joe Cummings me habló de su esposa y sus bebés, y los padres que le esperaban, todos los que dependían de él, pero aun así dispuesto a dejarlo marchar cuando se le necesitó. Un hombre sencillo, pero honesto y auténtico, y cariñoso como una mujer. Enseguida lo vi cuando continuó hablando, medio para mí medio para sí mismo, pues a veces divagaba un poco hacia el final. He leído libros, oído sermones y visto a buena gente, pero

nada me ha llegado tanto ni me ha hecho tanto bien como ver a aquel hombre morir. Tuvo una oportunidad y se la dio a otro tan alegremente. Añoraba a sus seres queridos y los dejó marchar con un adiós que no pudieron oír. Sufrió sin un murmullo todo tipo de dolores por los que la mayoría nos retorcíamos, y mantuvo caliente mi corazón mientras el suyo se enfriaba. No vale la pena contar esa parte, pero oí oraciones aquella noche que significaban algo, y vi cómo la fe puede sostener un alma cuando no le queda nada más que Dios.

Saul se calló entonces al ponérsele la voz ronca de pronto y cuando prosiguió fue con el tono del que habla sobre un amigo querido.

—Joe al poco rato se quedó en silencio y creí que se había dormido, pues sentí su aliento cuando le arropé y me agarró de la mano. El frío me entumeció en cierto modo y me dormí, demasiado débil y estúpido como para pensar o sentir. No me habría despertado si no llega a ser por Joe. Cuando me di cuenta, ya era por la mañana y creía que estaba muerto, pues lo único que veía era un gran campo de montículos blancos, como tumbas, y un cielo maravilloso encima. Luego busqué a Joe, al acordarme, pero él me había vuelto a tapar con mi abrigo y estaba rígido e inmóvil bajo la nieve que le cubría como una mortaja, entero salvo la cara, que el viento había cubierto con un trozo de mi capa. Cuando la retiré y el sol brilló sobre su expresión muerta, les aseguro

que estaba tan llena de paz celestial que sentí como si aquel hombre normal y corriente hubiera sido glorificado por la luz de Dios y recompensado por él por su buen hacer. Eso es todo.

Nadie habló durante un momento, mientras las mujeres se secaban los ojos, y Saul bajó la vista como para ocultar algo más blando que las lágrimas.

—Fue muy noble, muy conmovedor. ¿Y usted? ¿Cómo salió de aquella al final? —preguntó Randal, con respeto y admiración real en su habitual cara lánguida.

—Arrastrándome —respondió Saul volviendo a su anterior brevedad de discurso.

—¿Por qué no lo hizo antes para ahorrarse todo ese sufrimiento?

—No podía dejar a Joe.

—Ah, ya veo. Hubo dos héroes esa noche.

—Muchos, sin duda. Aquella época transformó a los hombres en héroes, y a las mujeres también.

—Cuéntenos más —le rogó Emily, alzando la vista con una expresión que ninguno de sus admiradores jamás había llevado a su rostro con sus más dulces cumplidos o el cotilleo más taimado.

—Yo ya he dicho lo mío, ahora le toca al señor Randal. —Y así Saul se retiró del rojizo círculo de la luz de la lumbre, como si le avergonzara el papel destacado que estaba representando.

Sophie y su amiga habían oído a hablar a Randal muchas veces, pues era un anecdotista consumado, pero esa noche hizo un gran esfuerzo y estuvo excepcionalmente brillante y divertido, dispuesto a dar lo mejor de sí. Los Basset se mostraron encantados. Estuvieron levantados hasta tarde y se pusieron muy contentos cuando la tía Plumy sacó un refrigerio, y su sidra fue tan estimulante como el champán. Cuando se fueron a dormir y Sophie le dio un beso a su tía, Emily hizo lo mismo y dijo efusivamente:

—Es como si la conociera de toda la vida y este es sin duda el lugar más encantador en el que he estado.

—Me alegra que te guste, cariño. Pero no será todo diversión, como descubrirás mañana cuando te pongas a trabajar, pues Sophie dice que debes hacerlo —contestó la señora Basset, y sus invitados se marcharon prometiendo precipitadamente que les gustaría todo.

Les resultó difícil mantener su palabra cuando les llamaron a las seis y media a la mañana siguiente. Sin embargo, sus habitaciones estaban calientes y se las apañaron para bajar a tiempo para el desayuno, guiados por el aroma a café y la voz aguda de la tía Plumy cantando el viejo himno: «Señor, por la mañana oyes mi voz alzarse alto».

En la chimenea ardía el fuego, pues la comida se había hecho en la antecocina y la espaciosa y soleada cocina había mantenido toda su anticuada perfección, con el banco de madera en un rincón cálido, el reloj alto detrás de la puerta,

218

utensilios de cobre y peltre brillando en el aparador, porcelana antigua en el armario esquinero y una pequeña rueca que Sophie había rescatado de la buhardilla para adornar la ventana llena de geranios escarlata, rosas de Navidad y crisantemos blancos.

La joven, con un delantal a cuadros y cofia, saludó a sus amigos con un plato de pasteles de trigo sarraceno en una mano y un par de mejillas que demostraban que había estado aprendiendo a freír aquellas delicias.

—¡Caramba, te has propuesto «mantener el ritmo» en serio! Y es estupendo, querida. Pero ¿no echarás a perder tu cutis y se te ajarán las manos si haces todos estos trabajos nuevos? —preguntó Emily, atónita ante aquel hecho insólito.

—Me gusta, y creo de verdad que he encontrado mi auténtico ambiente por fin. La vida doméstica me resulta tan agradable que siento que debería mantener este ritmo el resto de mi vida —respondió Sophie, imaginándose a sí misma en una bonita escena mientras cortaba grandes rebanadas de pan integral, con los primeros rayos de sol tocando su cara de felicidad.

—La encantadora señorita Vaughan en el papel de la esposa de un granjero. Me cuesta imaginarlo y no quiero pensar en la consternación generalizada que produciría tal destino entre sus admiradores —añadió Randal mientras disfrutaba de la acogedora lumbre.

—Podría irle peor. Pero venid a desayunar y haced honor a mi trabajo —dijo Sophie, pensando en su agotado millonario, y un tanto molesta por la sonrisa sardónica en los labios de Randal.

—¡Cómo se le abre el apetito a una al levantarse pronto! Me siento a la altura de casi cualquier cosa, así que déjame ayudarte a lavar las tazas —dijo Emily, con una energía inusitada, cuando terminaron el abundante desayuno y Sophie comenzó a recoger los platos como si fuera su trabajo habitual.

Ruth se acercó a la ventana para regar las flores y Randal la siguió haciéndose el simpático al recordar cómo le había defendido la noche anterior. Estaba acostumbrado a la admiración de los ojos femeninos, y a los halagos de labios suaves, pero encontraba algo nuevo y encantador en el placer inocente que se revelaba ante su acercamiento mediante rubores más elocuentes que palabras, y miradas tímidas de unos ojos llenos de adoración al héroe.

—Espero que me guarde un ramillete para mañana por la noche, puesto que no podría ir mejor para honrar el baile que la señorita Sophie nos propone —dijo, apoyándose en la ventana saylediza para mirar a la niña con el aire ferviente que normalmente adoptaba con las mujeres guapas.

—¡Lo que usted quiera! Estaré muy contenta de que lleve mis flores. Habrá bastantes para todos y no tengo nada más que darle a los que me han hecho tan feliz como mi prima Sophie y usted —respondió Ruth, medio ahogando la gran

cala mientras hablaba con una amabilidad que reflejaba su agradecimiento.

—Tiene que complacerla y aceptar su invitación de ir a casa con ella, como oí que le dijo anoche. Echar un vistazo al mundo le vendría bien y sería un cambio agradable, creo.

—¡Oh, muy agradable! Pero ¿me haría bien? —Y Ruth alzó la vista con una repentina seriedad en sus ojos azules, como una niña preguntándole a una persona mayor, de una manera entusiasta y anhelante a la vez.

—¿Por qué no? —inquirió Randal, sin saber muy bien por qué vacilaba.

—Puede que no me gusten luego las cosas aquí después de ver casas maravillosas y gente elegante. Ahora soy muy feliz y me partiría el corazón perder esa felicidad o llegar a avergonzarme de mi hogar.

—Pero ¿no desea más diversión, otros amigos y escenas distintas a estas? —preguntó el hombre, conmovido por la lealtad de la criaturita a las cosas que conocía y amaba.

—Muy a menudo, pero mi madre dice que cuando esté preparada llegarán, así que espero e intento no ser impaciente.

Pero la mirada de Ruth por encima de las hojas verdes reflejó el fuerte anhelo que sentía en su interior por conocer mejor el mundo desconocido que se abría más allá de las montañas que la rodeaban.

—Es natural para los pájaros salir del nido, así que espero verla allí en breve y le preguntaré si disfruta de su primer

vuelo —dijo Randal en un tono paternal que tuvo un curioso efecto en Ruth.

Para su sorpresa, la chica se rio, luego se sonrojó como una de sus propias rosas y contestó con una recatada dignidad que fue muy bonita de ver.

—Tengo intención de salir pronto, pero no será un vuelo muy largo ni muy lejos de mi madre. No puede prescindir de mí, y para mí tampoco nadie en el mundo puede sustituirla a ella.

«¡Bendita niña! ¿Acaso cree que le voy a hacer el amor?», pensó Randal, al que le hacía gracia la idea, pero estaba más bien equivocado. Las mujeres más sensatas así lo habían pensado cuando él adoptaba aquel aire delicado para engatusarlas con pequeñas revelaciones del carácter que le gustaba usar, como el viento del sur hace que las flores abran sus corazones para despedir su aroma y después las deja para llevárselo a otro sitio, más que apreciado por la dulzura robada.

—Tal vez tenga razón. El ala maternal es un refugio seguro para pequeñas almas confiadas como usted, señorita Ruth. Estará aquí tan cómoda como sus flores en la ventana soleada —dijo, pellizcando de manera despreocupada las hojas de los geranios y alborotando las rosas hasta que los pétalos rosados de la más grande cayeron al suelo.

Como si por instinto sintiera lo que simbolizaba aquel acto y le molestara algo en el hombre, la chica respondió en voz baja mientras continuaba con su tarea:

—Sí, si la escarcha no me toca o personas poco cuidadosas no me estropean demasiado pronto.

Antes de que Randal pudiera contestar, la tía Plumy se acercó como una gallina maternal que ve a su pollo en peligro.

—Saul traerá leña después de hacer sus tareas. Quizá quiera *acompañalo*. Las vistas son buenas, el hielo de los caminos ya se ha deshecho y hace un día bueno, lo que no es *mu* normal.

—Gracias, me atreveré a decir que será un placer —respondió educadamente el león, con un estremecimiento secreto ante la idea de un paseo rural a las ocho de la mañana en invierno.

—Vamos, pues. Alimentaremos al ganado y luego le mostraré cómo enyuntar los bueyes —dijo Saul con un brillo en los ojos mientras abría el camino cuando su nuevo ayudante se hubo abrigado como para un viaje polar.

—¡Vaya, qué malo, Saul! Lo ha hecho a propósito solo para complacerte, Sophie —exclamó Ruth en aquel momento, y las chicas corrieron a la ventana para ver a Randal seguir con valentía a su anfitrión con un cubo de comida para cerdos en cada mano y una expresión de asco y resignación en su rostro aristocrático.

—A qué bajos usos regresaremos —citó Emily, mientras todas asentían y sonreían hacia la víctima cuando volvió la vista desde el corral, donde fue clamorosamente recibido por sus nuevos cargos.

—Al principio impresiona bastante, pero le vendrá bien, y Saul no será muy duro con él, estoy segura —dijo Sophie, regresando a su trabajo, mientras Ruth giraba sus mejores brotes hacia el sol y así estuvieran listos para una ofrenda de paz al día siguiente.

Se escuchó un alegre repiqueteo en la gran cocina durante una hora, luego la tía Plumy y su hija se encerraron en la antecocina a llevar a cabo algunos ritos culinarios y las señoritas fueron a revisar unos trajes antiguos que se habían dispuesto en la habitación de Sophie.

—Verás, Em, creí que sería apropiado para la casa y la estación celebrar un baile a la antigua usanza. La tía tiene guardados un montón de viejos vestidos, pues el bisabuelo Basset era un gran caballero y su familia vivía a todo lujo. Elige el carmesí, el azul o el de damasco gris plateado. Ruth va a ponerse el de muselina trabajada, con la falda de satén blanco acolchado y este sombrero tan coqueto.

—Si ha de ser oscuro, me quedo con el rojo y le pondré esta elegante puntilla. Tú deberías llevar el azul y amarillo pálido, con esos molestos zapatos de tacón altos. ¿Tenéis trajes para los hombres? —preguntó Emily, entregándose enseguida al absorbente asunto de los disfraces.

—Una levita con chaleco de terciopelo de color burdeos, medias de seda, sombrero de tres picos y una caja de rapé para Randal. No hay nada que sea lo bastante grande para Saul, así que tendrá que ponerse su uniforme. ¿No estará

espléndida la tía Plumy con este color ciruela de raso y el inmenso gorro?

Pasaron una deliciosa mañana convirtiendo los desteñidos trajes del pasado en la radiante belleza del presente, y el tiempo y las lenguas volaron hasta que el sonido del cuerno las llamó a comer.

Las chicas se asombraron al ver a Randal silbando por el camino con los pantalones metidos por dentro de las botas, unas manoplas azules y una inusual cantidad de energía en todo su cuerpo mientras llevaba a los bueyes. Saul se reía ante sus vanos intentos de guiar a las bestias desconcertadas.

—¡Qué maravilla! Las vistas desde la colina merecen la pena, pues la nieve ensalza el paisaje y recuerda a Suiza. Voy a hacer un dibujo de esta tarde. Mejor vengan y disfruten del exquisito frescor, señoritas.

Randal comía con tal apetito que no vio las miradas que las muchachas intercambiaron cuando prometieron ir.

—Traed a casa más vegetación de invierno. Quiero que esté todo muy bonito y no tenemos suficiente para la cocina —dijo Ruth, sonriendo con el deleite de una niña al imaginarse a sí misma bailando bajo las guirnaldas verdes con el vestido de boda de su abuela.

El panorama desde la colina era muy hermoso, pues hasta donde alcanzaba la vista el paisaje invernal brillaba con la breve belleza de la luz del sol sobre la nieve virgen. Los pinos susurraban en lo alto, las aceradas aves revoloteaban de aquí

para allá, y en los trozos pisados se alzaban pequeñas agujas perennes, listas para su cometido navideño. En lo profundo del bosque sonaban los hachazos acompasados, el estrépito de los árboles al caer, mientras las camisas rojas de los hombres añadían color a la escena, y un viento fresco llevaba el soplo aromático del pino y el *tsuga* recién cortado.

—¡Qué hermoso es! No sabía cómo eran los bosques en invierno. ¿Y tú, Sophie? —preguntó Emily, sentada en un tocón para disfrutar tranquilamente de aquel nuevo placer.

—Lo he descubierto hace poco. Saul me deja venir aquí con la frecuencia que quiera y este aire tan bueno parece convertirme en un nuevo ser —respondió Sophie, mirando a su alrededor con los ojos brillantes, como si aquel fuera un reino bajo su dominio.

—Algo está convirtiéndote en un nuevo ser, eso es evidente. Todavía no he descubierto si es el aire o alguna hierba mágica entre la vegetación que estás recogiendo tan diligentemente. —Y Emily se rio al ver que a su amiga, que había vuelto el rostro a un lado, le subían los colores de forma maravillosa.

—El color escarlata es lo que se lleva ahora, por lo que veo. Si estuviéramos perdidas como unas niñas en el bosque hay un montón de petirrojos para cubrirnos con hojas. —Y Randal se rio junto a Emily, mirando a Saul, que acababa de quitarse el abrigo.

—Querían ver caer este árbol, así que quítense de debajo y les enseñaré cómo se hace —dijo el granjero levantando el

hacha, dispuesto a complacer a sus invitados y hacer gala de sus habilidades varoniles al mismo tiempo.

Era una vista agradable, el hombre fornido moviendo el hacha con una destreza y fuerza magníficas, provocando con cada golpe un temblor en el árbol majestuoso hasta alcanzar su corazón, haciendo que se tambaleara antes de la caída. Sin pararse a respirar, Saul sacudió la cabeza para retirarse la melena rubia de los ojos y siguió talando, con gotas en la frente y el brazo dolorido, inclinado como si fuera un caballero arremetiendo contra su rival en favor de su dama.

—No sé qué admirar más, si al hombre o a su músculo. No se ve a menudo ese vigor, tamaño ni gracia en estos días degenerados —dijo Randal, registrando mentalmente la excelente figura con camisa roja.

—Creo que hemos descubierto un diamante en bruto. Solo me pregunto si Sophie va a intentar pulirlo —respondió Emily, mirando a su amiga, que estaba un poco apartada, observando cómo se alzaba el hacha y caía, con tanta atención como si su destino dependiera de ello.

Por fin cayó el árbol y, dejándolos examinar un nido de cuervos en sus ramas, Saul fue a reunirse con sus hombres, como si las alabanzas a su destreza fueran demasiado para él.

Randal se puso a dibujar, las chicas, a hacer guirnaldas, y durante un rato aquel soleado rincón del bosque estuvo lleno de animada charla y risas agradables, pues el aire los

estimulaba como si fuera vino. De repente un hombre llegó corriendo del bosque, pálido e inquieto, gritando, mientras corría en busca de ayuda:

—¡Un árbol partido se le ha caído encima! ¡Morirá desangrado antes de que llegue el médico!

—¿Quién? ¿Quién? —preguntó el trío asustado.

Pero el hombre continuó corriendo, con una respuesta entrecortada, en la que solo se oyó un nombre: «Basset».

—¡Qué diablos! —Randal dejó caer el lápiz, mientras las chicas saltaron de sus asientos, consternadas. Entonces echaron a correr hacia el grupo a lo lejos, medio visible detrás de los árboles caídos y los troncos atados.

Sophie llegó la primera y, al abrirse camino entre el grupo de hombres, vio un cuerpo con camisa roja en el suelo, aplastado y sangrando, y se lanzó a su lado con un grito que atravesó los corazones de los que lo oyeron.

En el acto vio que no era Saul y se tapó la cara desconcertada para ocultar su alegría. Un brazo fuerte la levantó y la voz familiar dijo de un modo alentador:

—Estoy bien, querida. El pobre Bruce está herido, pero hemos enviado a alguien en busca de ayuda. Será mejor que vayas directa a casa y olvides lo que ha pasado.

—Sí, me iré si no puedo hacer nada.

Y Sophie regresó, sumisa, con sus amigos, que estaban fuera del círculo por encima del que sobresalía la cabeza de Saul, asegurándoles que estaba a salvo.

Con la esperanza de que no hubieran visto su agitación, se llevó a Emily y dejó a Randal allí para que ofreciera la ayuda que pudiese y les informara del estado del pobre leñador.

La tía Plumy sacó la «alheña» en cuando vio la cara pálida de Sophie, y la hizo tumbarse, mientras la valiente anciana salía caminando enseguida con vendas y brandi hacia el lugar de los hechos. Al regresar, trajo buenas noticias del hombre, así que pasaron los nervios y todos lo olvidaron salvo Sophie, que continuó pálida y callada toda la tarde, atando ramas para los adornos como si su vida dependiera de ello.

—Un buen descanso esta noche la repondrá. No está acostumbrada a estas cosas, la pobre criatura, y necesita mimos —dijo la tía Plumy, que la llevó a la cama, le puso una piedra caliente en los pies y le preparó una infusión de hierbas para calmar los nervios.

Una hora más tarde, cuando Emily subió, se asomó a ver si Sophie estaba durmiendo bien, y se sorprendió al encontrarse a la enferma en bata escribiendo afanosamente.

—¿Las últimas voluntades o te ha surgido la inspiración de repente, querida? ¿Cómo estás? ¿Mareada o febril, delirante o con el ánimo por los suelos? Saul parece muy preocupado y la señora Basset nos manda a todos callar, así que me vine a la cama y dejé a Randal que entretuviera a Ruth.

Mientras hablaba, Emily vio que los papeles desaparecían en un portafolios, y Sophie se levantó con un bostezo.

—Estaba escribiendo cartas, pero ahora tengo sueño. Ya casi me he recuperado de mi susto tonto, gracias. Ve a descansar para estar guapa y que mañana deslumbres a los lugareños.

—Me alegro, buenas noches.

Y Emily se marchó, diciendo para sus adentros: «Algo pasa y tengo que averiguar de qué se trata antes de marcharme. Sophie no puede ocultármelo».

Pero Sophie estuvo de lo más ocupada al día siguiente, se mostró muy alegre en la comida, centró su atención en el joven pastor al que habían invitado para conocer al distinguido novelista, y por supuesto tuvo temor de él, pero disfrutó alegremente de las sonrisas de su encantador vecino. Por la tarde salieron en trineo y después se lo pasaron muy bien preparando los disfraces.

La tía Plumy rio hasta que las lágrimas le recorrieron las mejillas mientras las chicas la metían en el vestido color ciruela con aquella cintura fina, las mangas pierna de cordero y el faldón estrecho. Pero un pañuelo trabajado escondió todas las deficiencias y el imponente gorro dejó asombrado al más frívolo observador.

—*Vigilarme,* chicas, porque esto se abrirá por alguna parte o perderé el capucho cuando vaya por ahí trotando. ¿Qué diría mi santa madre si me viera *vestía* con sus mejores galas?

Y con una sonrisa y un suspiro la anciana salió a buscar a «los chicos» y ver si la cena estaba bien.

No habían bajado la amplia escalera tres damiselas más hermosas que la radiante morena con el brocado carmesí, la rubia meditabunda de azul, o la sonrosada novia envuelta en muselina y blanco satén.

Un galante caballero de la corte las recibió en el vestíbulo con una magnífica reverencia y las acompañó al salón, donde se descubrió al fantasma de la abuela Basset bailando con un comandante moderno con uniforme.

A continuación se intercambiaron expresiones de admiración y muchos cumplidos, hasta que llegaron otros caballeros y damas antiguos vestidos con toda clase de disfraces extraños, y la vieja casa pareció despertar de la monótona tranquilidad a una alegría y música repentinas, como si una generación pasada hubiera regresado para celebrar allí su Navidad.

El violinista del pueblo enseguida se puso a tocar las viejas canciones y entonces los forasteros vieron que el baile los inundaba de regocijo y a la vez envidia; era muy curioso y aun así agradable. Los jóvenes, extrañamente incómodos con los pantalones bombachos de sus abuelos, por la rodilla, los chalecos con solapas, levitas con cola bifurcada, acompañados valientemente por las chicas exuberantes que eran las más guapas por sus encantos, y bailaban con tanta energía que sus altos peinados se les torcían, las puntillas ondeaban a lo loco, y tenían las mejillas tan rojas como los nudos del pecho o las calzas.

Era imposible quedarse quieto y, uno tras otro, los de la ciudad se rindieron al hechizo, Randal salió con Ruth, a Sophie la sacó a bailar Saul, y de Emily se apoderó un joven gigante de dieciocho años que le daba vueltas con tal impetuosidad juvenil que la dejaba sin aliento. Hasta descubrieron a la tía Plumy brincando sola en la antecocina, como si la música fuera demasiado para ella, y los platos y los vasos tintineaban alegremente en las estanterías al son de *Money Musk* y *Fishers' Hornpipe.*

Sin embargo, por fin se hizo una pausa, los abanicos se agitaron, se secaron las frentes acaloradas, se bromeó, los enamorados intercambiaron confidencias, y en cada rincón y esquina había un hombre y una doncella practicando el dulce juego que nunca se pasa de moda. Hubo un destello de encaje dorado en la entrada trasera, y una cola azul y amarillo pálido brilló bajo la tenue luz. Hubo un rojo más intenso que el de los geranios en la ventana y un delicado zapato dando golpecitos en el suelo, con impaciencia, mientras los brillantes ojos negros buscaban por todas partes al caballero de la corte, mientras su dueña escuchaba la ronca cháchara de un chico enamorado. Pero por el pasillo de arriba caminaba un pequeño fantasma blanco como esperando una compañía enigmática, y cuando apareció una figura oscura corrió a aferrarse a su brazo, diciendo en un tono de suave satisfacción:

—¡Temía que no pudieras venir!

—¿Por qué me dejaste, Ruth? —preguntó una voz masculina con sorpresa, aunque la manita que se había retirado de la manga del abrigo volvió como si fuera agradable sentirla ahí.

Una pausa, y entonces la otra voz respondió con recato:

—Porque tenía miedo de que me afectaran demasiado las cosas bonitas que decías.

—Es imposible evitar expresar lo que uno siente a una criaturita ingenua como tú. Me sienta bien admirar algo tan fresco y dulce, y no te hará daño.

—Lo haría si...

—¿Si qué, margarita mía?

—Si me lo creyera.

Y una risa pareció terminar la frase interrumpida mejor que las palabras.

—Créelo, Ruth, pues admiro de verdad a la chica más auténtica que he visto en mucho tiempo. Y al caminar aquí contigo, vestida de blanco nupcial, estaba preguntándome si no sería un hombre más feliz con mi propia casa y una esposa de mi brazo en vez de vagar por el mundo como hago ahora, solo preocupándome de mí mismo.

—¡Sé que así sería! —dijo Ruth con tanta sinceridad que Randal quedó conmovido y a la vez sobresaltado, temiendo que se había aventurado a ir demasiado lejos hacia un sentimiento inusitado, nacido de lo romántico del momento y la dulce franqueza de su compañía.

—Entonces ¿no crees que sería precipitado para una mujer tan dulce darme la mano y hacerme feliz, puesto que la fama es un fracaso?

—Oh, no. Será fácil si te quiere. Conozco a alguien... ojalá me atreviera a decir su nombre.

—¡Caramba, esto es lo más! —Y Randal bajó la mirada, preguntándose si la atrevida dama que le tomaba del brazo era la tímida Ruth.

Si el hombre hubiera visto la alegría maliciosa en sus ojos, habría quedado más humillado, pero la muchacha los había apartado modestamente y el rostro bajo el sombrerito estaba lleno de una suave agitación bastante peligrosa incluso para un hombre de mundo.

«Es una criaturita cautivadora, pero es demasiado pronto para nada más que un ligero coqueteo. Debo retrasar más revelaciones inocentes o haré algo apresurado.»

Mientras tomaba aquella excelente decisión, Randal había estado apretando la mano que se apoyaba en su brazo y paseando con discreción por el pasillo poco iluminado con el sonido de la música en sus oídos, las rosas más dulces de Ruth en su ojal, y una encantadora niña a su lado al tiempo que pensaba.

—Me lo dirás cuando estemos en la ciudad. Estoy seguro de que vendrás y entretanto no me olvides.

—Iré en primavera, pero no estaré con Sophie —respondió Ruth en un susurro.

—¿Con quién estarás, entonces? Querré verte.

—Con mi marido. Voy a casarme en mayo.

—¡Qué demonios dices! —se le escapó a Randal, parándose en seco para mirar fijamente a su compañera, seguro de que no lo decía en serio.

Pero así era, pues mientras miraba hacia el sonido de los pasos que subían por las escaleras traseras se ruborizó con el inconfundible resplandor del amor feliz, y completó la estupefacción de Randal corriendo a los brazos del joven pastor, diciendo con una risa incontenible:

—Oh, John, ¿por qué no has venido antes?

El caballero de la corte se recompuso en un momento y fue el más sereno de los tres al felicitarles y retirarse con dignidad, dejando a los amantes disfrutar de la cita que él había retrasado. Pero al bajar las escaleras, frunció el entrecejo y golpeó la ancha barandilla fuerte con su sombrero de tres picos, como si necesitara un modo más enérgico de expresar su irritación que simplemente diciendo para sus adentros: «¡Vaya con la pequeña arpía!».

Salió una cena tan asombrosa de la cocina de la tía Plumy que los huéspedes de la ciudad no pudieron comer de la risa que les entró al ver los platos tan raros que circulaban por las estancias, que iban compartiendo los jóvenes campechanos.

Rosquillas y queso, tarta y pepinillos, sidra y té, judías en salsa de tomate y natillas, pastel y pavo frío, pan y mantequilla, pudín de pasas y caramelos franceses, contribución de Sophie.

—¿Puedo ofrecerte exquisiteces locales y compartir tu plato? Las dos cosas están buenísimas, pero nos hemos quedado cortos de vajilla y después de ese vigoroso ejercicio que has realizado seguramente necesitas un refrigerio. ¡Yo, desde luego, sí! —exclamó Randal, haciendo una reverencia a Emily con una gran fuente azul repleta de rosquillas, dos cuñas de tarta de calabaza y dos cucharas.

La sonrisa con la que le recibió, la presteza con la que le hizo sitio a su lado y la forma en la que parecía disfrutar de la cena que le había traído tranquilizó tanto su ánimo alterado que pronto empezó a sentir que no hay ninguna amiga como una vieja amiga, que no le costaría nombrar a una dulce mujer que le tomaría de la mano y le haría feliz si se lo preguntaba, y al comenzar a pensar que no tardaría en hacerlo, fue muy agradable estar sentado en aquel verde rincón con olas de brocado carmesí sobre sus pies y una bonita cara enterneciéndose deliciosamente bajo sus ojos.

La cena no fue romántica, pero sí la situación, y a Emily aquella tarta le pareció ambrosía que comía con el hombre al que amaba, cuyos ojos hablaban con más elocuencia que la lengua que en aquel momento estaba ocupada con una rosquilla. Ruth se mantuvo a distancia, pero los miró mientras servía a su acompañante, y su propia experiencia feliz le ayudó a ver que todo iba bien por allí. Saul y Sophie aparecieron por la entrada trasera con los rostros resplandecientes, pero se evitaron prudentemente el resto de la noche. Nadie advirtió

esto salvo la tía Plumy desde un rincón de la cocina y juntó las manos como si ya estuviera satisfecha, mientras murmuraba fervientemente sobre una sartén llena de buñuelos:

—¡Benditos sean! Ahora puedo morir feliz.

Todo el mundo vio muy favorecedor el vestido antiguo de Sophie, y algunos hombres que habían servido con Saul le dijeron con sincera admiración:

—Comandante, esta noche tenéis el mismo aspecto que después de ganar una gran batalla.

—Me siento como si así fuera —respondió el espléndido comandante, con los ojos más brillantes que sus botones, y un corazón debajo de ellos infinitamente más orgulloso que cuando le ascendieron en el campo de honor, pues acababa de ganar su Waterloo.

Hubo más baile, seguido de juegos, en los que la tía Plumy tuvo un papel destacado, pues ya se había quitado la cena de la cabeza y pudo disfrutar. Hubo gritos de alegría mientras la risueña anciana giraba la bandeja, cazaba la ardilla e iba a Jerusalén como una niña de dieciséis años, con su sombrero en un estado ruinoso y cada costura del vestido púrpura tensándose como velas en una tempestad. Fue muy divertido, pero a medianoche terminó y la gente joven que seguía desbordando entusiasmo con inocente regocijo se alejó canturreando por las colinas nevadas, y coincidieron en que la fiesta de la señora Basset había sido la mejor de la temporada.

—¡No me lo había pasado nunca tan bien en mi vida! —exclamó Sophie mientras estaba la familia junta en la cocina, donde las velas entre las coronas ya se apagaban y el suelo estaba lleno de los restos de la alegría nocturna.

—Estoy muy contenta, cariño. Bueno, ahora id todos a dormir y levantaos tan tarde como queráis mañana. Estoy tan entusiasmada que no podría dormir, así que Saul y yo nos quedaremos ordenándolo todo sin hacer ruido para no molestaros.

Y la tía Plumy se despidió de ellos con una sonrisa que fue una bendición, pensó Sophie.

—La querida anciana habla como si la medianoche fuera una hora insólita para que los cristianos estuvieran levantados. ¿Qué diría si supiera que rara vez nos vamos a la cama antes del amanecer en la temporada de bailes? Estoy tan despierta que estoy pensando en ponerme a hacer el equipaje. Randal dice que tiene que marcharse a las dos y queremos que nos acompañe —dijo Emily mientras las chicas dejaban sus brocados en el ropero de la habitación de Sophie.

—Yo no me voy. La tía me necesita y no tengo por qué marcharme aún —respondió Sophie al tiempo que se quitaba el blanco crisantemo de sus hermosos cabellos.

—Querida niña, aquí arriba morirás de hastío. Es muy bonito para una semana o así, pero horroroso en invierno. Nos lo vamos a pasar muy bien y no será lo mismo sin ti —exclamó Emily, consternada ante la sugerencia.

—Tendréis que hacerlo, pues no voy a irme. Aquí soy muy feliz y estoy tan harta de la vida frívola que llevaba en la ciudad que he decidido probar una mejor.

Y el espejo de Sophie reflejó un rostro lleno del más dulce contento.

—¿Te has vuelto loca? ¿Has tenido una experiencia religiosa? ¿O te ha pasado otra cosa terrible? Siempre has sido rara, pero esto último es lo más extraño de todo. ¿Qué diría tu tutor, y el mundo? —añadió Emily con el tono atemorizado de la que se hallaba enfrente de la omnipotente señora Grundy.[2]

—Se alegrará de deshacerse de mí y no me importa el resto del mundo —replicó Sophie, chascando los dedos con un alegre tipo de osadía que completó el desconcierto de Emily.

—Pero ¿y el señor Hammond? ¿Vas a desperdiciar todos esos millones, a perder la oportunidad de conseguir el mejor partido de la ciudad, y hacer que todas las chicas de nuestro círculo se mueran de envidia?

Sophie se rio ante las protestas desesperadas de su amiga y, dándose la vuelta, dijo en voz baja:

—Anoche escribí al señor Hammond y esta noche he recibido mi recompensa por ser una chica sincera. Saul y yo nos casaremos esta primavera cuando se case Ruth.

---

2   La señora Grundy era un personaje de *Speed the Plough* (1798) de Thomas Morton, que aterrorizaba a sus vecinos a causa de su rigidez moral y de su preocupación por las apariencias. En varias obras victorianas, incluida *Mujercitas,* usaban a la señora Grundy como representación de esa tiranía.

239

Emily se tiró bocabajo en la cama como si el anuncio fuera demasiado para ella, pero se volvió a levantar al instante para declarar con solemnidad profética:

—Sabía que estaba pasando algo, pero esperaba alejarte de aquí antes de perderte. Sophie, te arrepentirás. ¡Te lo advierto, olvida este triste error!

—Demasiado tarde. Lo que sufrí ayer cuando creí que Saul estaba muerto me demostró lo mucho que le quiero. Esta noche me ha pedido que me quede y ninguna fuerza del mundo podría separarnos. ¡Oh, Emily! Es todo tan dulce, tan bonito, que todo es posible, y sé que seré feliz en esta querida casa vieja, llena de amor, paz y corazones honestos. Solo espero que tú encuentres a un hombre tan tierno y auténtico con el que vivir como Saul.

La cara de Sophie era más elocuente que las fervientes palabras, y Emily ilustró de maravilla la contradicción de su sexo abrazando de repente a su amiga, con una incoherente exclamación:

—¡Creo que lo he encontrado, querida! Tu valiente Saul bien vale doce viejos Hammond, y sí, creo que tienes razón.

No hace falta decir que, atraídas por la irresistible magia de la solidaridad, Ruth y su madre se unieron una a una a la conferencia de medianoche y añadieron sonrisas y lágrimas, buenas esperanzas y orgulloso deleite a las alegrías de la hora memorable. Ni tampoco que Saul, incapaz de dormir, montando guardia abajo, se encontró con Randal que

merodeaba por allí para calmar los nervios fumando un puro a escondidas, y no pudo resistirse a contarle a su atento oído la felicidad que rompería límites y desbordaría una insólita elocuencia.

La paz reinó sobre la vieja casa por fin y todos durmieron como si una hierba mágica les hubiera rozado los párpados, llevándoles sueños maravillosos y un alegre despertar.

—¿No podemos convencerla para que venga con nosotros, señorita Sophie? —preguntó Randal al día siguiente, al despedirse.

—Ahora estoy bajo órdenes y no me atrevería a desobedecer a mi superior —respondió Sophie, entregándole al comandante sus guantes de conducir, con una mirada que mostraba claramente que se había alistado al ejército de las mujeres fieles de por vida sin pedir más que amor a cambio.

—Espero entonces ser invitado a su boda, y a la suya también, señorita Ruth —añadió Randal, estrechando la mano de «la pequeña arpía», como si hubiera perdonado su burla y hubiera olvidado su propio lapsus breve de sentimientos.

Antes de que pudiera responder, la tía Plumy dijo con un tono de calmada convicción que despertó las risas de todos y que hizo que algunos de ellos cruzaran miradas cómplices:

—La primavera es una buena época para celebrar bodas y no me sorprendería que hubiera unas cuantas.

—Ni yo. —Y Saul y Sophie se sonrieron al ver con qué cuidado le podía Randal el abrigo a Emily.

Luego con besos, agradecimientos y todos los mejores deseos que los corazones felices pudieran imaginar, los invitados se marcharon y recordaron durante mucho tiempo con agradecimiento aquella agradable Navidad en el campo.

NOCHEBUENA

GUY DE MAUPASSANT
(1882)

¡Nochebuena! ¡Nochebuena! ¡De ninguna manera! ¡No voy a ser yo quien la vuelva a celebrar!

Así hablaba el corpulento Henri Templier, con voz furiosa, como si le hubieran propuesto algo infame.

—¿Por qué te enfadas de ese modo? —le preguntaron, riendo, los demás.

—Porque una Nochebuena me gastó la más sucia de las jugarretas y, desde entonces, siento una aversión atroz por esta noche de estúpida alegría —respondió él.

—¿Qué te pasó?

—¿Qué me pasó? ¿Lo queréis saber? Pues prestad atención.

***

Os acordaréis del frío que hacía dos años atrás por esta época; los pobres morían en la calle, el Sena estaba helado, las aceras congelaban los pies a través de las suelas de las botas. Parecía el fin del mundo.

Tenía entonces algo grande entre manos y rechacé todas las invitaciones para celebrar la Nochebuena porque preferí pasarla trabajando. Cené solo y me puse manos a la obra. Pero hacia las diez, me distraje al pensar en la alegría que recorría París y oír el ruido de las calles y los preparativos de la cena de los vecinos a través de los tabiques. Ya no sabía qué me hacía; escribía tonterías. Me di cuenta de que debía renunciar a la esperanza de avanzar con buen pie aquella noche.

Me puse a andar por mi habitación. Me sentaba y me volvía a levantar. Ciertamente, estaba padeciendo la misteriosa influencia de la alegría del exterior, y me resigné.

Llamé a la criada y le dije:

—Angèle, vaya a buscar una cena para dos: ostras, perdiz fría, cangrejos, jamón, pastelitos. Y suba dos botellas de champán, prepare la mesa y acuéstese.

Obedeció, algo sorprendida. Cuando todo estuvo listo, me abrigué y salí.

Quedaba por resolver una gran cuestión: ¿con quién iba a celebrar la Navidad? Mis amigas habían sido ya invitadas. Si hubiera querido cenar con una de ellas, tendría que haberlo pensado antes. Entonces se me ocurrió hacer una buena obra. Me dije: «París está lleno de jóvenes hermosas y pobres que

no tienen nada que hacer ni comer y que deambulan en busca de un muchacho generoso. Yo seré la Providencia navideña de una de estas desheredadas. Pasearé, entraré en las casas de placer, preguntaré, cazaré, escogeré a mi gusto».

Y me puse a recorrer la ciudad.

Encontré a un montón de pobres jovencitas en busca de suerte, pero eran tan feas que me habrían provocado una indigestión, o tan delgadas que se helarían de pie si se pararan un segundo.

Tengo debilidad, ya lo sabéis, por las mujeres rehechas. Cuánto más entraditas en carnes, más me gustan; cuánto más colosales, mejor.

De pronto, ante el teatro de Variedades, vi a una mujer de mi tipo. Por delante de la cabeza, dos bultos, los de los pechos; y el bulto inferior, asombroso, como un vientre de oca gorda. Me estremecí y murmuré: «¡Caramba! ¡Qué hermosa!». Me faltaba aclarar un punto: el rostro.

El rostro es el postre; el resto es... el asado.

Aceleré el paso, alcancé a la joven errante y, bajo la luz de una lámpara de gas, me giré bruscamente. Era encantadora, muy joven, morena, con grandes ojos negros.

Le hice mi proposición y aceptó sin dudarlo un momento.

Un cuarto de hora más tarde, estábamos sentados a la mesa, en mi apartamento.

—¡Qué bien se está aquí! —había dicho ella al entrar. Y había mirado a su alrededor visiblemente satisfecha de haber

encontrado una mesa y una cama en esa noche glacial. Era extraordinaria, tan bonita que me tenía atónito, y lo suficientemente gorda para arrebatarme el corazón para siempre.

Se había quitado el abrigo y el sombrero y se había puesto a comer. Pero no parecía estar muy animada y, de vez en cuando, su pálido rostro se estremecía como si sufriera algún dolor oculto.

—¿Algo te preocupa? —le pregunté.

—¡Mejor olvidarlo! —respondió ella.

Y se puso a beber. Vació de un trago un vaso de champán; lo rellenó y lo volvió a vaciar, una y otra vez.

Pronto se le colorearon las mejillas y empezó a reír.

Yo ya la adoraba. La besé en la boca y descubrí que no era boba, ni ordinaria, ni grosera, como las mujeres que hacen la calle. Le pregunté por detalles de su vida. Me respondió:

—Queridito, eso no te incumbe.

Por desgracia, una hora más tarde...

Había llegado el momento de meterse en la cama y, mientras yo quitaba la mesa dispuesta ante el fuego, ella se desvistió con viveza y se deslizó bajo las mantas.

Mis vecinos estaban armando un gran alboroto, riendo y cantando como locos; y yo me decía: «He hecho bien en ir a buscar a esta jovencita; no hubiera habido modo de trabajar».

Un profundo quejido me hizo dar la vuelta.

—¿Qué te pasa, gatita? —le pregunté. No respondió, pero continuó gimiendo dolorosamente, como si padeciera

terribles dolores. —¿Algo te ha sentado mal? —volví a preguntarle yo.

Y, de golpe, pegó un grito desgarrador. Me precipité con la vela en la mano.

Tenía la cara descompuesta por el dolor, se retorcía las manos, jadeaba, arrancando del fondo de su garganta esa especie de gemidos sordos que parecen estertores y que desgarran el corazón.

—¿Qué te pasa? Dime, ¿qué te pasa? —le pregunté, sin saber qué hacer.

No respondió. Dejó escapar un alarido.

De pronto, los vecinos callaron para escuchar lo que en mi casa estaba pasando.

—¿Dónde te duele? Dime, ¿dónde? —repetía yo.

—¡El vientre! ¡Oh, el vientre! —balbució ella. Tiré de la manta de golpe y me di cuenta de que...

¡Estaba dando a luz, amigos míos!

Entonces perdí la cabeza: me dirigí a la pared y la golpeé con el puño con todas mis fuerzas, vociferando «¡Socorro! ¡Socorro!».

Mi puerta se abrió; una multitud se introdujo en mi casa, hombres trajeados, mujeres escotadas, pierrots, turcos, mosqueteros. Esa invasión me inquietó de tal manera que no pude explicarme.

Pensaban que había ocurrido algún accidente, un crimen, quizás, y no entendían nada.

Al final, pude decir:

—Esta, esta... esta mujer... está dando a luz.

Entonces, todos la examinaron y opinaron, sobre todo un capuchino, que decía saber de estas cosas y se proponía ayudar a la naturaleza. Estaban borrachos como una cuba y pensé que la iban a matar. Me precipité, sin sombrero, por la escalera en busca de un anciano médico que vivía en una calle vecina.

Cuando regresé con el doctor, toda la casa estaba despierta; habían vuelto a dar la luz en la escalera, los inquilinos de todos los pisos estaban en mi apartamento; cuatro estibadores daban cuenta de los restos de mi champán y mis cangrejos.

Al verme, estalló un gran griterío y una lechera me mostró envuelto en una toalla un horroroso trozo de carnecita arrugada, fruncida, llorona, maullando como un gato; me dijo: «Ha sido niña».

El médico examinó a la madre, dijo no encontrarla en muy buen estado, habiendo tenido lugar el parto tras la cena, y se fue anunciando que me mandaría inmediatamente una enfermera y una nodriza.

Las dos mujeres llegaron una hora más tarde, con un paquete de medicinas.

Pasé la noche en una butaca, demasiado abrumado para pensar en las consecuencias de aquel suceso.

El médico regresó a la mañana siguiente y encontró mal a la enferma.

—Señor, su mujer... —me dijo.

—No es mi mujer —lo interrumpí yo.

—Su amante, no importa —prosiguió él, e hizo una lista de los cuidados que requería, el régimen que debía seguir, y los remedios.

¿Qué podía hacer? ¿Enviar a la desdichada al hospital? Me hubieran tomado por un desalmado en toda la casa, en todo el barrio.

Se quedó en mi casa. Permaneció en mi cama seis semanas.

¿La niña? La envié a casa de unos campesinos en Poissy. Me cuesta todavía cincuenta francos al mes. Como pagué en un comienzo, me veo forzado a pagar hasta la muerte.

Al final acabará tomándome por su padre.

Y, para colmo de desgracia, cuando la joven se curó… me amaba… me amaba con locura, ¡la muy pordiosera!

***

—Y, ¿bien?

—Pues bien, se quedó más flaca que un gato callejero. Eché de mi casa a ese saco de huesos, pero me sigue por la calle, se esconde para verme pasar, me detiene cuando salgo para besarme la mano, me fastidia, me está volviendo loco.

»He aquí la causa por la cual no volveré a celebrar nunca la Nochebuena.

LA AVENTURA DEL CARBUNCLO AZUL

A. C. DOYLE
(1892)

Me había pasado a visitar a mi amigo Sherlock Holmes la mañana del segundo día después de Navidad, con el propósito de felicitarle las Pascuas. Lo encontré arrellanado en el sofá, con una bata morada, un soporte de pipas al alcance de su mano, a la derecha, y, no lejos de él, un montón de periódicos matutinos arrugados, que daban claras muestras de que se acababan de repasar. Junto al diván se hallaba una silla de madera, y del ángulo del respaldo estaba colgado un sombrero de fieltro duro muy ajado y astroso, deteriorado por el uso y con varias grietas. Una lupa y unas pinzas en la silla daban a entender que el sombrero se había colgado de esa manera con el fin de examinarlo.

—Está usted ocupado —observé—. Quizá lo interrumpo.

—En absoluto. Me alegro de poder comentar mis resultados con un amigo. La cuestión es absolutamente irrelevante —dijo, señalando el sombrero viejo con un movimiento del pulgar—; pero hay algunos aspectos asociados con ella que no carecen por completo de interés, e incluso de enseñanzas.

Me senté en el sillón y me calenté las manos ante el fuego crepitante, pues había caído una fuerte helada y las ventanas estaban cubiertas de una capa gruesa de hielo.

—Supongo —observé— que, a pesar del aspecto cotidiano de este objeto, está relacionado con alguna historia mortal... que es la clave que lo guiará a usted para resolver algún misterio y castigar algún delito.

—No, no. No hay ningún delito —replicó Sherlock Holmes, riéndose—. Solo uno de esos incidentes menudos y caprichosos que tienen que suceder cuando hay cuatro millones de seres humanos que se agolpan en una extensión de pocas millas cuadradas. Entre la acción y la reacción de un enjambre tan denso de humanidad, cabe esperar que se produzcan todas las combinaciones posibles de hechos y se presenten muchos problemas banales que resulten sorprendentes y extraños sin ser delictivos. Ya hemos conocido algunos así.

—Hasta tal punto —observé— que, entre los últimos casos que he añadido a mis notas, tres han estado completamente exentos de delitos ante la ley.

—Exacto. Se refiere usted a mis intentos de recuperar los papeles de Irene Adler, al caso singular de la señorita Mary Sutherland y la aventura del hombre del labio retorcido. Pues bien, no me cabe duda de que esta pequeña cuestión entrará en esa misma categoría inocente. ¿Conoce usted a Peterson, el ordenanza?

—Sí.

—Este trofeo le pertenece.

—Es su sombrero.

—No, no. Lo encontró él. Su propietario es desconocido. Le suplico que no vea usted en él un bombín maltratado, sino un problema intelectual. Y empezaré por cómo vino a parar aquí. Llegó en la mañana de Navidad, acompañado de un buen ganso cebado, que no me cabe duda de que en estos momentos estará asándose a la lumbre de la casa de Peterson. Los hechos son los siguientes. Hacia las cuatro de la madrugada del día de Navidad, Peterson, quien, como sabe usted, es un sujeto muy cabal, volvía de jarana y bajaba hacia su casa por Tottenham Court Road. Vio ante él, a la luz de gas, a un hombre más bien alto, que cojeaba un poco, y que llevaba echado al hombro un ganso blanco. Cuando llegó a la esquina de Goodge Street, se entabló una disputa entre este desconocido y un grupo de alborotadores. Uno de ellos derribó el sombrero del hombre, ante lo cual este alzó su bastón para defenderse y, al levantarlo por detrás de su cabeza, rompió el vidrio del escaparate que tenía a su espalda. Peterson se había adelantado a la carrera

para defender al desconocido de sus asaltantes, pero este, asustado por haber roto el vidrio, y viendo que corría hacia él una persona de aspecto oficial, vestida de uniforme, dejó caer su ganso, puso pies en polvorosa y se perdió entre el laberinto de callejas próximas a Tottenham Court Road. Los alborotadores habían huido también al aparecer Peterson, de modo que este quedó dueño del campo de batalla, así como de los despojos de la victoria, que consistían en este sombrero maltratado y en un ganso de Navidad de lo más irreprochable.

—Y le devolvió a su propietario ambas cosas, ¿verdad?

—Mi querido amigo, he aquí el problema. Es cierto que el ave tenía atada a la pata izquierda una etiqueta en la que estaba escrito en letras de molde «Para la señora de Henry Baker», y también es cierto que en el forro de su sombrero se pueden leer las iniciales «H. B.»; pero, teniendo en cuenta que en esta ciudad nuestra existen varios millares de personas con el apellido Baker, y varios centenares de Henry Baker, no resulta fácil devolverle a ninguno de ellos sus objetos perdidos.

—¿Qué hizo Peterson, entonces?

—Me trajo tanto el sombrero como el ganso en la mañana de Navidad, pues sabía que me interesan hasta los problemas más pequeños. El ganso lo conservamos hasta esta mañana, cuando dio muestras de que, a pesar de la leve helada, sería conveniente comérselo sin demora. Por tanto, su descubridor

se lo ha llevado para que sufra el destino último de todo ganso, mientras que yo conservo el sombrero del caballero desconocido que perdió su cena de Navidad.

—¿No ha publicado ningún anuncio?

—No.

—En ese caso, ¿de qué indicios dispone acerca de su identidad?

—Solo de los que podamos deducir.

—¿A partir de su sombrero?

—Exactamente.

—Pero ¡está usted de broma! ¿Qué puede sacar en limpio de este sombrero de fieltro viejo y maltratado?

—Ahí está mi lupa. Usted conoce mis métodos. ¿Qué puede deducir usted sobre el carácter del hombre que llevaba puesta esta prenda?

Tomé en mis manos el objeto astroso y le di vueltas con bastante desconfianza. Era un sombrero negro muy corriente, de la forma redonda habitual, duro y muy gastado por el uso. El forro había sido de seda roja, pero estaba bastante desteñido. No aparecía el nombre del fabricante; pero, tal como había observado Holmes, estaban escritas a un lado, con letras grandes, las iniciales «H. B.». Tenía el ala perforada para pasar un barboquejo, pero faltaba el elástico. Por lo demás, estaba agrietado y lleno de polvo, y tenía varias manchas, aunque, al parecer, se había intentado disimular las partes descoloridas tiñéndolas con tinta.

—No veo nada —respondí, mientras se lo devolvía a mi amigo.

—Muy al contrario, Watson, lo ve usted todo. Sin embargo, no razona a partir de lo que ve. Es demasiado tímido a la hora de exponer sus deducciones.

—Entonces, se lo ruego, ¿qué puede deducir usted de este sombrero?

Lo tomó y lo miró fijamente, de esa manera reflexiva peculiar que le era tan característica.

—Quizá sea menos sugerente de lo que me habría gustado —observó—. Sin embargo, existen algunas deducciones muy claras, y unas cuantas más que, al menos, son muy probables. Salta a la vista, por supuesto, que el hombre era muy intelectual, y también que ha gozado de una situación bastante acomodada en los tres últimos años, aunque ahora atraviesa una mala época. Ha sido previsor, pero ahora lo es menos que antes, lo que indica una decadencia moral que, añadida a su deterioro económico, parece indicar que está sometido a alguna influencia nefasta, probablemente el alcohol. Esto puede explicar también el hecho evidente de que su esposa ha dejado de amarlo.

—¡Mi querido Holmes!

—Ha conservado, no obstante, cierto grado de dignidad —prosiguió Holmes, sin atender a mi protesta—. Es un hombre que hace vida sedentaria, sale poco, está completamente falto de forma física, es de mediana edad, tiene el pelo gris,

se lo ha cortado hace pocos días y se aplica en él agua de cal. Éstos son los datos más patentes que se pueden deducir de su sombrero. También, dicho sea de paso, el de que es harto improbable que en su casa haya instalación de gas.

—Desde luego, Holmes, está usted de broma.

—Ni por asomo. ¿Es posible que, incluso ahora, cuando ya le he dado a usted estos resultados, sea incapaz de percibir cómo se llega a ellos?

—Debo de ser muy estúpido, sin duda, pero he de reconocer que soy incapaz de seguirlo a usted. Por ejemplo, ¿cómo ha deducido que ese hombre era intelectual?

A modo de respuesta, Holmes se encasquetó el sombrero en la cabeza. Le cubrió toda la frente y se le quedó apoyado en el puente de la nariz.

—Es una cuestión de volumen —respondió—. Un hombre que tiene el cerebro tan grande debe de tener algo dentro.

—¿Y su deterioro económico, entonces?

—Este sombrero tiene tres años. Estas alas planas con los bordes abarquillados aparecieron por entonces. Es un sombrero de la mejor calidad. Mire usted la banda de cordoncillo de seda y el forro excelente. Si este hombre se pudo permitir hace tres años comprarse un sombrero tan caro, y si no ha podido comprarse otro sombrero desde entonces, entonces es seguro que ha venido a menos.

—Bueno, eso está bastante claro, sin duda. Pero ¿y la previsión, y la decadencia moral?

Sherlock Holmes se rio.

—He aquí la previsión —respondió, tocando con el dedo el pequeño disco y la presilla del barboquejo—. Los sombreros no se venden nunca con esto. Si este hombre lo encargó, eso indica cierto grado de previsión, ya que se molestó en tomarse esta precaución para los días de viento. Pero, en vista de que se le ha roto el elástico y él no se ha molestado en sustituirlo, es evidente que ahora es menos previsor que antes, lo cual constituye una prueba evidente del debilitamiento de su carácter. Por otra parte, ha intentado ocultar algunas de estas manchas del fieltro a base de empaparlas de tinta, lo que es señal de que no ha perdido del todo la dignidad.

—Su razonamiento es verosímil, sin duda.

—Los demás puntos, que es de mediana edad, que tiene los cabellos grises, que se los ha cortado hace poco y que usa agua de cal, se deducen todos de un examen atento de la parte inferior del forro. La lupa desvela un gran número de puntas de cabellos, cortados limpiamente por las tijeras del peluquero. Todos tienen un aspecto adherente, y se aprecia un olor nítido a agua de cal. Observará usted que este polvo no es el arenoso y gris de la calle, sino el polvo impalpable y pardo de la casa, lo que muestra que el sombrero ha pasado la mayor parte del tiempo colgado dentro de la casa; mientras que las huellas de humedad en el interior son pruebas concluyentes de que su dueño sudaba mucho y, por tanto, no podía estar en muy buena forma física.

—Pero su esposa... Dijo usted que había dejado de amarlo.

—Este sombrero lleva varias semanas sin que lo cepillen. Cuando yo lo vea a usted, mi querido Watson, con el polvo de una semana acumulado en su sombrero, y cuando su mujer le consienta salir a la calle en ese estado, temeré que usted haya tenido también la desgracia de perder el afecto de su esposa.

—Pero puede ser soltero.

—No; llevaba el ganso a su casa en ofrenda de paz a su esposa. Recuerde la etiqueta de la pata del ave.

—Tiene usted respuesta para todo. Pero ¿cómo diantre deduce usted que en su casa no hay instalación de gas?

—Una mancha de sebo, o incluso dos, pueden caer por casualidad; pero cuando veo no menos de cinco, opino que apenas puede dudarse que el individuo mantenga contactos frecuentes con el sebo ardiente... Lo más probable es que de noche suba las escaleras con el sombrero en una mano y una candelilla que gotea en la otra. En todo caso, una luz de gas no le podía dejar gotas de sebo. ¿Está usted conforme?

—Bien, muy ingenioso —concedí, riéndome—; pero si, tal como acaba usted de decir, no se ha cometido ningún delito ni se ha hecho mal alguno, salvo la pérdida de un ganso, todo esto me parece más bien un derroche de energía.

Sherlock Holmes había abierto la boca para responder, cuando se abrió la puerta bruscamente e irrumpió en la habitación Peterson, el ordenanza, con las mejillas coloradas y cara de estar aturdido de asombro.

—¡El ganso, señor Holmes! ¡El ganso, señor! —gritó con voz entrecortada.

—¿Eh? ¿Qué le pasa, pues? ¿Ha vuelto a la vida y ha salido volando por la ventana de la cocina? —preguntó Holmes, volviéndose en el sofá para ver mejor la cara emocionada del hombre.

—¡Mire usted, señor! ¡Mire lo que le ha encontrado mi esposa en el buche!

Extendió la mano y exhibió en el centro de la palma una piedra azul de brillo reluciente, de tamaño algo menor que el de una judía, pero de tal pureza y resplandor que centelleaba como un arco voltaico en el hueco oscuro de la mano.

Sherlock Holmes se incorporó soltando un silbido.

—¡Por Júpiter, Peterson! —dijo—. Ha hallado un verdadero tesoro. Supongo que sabe usted lo que tiene en la mano...

—¡Un diamante, señor! ¡Una piedra preciosa! Corta el vidrio como si fuera masilla.

—Es algo más que una piedra preciosa. Es *la* piedra preciosa.

—¡No será el carbunclo azul de la condesa de Morcar! —exclamé.

—Exactamente. No puedo por menos que estar al corriente de su tamaño y forma, dado que he leído el anuncio en que se describe y que se ha publicado a diario en el *Times* en estas últimas fechas. Es una piedra absolutamente única, y su valor solo es posible conjeturarlo; pero lo que es seguro es que las

mil libras esterlinas de recompensa que se ofrecen no cubren ni la veinteava parte de su valor de mercado.

—¡Mil libras! ¡Dios misericordioso! —exclamó el ordenanza, dejándose caer en un sillón, desde el que nos miró primero al uno y luego al otro.

—Esa es la recompensa, y tengo motivos para asegurarle que la piedra tiene un valor sentimental por el cual la condesa estaría dispuesta a desprenderse de la mitad de su fortuna con tal de recuperarla.

—Desapareció en el hotel Cosmopolitan, si no recuerdo mal —comenté.

—Así es. El 22 de diciembre, hace solo cinco días. Se acusó a John Horner, fontanero, de haberla sustraído del joyero de la señora. Las pruebas que obraban en su contra eran tan convincentes que el caso se ha remitido a los tribunales. Creo que tengo aquí una crónica del asunto.

Hojeó sus periódicos, mirando las fechas, y por fin extendió uno, lo plegó y leyó el párrafo siguiente:

ROBO DE JOYA EN EL HOTEL COSMOPOLITAN

John Horner, de 26 años, fontanero, fue acusado de haber sustraído, el 22 del mes corriente, del joyero de la condesa de Morcar, la valiosa piedra preciosa llamada Carbunclo Azul. James Ryder, primer portero del hotel, declaró en el sentido de que, el día del robo, había acompañado a Horner al tocador de la condesa de Morcar, para que soldara la segunda barra del emparrillado de la

chimenea, que estaba floja. Había acompañado a Horner un rato, pero por fin sus deberes lo habían llamado a otra parte. Al regresar, descubrió que Horner había desaparecido, que el buró estaba forzado y que el cofrecillo de tafilete donde, según se supo más tarde, la condesa tenía la costumbre de guardar su joya estaba vacío sobre la mesa de tocador. Ryder dio la alarma al instante, y Horner fue detenido esa misma tarde; pero no se encontró la piedra ni en su persona ni en su vivienda. Catherine Cusack, doncella de la condesa, declaró haber oído el grito de consternación de Ryder cuando este descubrió el robo, y que entró corriendo en la habitación, donde lo encontró todo tal como había descrito el testigo anterior. El inspector Bradstreet, de la división B, prestó declaración sobre el acto de la detención de Horner, quien se resistió frenéticamente y manifestó su inocencia con el mayor vigor. Al presentarse pruebas de que el detenido había sido condenado en otra ocasión por robo, el magistrado no quiso dictaminar sumariamente sobre el caso, y lo remitió a los tribunales. Horner, que ha dado muestras de una intensa emoción durante la vista, se desmayó al oír la conclusión y tuvo que ser sacado inconsciente de la sala.

—¡Hum! Esto, por lo que respecta al tribunal de policía —añadió Holmes, pensativo, echando el periódico a un lado—. Ahora, la cuestión que se nos plantea es resolver la secuencia de hechos que van de un joyero saqueado, por una parte, hasta el buche de un ganso en Tottenham Court Road en la otra. Ya lo ve usted, Watson, nuestras pequeñas deducciones han asumido de pronto un aspecto mucho más importante

y menos inocente. La piedra está aquí; la piedra ha salido del ganso, y el ganso ha salido del señor Henry Baker, el caballero del mal sombrero y de todas las demás características con las que lo he estado aburriendo. De manera que ahora debemos aplicarnos muy en serio a encontrar a ese caballero y a determinar qué papel ha desempeñado en este pequeño misterio. Para ello, debemos empezar por el medio más sencillo, y este es, sin duda, un anuncio en todos los periódicos de la tarde. Si esto no da resultado, recurriré a otros métodos.

—¿Qué dirá usted en el anuncio?

—Alcánceme un lápiz y ese trozo de papel. Y bien: «Encontrados en la esquina de Goodge Street un ganso y un sombrero de fieltro negro. El señor Henry Baker puede recogerlos esta tarde, a las 6.30, en el 221B de Baker Street». Es claro y conciso.

—Desde luego. Pero ¿lo verá?

—Bueno, es seguro que estará atento a los periódicos, ya que la pérdida ha sido notable para un hombre pobre. Está claro que el doble percance de haber roto el vidrio del escaparate y la llegada de Peterson lo asustó tanto que solo pudo pensar en huir; pero, desde entonces, ha debido de lamentar con amargura el impulso que le hizo soltar el ave. Por otra parte, al figurar su nombre en el anuncio, será más fácil que lo vea, pues todos sus conocidos se lo harán notar. Tenga, Peterson, baje usted de una carrera a la agencia de anuncios y haga publicar esto en los periódicos de la noche.

—¿En cuáles, señor?

—Ah, en el *Globe,* el *Star,* el *Pall Mall,* el *Saint James's,* el *Evening News,* el *Standard,* el *Echo* y cualquier otro que se le ocurra.

—Muy bien, señor. ¿Y la piedra?

—Ah, sí. Yo guardaré la piedra. Gracias. Y oiga, Peterson, cuando vuelva usted para acá, compre un ganso y déjemelo aquí, pues debemos tener uno para dárselo a ese caballero en lugar del que está devorando ahora su familia.

Cuando se hubo marchado el ordenanza, Holmes tomó la piedra y la miró al trasluz.

—Es muy bonita —se admiró—. Vea usted cómo brilla y cómo reluce. Por supuesto, es un foco y núcleo de crímenes. Todas las piedras preciosas buenas lo son. Son los cebos favoritos del diablo. En el caso de las piedras más grandes y más antiguas, cada una de sus facetas puede representar un suceso sangriento. Esta piedra todavía no tiene veinte años. Se encontró en las orillas del río Amoy, en el sur de la China, y es notable porque tiene todas las características del carbunclo salvo su color, que es azul en vez de rojo rubí. A pesar de su juventud, ya tiene una historia siniestra. Estos cuarenta granos de carbono cristalizado ya han costado dos asesinatos, un lanzamiento de vitriolo, un suicidio y varios robos. ¿Quién pudiera pensar que un juguete tan hermoso podría deparar la horca y la cárcel? Voy a guardarlo en mi caja fuerte, y le pondré un telegrama a la condesa para decirle que lo tenemos.

—¿Cree usted que ese tal Horner es inocente?

—No puedo saberlo.

—Y bien, ¿supone usted, entonces, que ese otro hombre, Henry Baker, ha tenido algo que ver con la cuestión?

—Me parece mucho más probable que Henry Baker sea un hombre completamente inocente, que no tenía idea de que el ave que portaba valía bastante más que si estuviera hecha de oro macizo. Pero eso lo determinaré con una prueba muy sencilla, si nuestro anuncio tiene respuesta.

—¿Y no puede hacer usted nada hasta entonces?

—Nada.

—En ese caso, seguiré con mis visitas profesionales. Pero volveré esta tarde, a la hora que me ha dicho, pues me gustaría ver el desenlace de semejante enredo.

—Estaré encantado de verlo. Ceno a las siete. Hay una becada, creo. Por cierto, en vista de los últimos hechos, quizá deba pedirle a la señora Hudson que le registre el buche.

Me entretuve con un paciente, y pasaba un poco de las seis cuando me encontré de nuevo en Baker Street. Cuando me acerqué a la casa vi a un hombre alto, con una boina escocesa y abrigo abrochado hasta la barbilla, que esperaba ante la casa, en el semicírculo de luz viva que arrojaba la luz del montante. La puerta se abrió en el momento en que llegaba yo, y nos hicieron pasar juntos al apartamento de Holmes.

—El señor Henry Baker, según creo —dijo Holmes, levantándose de su sillón y recibiendo a su visitante con ese aire de llaneza afable que era capaz de adoptar con tanta

facilidad—. Le ruego se acomode en esa butaca junto a la lumbre, señor Baker. Esta noche hace frío, y observo que su circulación está más adaptada al verano que al invierno. Ah, Watson, llega usted en el momento preciso. ¿Es ese su sombrero, señor Baker?

—Sí, señor, ese es mi sombrero, sin duda alguna.

Era un hombre corpulento, cargado de hombros, de cabeza enorme y rostro ancho e inteligente, que se estrechaba hasta terminar en una barba puntiaguda de color castaño grisáceo. Cierto enrojecimiento de la nariz y las mejillas, unido a un leve temblor de la mano que tenía extendida, me recordó las conclusiones a las que había llegado Holmes acerca de sus costumbres. Llevaba una levita de color negro oxidado, abrochada hasta arriba por delante, con el cuello levantado, y las flacas muñecas le asomaban de las mangas sin el menor indicio de camisa ni de puño. Hablaba despacio y con voz entrecortada, eligiendo las palabras con cuidado, y producía la impresión general de ser un hombre culto y erudito que había sido maltratado por la fortuna.

—Hemos conservado estas cosas durante varios días —dijo Holmes—, porque esperábamos ver un anuncio suyo indicando su dirección. No tengo idea de por qué no se ha anunciado usted.

Nuestro visitante se rio de manera algo avergonzada.

—Ahora no me sobran tanto los chelines como me sobraban en otra época —comentó—. No me cabía duda de que

la banda de alborotadores que me atacó se había llevado mi sombrero y el ave. No quise gastar más dinero en un intento inútil de recuperarlos.

—Es muy natural. Por cierto, y hablando del ave, nos vimos obligados a comérnosla.

Emocionado, nuestro visitante hizo ademán de levantarse del asiento.

—¡A comérsela!

—Sí. De lo contrario, no le habría servido a nadie para nada. Pero supongo que ese otro ganso que está en el aparador, y que pesa más o menos lo mismo y está perfectamente fresco, le hará a usted el mismo servicio, ¿no es así?

—Ah, desde luego, desde luego —respondió el señor Baker con un suspiro de alivio.

—Por supuesto, conservamos las plumas, las patas, el buche y todo lo demás de su ave, de manera que si usted desea...

El hombre soltó una franca carcajada.

—Podían servirme de recuerdos de mi aventura —dijo—; pero, aparte de eso, no veo de qué me pueden servir los *disjecta membra* de mi difunto amigo. No, señor. Me parece que, con su permiso, limitaré mi atención al ave excelente que percibo sobre el aparador.

Sherlock Holmes me dirigió una aguda mirada, a la vez que se encogía levemente de hombros.

—Ahí tiene usted su sombrero, entonces, y ahí tiene su ave —dijo—. Por cierto, ¿le incomodaría decirme de dónde sacó

la otra? Soy algo aficionado a las aves de corral, y rara vez había visto un ganso mejor criado.

—Desde luego, señor mío —respondió Baker, que se había levantado y se había metido bajo el brazo su nueva pertenencia—. Algunos de nosotros frecuentamos la Posada Alfa, cerca del Museo. (Por el día estamos en el Museo mismo, ¿sabe usted?) Este año, nuestro buen posadero, que se llama Windigate, instituyó un Club del Ganso, cuyos miembros cotizaríamos unos pocos peniques cada semana y, a cambio, recibiríamos sendas aves en Navidad. Yo pagué mis peniques con puntualidad, y el resto ya lo conocen ustedes. Le estoy muy agradecido, señor mío, pues una boina escocesa no es prenda decente ni para mis años ni para mi seriedad.

Nos hizo una reverencia solemne a los dos, con una compostura que resultaba cómica por su pomposidad, y emprendió su camino.

—Ya hemos terminado con el señor Henry Baker —dijo Holmes cuando aquel hubo salido y cerrado la puerta—. No cabe la menor duda de que no sabe absolutamente nada del asunto. ¿Tiene usted hambre, Watson?

—No especialmente.

—Entonces, le propongo que dejemos la cena para más tarde y sigamos esta pista antes de que se enfríe.

—Con mucho gusto.

Hacía una noche cruda, de modo que nos pusimos los gabanes y nos protegimos la garganta con bufandas. En el

exterior, las estrellas brillaban con luz fría en un cielo sin nubes, y el aliento de los transeúntes salía en forma de bocanadas de humo, como otros tantos pistoletazos. Nuestras pisadas resonaban con ruido nítido y fuerte mientras atravesábamos el barrio de los médicos, Wimpole Street, Harley Street y, siguiendo por Wigmore Street, llegábamos a Oxford Street. Al cabo de un cuarto de hora estábamos en el barrio de Bloomsbury y en la Posada Alfa, que es una taberna pequeña en la esquina de una de las calles que bajan hacia Holborn. Holmes abrió la puerta del salón reservado y le pidió dos vasos de cerveza al propietario, de cara rojiza y delantal blanco.

—Su cerveza debe de ser excelente si es tan buena como sus gansos —dijo Holmes.

—¡Mis gansos! —El hombre pareció sorprenderse.

—Sí. Hace apenas media hora hablé con el señor Henry Baker, que era miembro de su Club del Ganso.

—¡Ah! Sí, ya veo. Pero, verá usted, señor, los gansos no son nuestros.

—¡No me diga! ¿De quién son, entonces?

—Bueno, le compré las dos docenas a un tendero de Covent Garden.

—¡No me diga! Conozco a varios. ¿A cuál?

—Breckinridge se llama.

—¡Ah! No lo conozco. Y bien, a su salud, patrón, y a la prosperidad de su casa. ¡Buenas noches!

—Ahora, vamos a ver al señor Breckinridge —prosiguió Holmes, abotonándose el abrigo mientras salíamos al aire helado—. Recuerde, Watson, que si bien en un extremo de esta cadena tenemos una cosa tan hogareña como es un ganso, en la otra tenemos a un hombre que resultará condenado, sin duda, a siete años de trabajos forzados a menos que podamos demostrar su inocencia. Es posible que nuestras pesquisas solo sirvan para confirmar su culpabilidad. En cualquier caso, tenemos una línea de investigación que ha pasado por alto la policía y que un azar singular ha puesto en nuestras manos. Sigámosla hasta apurarla. ¡Media vuelta hacia el sur, pues, y de frente, paso ligero!

Cruzamos Holborn, bajamos por Endell Street y seguimos por las callejas tortuosas de los barrios bajos hasta el mercado de Covent Garden. Uno de los puestos más grandes llevaba el nombre de Breckinridge, y el propietario, hombre de aspecto caballuno, de cara angulosa y patillas recortadas, ayudaba a un chico a echar el cierre.

—Buenas noches, y frías —dijo Holmes.

El tendero asintió con la cabeza y dirigió a mi compañero una mirada interrogadora.

—Ha vendido usted todos los gansos, según veo —prosiguió Holmes, mientras señalaba los mármoles desnudos.

—Mañana por la mañana puedo venderle quinientos.

—Eso no me sirve.

—Bueno, quedan algunos en ese puesto de la luz de gas.

—Ah, pero yo vengo recomendado a usted.

—¿Por quién?

—Por el patrono del Alfa.

—Ah, sí; le envié un par de docenas.

—Y eran unas aves muy buenas. Dígame, ¿de dónde las sacó usted?

Para mi sorpresa, la pregunta provocó un arrebato de ira en el tendero.

—Ahora bien, caballero —dijo, con la cabeza ladeada y los brazos en jarras—, ¿adónde quiere ir a parar? Hábleme usted bien claro.

—Está bastante claro. Quisiera saber quién le vendió a usted los gansos que le sirvió usted al Alfa.

—Pues no se lo digo. ¡Ea!

—Ah, la cosa no tiene importancia; pero no sé por qué se tiene que acalorar usted de ese modo por tal menudencia.

—¡Acalorarme! A lo mejor se acaloraba usted lo mismo si le estuvieran dando tanto la lata como a mí. Cuando yo pago un buen dinero por un buen artículo, la cosa debe terminar ahí; pero no oigo más que «¿Dónde están los gansos?» y «¿A quién vendió los gansos?» y «¿Cuánto quiere usted por los gansos?». Cualquiera que oiga tanto alboroto por esos gansos pensará que no hay otros en el mundo.

—Bueno, yo no guardo ninguna relación con nadie que le haya hecho preguntas —comentó Holmes sin darle importancia—. Si usted no nos lo quiere decir, se anula la apuesta, y se

acabó. Pero yo siempre estoy dispuesto a apoyar mi opinión en cuestión de aves, y me he apostado cinco libras a que el ganso que me comí estaba criado en el campo.

—Pues ha perdido usted sus cinco libras, porque estaba criado en Londres —respondió el tendero, tajante.

—Nada de eso.

—Que le digo yo que sí.

—No lo creo.

—¿Cree usted que entiende más de aves que yo, que llevo con ellas desde que era un niño de teta? Le digo a usted que todos esos gansos que fueron al Alfa estaban criados en Londres.

—Jamás me convencerá usted de tal cosa.

—¿Se juega algo, entonces?

—No haré más que quitarle el dinero, pues sé que tengo razón. Pero me jugaré con usted un soberano, solo para enseñarle a no ser tan terco.

El tendero soltó una risita maligna.

—Tráeme los libros, Bill   ordenó.

El chico trajo un pequeño volumen delgado y otro grande, de tapas manchadas de grasa, y los dejó juntos bajo la lámpara colgante.

—Y ahora, señor Sabelotodo —dijo el tendero—, yo creía que me había quedado sin gansos, pero antes de que haya terminado verá usted que todavía queda uno en mi tienda. ¿Ve usted este librito?

—¿Y bien?

—Es la lista de la gente a la que compro. ¿Lo ve? Muy bien; aquí, en esta página, está la gente del campo, y los números que siguen a sus nombres indican dónde están sus cuentas en el libro mayor. Y ahora, ¿ve esta otra página en tinta roja? Pues bien, es una lista de mis proveedores de Londres. Ahora, mire usted ese nombre, el tercero. Haga el favor de leérmelo.

—«Señora Oakshott, Brixton Road, 117. 249»—leyó Holmes.

—Así es. Ahora, busque usted ese número en el libro mayor.

Holmes buscó la página indicada.

—Aquí está. «Señora Oakshott, Brixton Road, 117, proveedora de huevos y aves de corral.»

—Y bien, ¿qué dice el último asiento?

—«22 de diciembre. Veinticuatro gansos a 7 chelines y 6 peniques la pieza.»

—En efecto. Eso es. ¿Y debajo?

—«Vendidos al señor Windigate, del Alfa, a 12 chelines la pieza.»

—¿Qué me dice ahora?

Sherlock Holmes aparentó llevarse un gran disgusto. Se sacó un soberano del bolsillo y lo arrojó sobre el mármol, volviéndose con el aire de una persona cuyo desagrado es demasiado profundo para expresarlo con palabras. A los pocos pasos se detuvo bajo una farola y se rio de esa manera franca y muda que le era peculiar.

—Cuando vea usted a un hombre con las patillas recortadas de ese modo y el *Pink 'un* asomándole del bolsillo, siempre

274

podrá ganárselo por medio de una apuesta —dijo—. Me atrevería a decir que si hubiera puesto cien libras delante de ese hombre, no me habría dado una información tan completa como la que le he sacado haciéndole creer que me iba a ganar una apuesta. Y bien, Watson, me parece que nos estamos acercando al final de nuestra búsqueda, y que el único punto que nos queda por dilucidar es si debemos visitar a la señora Oakshott esta noche, o si debemos dejarlo para mañana. En vista de lo que nos ha dicho ese sujeto tan adusto, está claro que, además de nosotros, hay más interesados por el asunto, y me parece...

Sus comentarios quedaron truncados de pronto por un fuerte alboroto que surgió en el puesto que acabábamos de abandonar. Al volvernos, vimos a un sujeto pequeño, de cara de rata, que estaba de pie en el centro del círculo de luz amarilla que arrojaba la lámpara oscilante, mientras Breckinridge, el tendero, desde la puerta de su puesto, amenazaba ferozmente con los puños al personaje sobrecogido.

—Estoy harto de usted y de sus gansos —gritaba—. Váyase al diablo con ellos. Si vuelve a fastidiarme con sus tonterías, le echo el perro. Traiga usted aquí a la señora Oakshott y responderé ante ella; pero ¿qué pinta usted aquí? ¿Acaso le he comprado los gansos a usted?

—No; pero el caso es que uno de ellos era mío —se lamentó el hombrecillo.

—Bueno, pues pídaselo a la señora Oakshott.

—Ella me dijo que se lo pidiera a usted.

—Bueno, pues por mí como si se lo pide al rey de Prusia. Estoy harto de este asunto. ¡Largo de aquí!

Se abalanzó hacia delante con ardor, y el que le había estado haciendo preguntas huyó hasta perderse en la oscuridad.

—¡Ah! Esto puede ahorrarnos una visita a Brixton Road —susurró Holmes—. Venga usted conmigo, y veamos qué se puede sacar en limpio de este sujeto.

Abriéndose camino a paso vivo entre los grupos dispersos de público que rondaba alrededor de los puestos iluminados por el gas, mi compañero alcanzó enseguida a aquel hombre pequeño y le tocó en el hombro. El hombre se volvió, sobresaltado, y vi a la luz de gas que había perdido todo rastro de color en el rostro.

—¿Quién es usted, pues? ¿Qué quiere? —preguntó con voz temblorosa.

—Me disculpará usted —dijo Holmes con suavidad—, pero no he podido evitar oír las preguntas que acaba de hacerle a ese tendero. Creo que puedo prestarle ayuda.

—¿Usted? ¿Quién es usted? ¿Cómo puede saber nada de este asunto?

—Me llamo Sherlock Holmes. Mi oficio es saber lo que no saben los demás.

—Pero usted no puede saber nada de esto.

—Dispense usted, lo sé todo. Usted quiere localizar unos gansos que le vendió la señora Oakshott, de Brixton Road, a

un tendero llamado Breckinridge, y que este le vendió a su vez al señor Windigate, del Alfa, quien los repartió entre los miembros de su club, del que es miembro el señor Henry Baker.

—¡Ay, señor, es usted la persona que andaba buscando! —exclamó el hombrecillo, extendiendo las manos con los dedos temblorosos—. No soy capaz de explicarle lo mucho que me importa esta cuestión.

Sherlock Holmes detuvo un coche de cuatro ruedas que pasaba por allí.

—En ese caso, será mejor que hablemos de ello en una sala acogedora y no en este mercado azotado por el viento. Pero dígame usted, se lo ruego, antes de seguir, a quién tengo el placer de ayudar.

El hombre titubeó un momento.

—Me llamo John Robinson —respondió, con una mirada furtiva.

—No, no; su nombre verdadero —dijo Holmes con suavidad—. Siempre es incómodo hacer tratos con un alias.

Las mejillas blancas del desconocido se tiñeron de un color encarnado.

—Muy bien —dijo—. Mi nombre verdadero es James Ryder.

—Exactamente. Primer portero del hotel Cosmopolitan. Haga el favor de subir al coche y pronto estaré en condiciones de decirle todo lo que quiera usted saber.

El hombrecillo se quedó parado, mirándonos a uno y otro con ojos entre asustados y esperanzados, como el que no está

seguro de si se encuentra al borde del éxito o de la catástrofe. Después subió al coche, y al cabo de media hora estábamos otra vez en el cuarto de estar de Baker Street. No habíamos cruzado palabra durante el viaje, pero la respiración marcada y jadeante de nuestro nuevo compañero y su gesto repetido de unir y separar las manos indicaban su tensión nerviosa interior.

—¡Ya estamos aquí! —dijo Holmes con alegría cuando entramos en la sala uno tras otro—. La lumbre resulta muy acogedora con este tiempo. Parece que tiene usted frío, señor Ryder. Siéntese en la silla de mimbre, haga el favor. Si me perdona un momento, voy a ponerme las zapatillas antes de que arreglemos este asunto suyo. ¡Ya está! ¿Quiere usted saber lo que fue de esos gansos?

—Sí, señor.

—O, más bien, creo yo, de ese ganso. Me imagino que el ave que le interesaba a usted era una en concreto, blanca, con una franja negra en la cola.

Ryder tembló de emoción.

—¡Ay, señor! ¿Puede decirme usted adónde fue a parar? —exclamó.

—Vino a parar aquí.

—¿Aquí?

—Sí, y resultó ser un ave notabilísima. No me extraña que se interesara usted por ella. Puso un huevo después de muerta... El huevo más lindo y más reluciente que se ha visto nunca. Lo tengo aquí, en mi museo.

Nuestro visitante se incorporó, vacilante, y se aferró a la repisa de la chimenea con la mano derecha. Holmes abrió su caja fuerte y exhibió el carbunclo azul, que centelleaba como una estrella, con un resplandor frío y brillante, de múltiples rayos. Ryder se lo quedó mirando fijamente, con la cara contraída, sin saber si debía reclamarlo o rechazarlo.

—Se acabó el juego, Ryder —dijo Holmes con voz tranquila—. ¡Aguante, hombre, que se va a caer a la lumbre! Ayúdelo a volver a su asiento, Watson. No tiene sangre en las venas para cometer una fechoría con impunidad. Dele usted un trago de coñac. ¡Eso es! Ya parece un poco más hombre. ¡Es un renacuajo, desde luego!

El hombre se había tambaleado por un momento y había estado a punto de caerse, pero el coñac había hecho asomar algo de color a sus mejillas, y se quedó sentado, mirando a su acusador con ojos temerosos.

—Tengo en la mano casi todos los eslabones, y todas las pruebas que pudiera necesitar, así que es poca cosa la que tendré que preguntarle. No obstante, bien podemos aclarar ese poco para completar el caso. ¿Había oído hablar de esta piedra azul de la condesa de Morcar, Ryder?

—Me habló de ella Catherine Cusack —respondió, con voz quebrada.

—Ya veo... La doncella de su señoría. Y bien, la tentación de adquirir una fortuna de manera rápida y con tanta facilidad pudo con usted, como ha podido antes con hombres mejores

que usted; pero usted no tuvo muchos escrúpulos a la hora de elegir los medios. Me parece, Ryder, que tiene usted madera para convertirse en un bonito bribón. Sabía que Horner, el fontanero, había estado complicado antes en un asunto parecido, y que así sería más fácil que recayeran sobre él las sospechas. ¿Y qué hizo usted, entonces? Provocaron un pequeño desperfecto en la habitación de la señora (su cómplice, Catherine Cusack, y usted), y usted se las arregló para que hicieran venir a Horner. Después, cuando este se hubo marchado, usted saqueó el joyero, dio la voz de alarma e hizo detener a ese desventurado. Después...

De pronto, Ryder se dejó caer en la alfombra y abrazó las rodillas de mi compañero.

—¡En nombre de Dios, tenga piedad! —chilló—. ¡Piense en mi padre! ¡En mi madre! Esto les partiría el corazón. ¡Yo no me había salido nunca del buen camino! Ni volveré a salirme de él. Lo juro. Lo juro sobre la Biblia. ¡Oh, no me lleve ante los tribunales! ¡No lo haga, en nombre de Cristo!

—¡Vuelva a su asiento! —lo reprendió Holmes con severidad—. Ahora es muy bonito suplicar y arrastrarse por el suelo, pero pensó bien poco en el pobre Horner, en el banquillo de los acusados por un delito del que no sabía nada.

—Huiré, señor Holmes. Me iré del país, señor. De esa manera, la acusación en su contra se derrumbará.

—¡Hum! Ya hablaremos de eso. Y ahora háganos una relación verídica del acto siguiente. ¿Cómo llegó la piedra al

interior del ganso, y cómo llegó el ganso al mercado? Cuéntenos la verdad, pues es su única esperanza de salvación.

Rider se pasó la lengua por los labios cuarteados.

—Se lo contaré tal como pasó, señor —respondió—. Una vez detenido Horner, me pareció que lo mejor sería marcharme enseguida con la piedra, pues no sabía en qué momento se le podía ocurrir a la policía registrarme y registrar mi cuarto. En el hotel no podía estar a buen recaudo en ninguna parte. Salí, como para hacer algún recado, y me dirigí a la casa de mi hermana. Está casada con un hombre apellidado Oakshott, y vive en Brixton Road, donde cría aves de corral para el mercado. Durante todo el camino me parecía como si cada hombre con el que me cruzaba fuera un policía o un detective. A pesar de que hacía una noche fría, antes de llegar a Brixton Road ya tenía la cara empapada de sudor. Mi hermana me preguntó qué pasaba y por qué estaba tan pálido; pero le respondí que estaba impresionado por el robo de la joya en el hotel. Después salí al patio trasero y me fumé una pipa, preguntándome qué sería lo más conveniente.

»Tuve una vez un amigo llamado Maudsley que había ido por el mal camino y acababa de cumplir sentencia en Pentonville. Un día me encontré con él y empezamos a hablar de los métodos de los ladrones y de cómo colocaban lo robado. Sabía que no me traicionaría, pues yo conocía uno o dos secretos sobre él, de modo que me decidí a ir de inmediato a Kilburn, donde vivía, para verlo y hacerlo partícipe de mi secreto. Él

me enseñaría cómo convertir la piedra en dinero. Pero ¿cómo llegar hasta él a salvo? Pensé en el suplicio que había pasado al venir del hotel. En cualquier momento podían detenerme y registrarme, y yo llevaba la piedra en el bolsillo del chaleco. En esos momentos yo estaba apoyado en la pared y mirando los gansos que rondaban alrededor de mis pies, y de pronto me vino a la cabeza una idea que me hizo ver el modo de superar al mejor detective que hubiera vivido jamás.

»Hacía algunas semanas, mi hermana me había dicho que podría llevarme el mejor de sus gansos como regalo de Navidad, y yo sabía que siempre cumplía su palabra. Me llevaría mi ganso en ese momento, y llevaría dentro mi piedra hasta Kilburn. En el patio había un cobertizo pequeño, e hice pasar tras él a uno de los gansos; era grande y hermoso, blanco, con una franja en la cola. Lo atrapé y, obligándolo a abrir el pico, le metí la piedra por la garganta hasta donde me llegó el dedo. El ave tragó, y noté que la piedra le bajaba por el gaznate y se le quedaba en el buche. Pero el animal se debatía y aleteaba, y mi hermana salió a ver qué pasaba. Cuando me volví para hablar con ella, el bicho se soltó, huyó y se perdió entre los demás.

»—¿Se puede saber qué hacías con ese ganso, Jem? —me preguntó.

»—Bueno —le respondí—, dijiste que me regalarías uno por Navidad, y los estaba palpando para ver cuál es el más gordo.

»—Ah —replicó ella—, el tuyo lo tenemos aparte... Lo llamamos "el ganso de Jem". Es ese blanco grande de allí. Hay

veintiséis en total: uno para ti, uno para nosotros y dos docenas para el mercado.

»—Gracias, Maggie —contesté—; pero, si te es igual, prefiero quedarme con el que tenía en las manos hace un momento.

»—El otro pesa sus buenas tres libras más —dijo ella—, y lo hemos cebado a propósito para ti.

»—No importa. Me quedo con el otro, y me lo llevaré ahora mismo —resolví.

»—Ah, como quieras —rezongó ella, algo amoscada—. ¿Cuál es el que quieres, entonces?

»—Ese blanco de la franja en la cola, que está en el medio de la bandada.

»—Ah, muy bien. Mátalo y llévatelo.

»Y bien, hice lo que me decía, señor Holmes, y me llevé el ave a cuestas hasta Kilburn. Le conté a mi amigo lo que había hecho, pues era un hombre a quien resultaba fácil contarle una cosa así. Se rio hasta atragantarse, y tomamos un cuchillo y abrimos el ganso. El corazón se me heló en el pecho, pues no había rastro de la piedra, y comprendí que había cometido un error terrible. Dejé el ave, volví a toda prisa a casa de mi hermana y entré corriendo en el patio. Allí no se veía ni una sola ave.

»—¿Dónde están, Maggie? —exclamé.

»—Se las han llevado al mercado, Jem.

»—¿A qué tienda?

»—A la de Breckinridge, de Covent Garden.

»—Pero ¿había otro con una franja en la cola, igual que el que elegí yo? —pregunté.

»—Sí, Jem; había dos con franjas en la cola, y yo no pude distinguirlos nunca.

»Y bien, entonces lo entendí todo, por supuesto, y salí corriendo con todas mis fuerzas a ver a ese Breckinridge; pero este había vendido toda la partida enseguida y no quiso decirme ni una palabra de cuál era su paradero. Ustedes mismos lo han oído esta noche. Y siempre me ha respondido de esa manera. Mi hermana cree que me estoy volviendo loco. Yo mismo lo creo a veces. Y ahora... y ahora, estoy marcado como ladrón, sin haber tocado siquiera la riqueza a cambio de la cual he vendido mi reputación. ¡Que Dios me asista! ¡Que Dios me asista!

Rompió en sollozos convulsivos, con la cara hundida entre las manos.

Sobrevino un largo silencio, solo interrumpido por su respiración pesada y por el tamborileo regular de los dedos de Sherlock Holmes en el borde de la mesa. Después, mi amigo se levantó y abrió la puerta de par en par.

—¡Fuera! —dijo.

—¿Cómo, señor! ¡Oh, que Dios se lo pague!

—Ni una palabra más. ¡Fuera!

Y no hizo falta una sola palabra más. Hubo una carrera, unos pasos precipitados en las escaleras, un portazo y el ritmo marcado de unos pies que corrían por la calle.

—Al fin y al cabo, Watson —concluyó Holmes, levantando la mano para tomar su pipa de arcilla—, a mí no me tiene en nómina la policía para que les cubra sus deficiencias. Si Horner corriera peligro, sería otra cuestión; pero este sujeto no declarará en su contra, y la acusación se vendrá abajo. Supongo que me convierto en encubridor de un delito grave, pero también es posible que esté salvando un alma. Este sujeto no volverá a hacer nada malo: tiene demasiado miedo. Si lo enviamos ahora a la cárcel, lo convertimos en carne de presidio para toda la vida. Además, estamos en unos días de perdón. La casualidad nos ha puesto por delante un problema muy singular y caprichoso, y su resolución es su propia recompensa. Si tiene usted la bondad de tocar el timbre, doctor, emprenderemos otra investigación en la que también figurará como elemento principal un ave.

La fiesta navideña de Reginald

Saki
(1904)

Dicen (dijo Reginald) que no hay nada más triste que la victoria, salvo la derrota. Si has estado alguna vez con gente aburrida durante la presunta temporada festiva podrás probablemente revisar ese dicho. Nunca olvidaré mi estancia en Navidad con los Babwold. La señora Babwold tiene algún parentesco con mi padre (una especie de prima que se deja de lado hasta que se la requiere) y eso fue considerado suficiente razón para que yo tuviera que aceptar su invitación más o menos a la sexta tentativa. Aunque la razón por la que los pecados del padre tienen que recaer sobre los hijos... No, no encontrarás papel de cartas en ese cajón: ahí es donde guardo viejos menús y programas de estrenos.

La señora Babwold asume una personalidad bastante solemne y no se sabe que haya sonreído nunca, ni siquiera diciendo cosas desagradables a sus amigas o haciendo la lista de la compra. Disfruta de sus placeres con tristeza. Un elefante público en un durbar produce una impresión similar. Su marido se dedica a la jardinería haga el tiempo que haga. Cuando un hombre sale bajo la lluvia a matar orugas en los rosales me imagino que su vida puertas adentro deja algo que desear. En cualquier caso, debe de ser muy incómodo para las orugas.

Por supuesto había más gente allí. Estaba un comandante no sé qué que había cazado cosas en Laponia o algo parecido; he olvidado qué cosas, pero no porque quiera que me lo recuerden. Las sacaba a colación casi en cada almuerzo y estaba continuamente dándonos detalles de cuánto medían de punta a punta, como si pensara que íbamos a hacer con ellas ropa interior cálida para el invierno. Yo le escuchaba con una embelesada atención que me parecía que me quedaba bien hasta que un día le conté modestamente las dimensiones de un okapi que había cazado en las marismas de Lincolnshire. El comandante se puso de un bonito rojo escarlata (recuerdo haber pensado en ese momento que me gustaría pintar mi baño de ese color) y creo que al instante casi empezó a sentir antipatía por mí. La señora Babwold adoptó una expresión de «primeros auxilios a los heridos» y le preguntó por qué no publicaba un libro sobre sus recuerdos deportivos; sería tan interesante... No recordó hasta más tarde que él le había regalado dos gruesos volúmenes

sobre la materia, con su retrato y su autógrafo en la cubierta y un apéndice sobre las costumbres del mejillón ártico.

Era al anochecer cuando dejábamos de lado los cuidados y distracciones del día y vivíamos realmente. Se juzgó que las cartas eran demasiado frívolas y vacuas como forma de pasar el tiempo, así que la mayoría jugaban a lo que llamaban juego del libro. Salías al vestíbulo —para buscar inspiración, supongo—, luego volvías con una bufanda enrollada en el cuello y un aire de estupidez y se suponía que los otros tenían que averiguar que eras Wee MacGreegor.[1] Soporté la necedad tan decentemente como pude pero, finalmente, en un arranque de buena disposición, consentí en disfrazarme de libro, solo que advirtiéndoles que la realización me llevaría algún tiempo. Esperaron sus buenos cuarenta minutos mientras el pinche de cocina y yo jugábamos a los bolos en la cocina con copas de vino. Se juega con un corcho de champán, ya sabes, y el que tumbe más copas sin romperlas gana. Gané yo, con cuatro sin romper contra siete; creo que William estaba demasiado ansioso. En el salón estaban furiosos porque no aparecía y solo se calmaron un poco cuando les expliqué más tarde que yo iba de *Al final del camino*.

—Nunca me ha gustado Kipling —fue el comentario de la señora Babwold cuando cayó en la cuenta de la situación—. Nunca he podido encontrar nada inteligente en *Lombrices de tierra de la Toscana*... ¿o ese es de Darwin?

---

1 Wee MacGreegor: personaje aldeano y simpático creado por el escritor costumbrista escocés John Joy Bell (1871-1934).

Por supuesto, estos juegos son muy educativos pero yo, personalmente, prefiero el *bridge*.

La noche de Navidad se suponía que teníamos que estar especialmente festivos, al antiguo estilo británico. En el vestíbulo había una corriente horrible, pero parecía el lugar apropiado para la fiesta y estaba decorado con abanicos japoneses y faroles chinos, que le daban un notable antiguo toque británico. Una dama joven de voz confidencial nos deleitó con un largo poema sobre una muchachita que murió o hizo algo igualmente manido, y luego el mayor nos obsequió con un gráfico relato de la lucha que mantuvo con un oso herido. Yo ansiaba en privado que los osos ganaran alguna vez en tales ocasiones; al menos no irían después pavoneándose por ahí. Antes de que tuviéramos tiempo de recobrar el ánimo, fuimos agasajados con un número de lectura del pensamiento por parte de un joven del que uno sabía instintivamente que tenía una buena madre y un sastre indiferente: el tipo de joven que habla incansablemente a través de la sopa más espesa y se alisa el pelo vacilantemente como si pensara que este iba a devolverle el golpe. La lectura del pensamiento fue más o menos un éxito; anunció que la anfitriona estaba pensando en poesía y ella admitió que una de las odas de Austin llenaba su pensamiento. Lo que era bastante aproximado. Supongo que había estado pensando realmente si un cuello de cordero y un poco de pudín de ciruela serían apropiados para la cena de la cocina del día siguiente. Como suprema disipación, todos se sentaron para jugar al

halma progresivo[2] con bombones de chocolate con leche como premio. He sido bien educado y no me gusta jugar a juegos de destreza a cambio de bombones de chocolate con leche, así que me inventé un dolor de cabeza y me retiré. Había sido precedido unos minutos antes por la señorita Langshan-Smith, una mujer bastante formidable, que siempre se levantaba a alguna hora incómoda de la mañana dando la impresión de haber estado en comunicación con la mayor parte de los gobiernos europeos antes del desayuno. En su puerta había clavado una nota firmada con el requerimiento de que debía ser llamada a una hora particularmente temprana de la mañana. Una oportunidad así no se presenta dos veces en la vida. Cubrí la nota, salvo la firma, con otra nota, informando de que antes de que esas palabras fueran leídas ella habría terminado con una vida desperdiciada, que lamentaba el problema que iba a causar y que desearía un funeral militar. Unos minutos más tarde estallé violentamente en el rellano una bolsa de papel llena de aire y proferí un gemido teatral que tuvo que oírse hasta en el sótano. Luego me fui a dormir. El ruido que hizo esa gente al forzar la puerta de la buena dama fue indecoroso; ella resistió galantemente, pero creo que la registraron buscando balas durante un cuarto de hora, como si fuera un campo de batalla histórico.

Odio viajar el día de san Esteban, pero a veces hay que hacer cosas que a uno le desagradan.

---

2   Halma: juego de mesa inventado a finales del siglo XIX por George Howard Monk.

La Nochebuena de Bertie

Saki
(1911)

Era Nochebuena y el círculo familiar del insigne Luke Steffink irradiaba la afabilidad y el alborozo recurrente que la ocasión requería. Acababan de dar buena cuenta de una cena larga y opulenta, habían pasado las comparsas navideñas a cantar villancicos, después el grupo reunido en la casa para celebrar las fiestas se había dado el lujo de cantar unos cuantos más por su cuenta y por último se habían intercambiado chascarrillos que ni desde un púlpito podrían haberse condenado por tomar el pelo a nadie. No obstante, en mitad de aquella fogata de alegría generalizada había un pedazo de carbón bien negro sin prender.

Bertie Steffink, sobrino del mencionado Luke, había adoptado a edad temprana el oficio de zascandil, que le venía de

familia, pues su padre en gran medida también se había decantado por esa ocupación. A los dieciocho años Bertie había dado inicio a una ronda de visitas a nuestras posesiones coloniales, actividad muy adecuada y aconsejable en el caso del heredero del trono, pero que parecía indicar una buena falta de sinceridad en un jovenzuelo de clase media. Se había ido a cultivar té a Ceilán y fruta a la Columbia Británica, y después a ayudar a las ovejas a criar lana en Australia. A la edad de veinte años acababa de regresar de alguna misión por el estilo en Canadá, de lo que podía deducirse que el esfuerzo que dedicaba a todos esos experimentos era de naturaleza más bien sumaria e improvisada. Luke Steffink, que desempeñaba la espinosa función de tutor y padre sustituto de Bertie, deploraba la persistente manifestación del instinto del retorno al hogar que se producía en su sobrino, y de hecho el solemne agradecimiento que había manifestado un rato antes por la bendición de poder tener a la familia reunida no había incluido referencia alguna a la vuelta de Bertie.

De inmediato se habían hecho las gestiones necesarias para despachar al muchacho a un rincón remoto de Rodesia, desde donde el regreso sería cosa complicada; el traslado a aquel destino poco atractivo era inminente, hasta el punto de que un viajero más atento y más dispuesto ya habría empezado a pensar en ir haciendo las maletas. Por todo ello, Bertie no estaba de humor para participar del espíritu navideño que se manifestaba a su alrededor, y en su pecho ardía

el resentimiento ante los comentarios sobre actos sociales de los meses venideros que repetían por todas partes sus parientes, entusiastas y ensimismados. Aparte de deprimir a su tío y al círculo familiar en general al cantar «No digas adiós, sino *au revoir*», no había contribuido el ambiente festivo de la velada.

Hacía media hora que habían dado las once y los Steffink de más edad empezaban a lanzar sugerencias relativas al proceso que denominaban «retirada a los respectivos aposentos».

—Vamos, Teddie, ya es hora de que te metas en esa camita tan cómoda que hay en tu habitación, ¿verdad? —recordó Luke Steffink a su hijo, de once años.

—Eso precisamente deberíamos hacer todos —añadió la señora Steffink.

—Pues todos no cabríamos —apostilló Bertie.

Se consideró que el comentario rayaba en lo escandaloso y todo el mundo se puso a comer pasas y almendras con el afán nervioso de las ovejas que pastan sabiendo que amenaza tormenta.

—He leído que en Rusia los campesinos creen que si uno se mete en un establo en Nochebuena a las doce oye a los animales hablar —comentó Horace Bordenby, que estaba pasando las Navidades invitado por los Steffink—. Se supone que durante ese momento del año tienen el don de la palabra.

—¡Ay, sí, vamos todos al establo a ver qué tienen que decir, animaos! —exclamó Beryl, para quien todo era emocionante y entretenido si se hacía en tropel.

La señora Steffink protestó entre risas, pero en la práctica dio su brazo a torcer al recomendar:

—Pues tendremos que abrigarnos todos muy bien.

Le parecía una idea atolondrada y prácticamente pagana, pero le ofrecía la oportunidad de «juntar a los chicos», y en ese sentido no le pareció mal. El señor Bordenby era un joven con unas perspectivas más que considerables y había bailado con Beryl en un baile de gala organizado en aquella zona las veces suficientes como para propiciar que los vecinos preguntaran con toda la lógica del mundo si había «algo» entre ellos. Aunque la señora Steffink no habría llegado tan lejos, sí compartía con el campesinado ruso la idea de que aquella noche la bestia podía hablar.

El establo se hallaba en el punto en que se encontraban el jardín y un prado de reducidas dimensiones, superviviente aislado, en aquel barrio residencial, de lo que en tiempos había sido una pequeña granja. Luke Steffink estaba orgullosísimo de su establo y de sus dos vacas; tenía la impresión de que le conferían un marchamo de raigambre que no podrían igualar las cantidades que fueran de gallinas de raza wyandotte u orpington. También parecía que lo vinculaban, de una forma algo ilógica, con aquellos patriarcas que obtenían prestigio de su capital flotante de rebaños y manadas, así como de burros de ambos sexos. El día que había tenido que decidir definitivamente entre «La Granja» y «El Rancho» para bautizar su bucólica residencia había estado marcado por los nervios y por

la magnitud de la ocasión. Una medianoche de diciembre no era ni mucho menos el momento que habría elegido para demostrar sus aspiraciones de granjero a las visitas, pero, dado que hacía buena noche y los jóvenes estaban deseosos de encontrar una excusa que permitiera alguna aventurilla, Luke accedió a ir de carabina de la expedición. Los criados se habían ido a la cama hacía mucho, por lo que la casa quedó al cuidado de Bertie, que con bastante desdén declinó unirse a ellos en su objetivo de escuchar una conversación bovina.

—Tenemos que avanzar silenciosamente —informó Luke, a la cabeza de la procesión de jóvenes y risas disimuladas que cerraba la figura de la señora Steffink, cubierta por un chal y una capucha—. Siempre he hecho hincapié en que este barrio tiene que conservar la calma y el orden.

Quedaban pocos minutos para las doce cuando el grupo llegó al establo y entró siguiendo la luz del farol que el señor de la casa guardaba allí. Durante un momento se quedaron todos en silencio, casi con la sensación de estar en una iglesia.

—Margarita, la que está echada, es hija de un toro de raza shorthorn y de una vaca guernsey —anunció Luke con voz queda, lo que no desentonaba con la mencionada impresión.

—¿Ah, sí? —se sorprendió Bordenby, casi como si hubiera esperado que fuera hija de Rembrandt.

—En cambio, Murta es...

La genealogía de Murta quedó interrumpida por un chillido emitido por las mujeres de la expedición.

La puerta del establo se había cerrado silenciosamente a su espalda y la llave había girado acompañada de un chirrido en la cerradura; a continuación oyeron la voz de Bertie, que les daba las buenas noches en tono afable, y sus pasos, que se alejaban por el sendero del jardín.

Luke Steffink se acercó con un par de zancadas a la ventana, que era una pequeña abertura cuadrada, a la antigua usanza, con barrotes de hierro empotrados en la piedra.

—Abre la puerta ahora mismo —gritó, con el mismo aire de autoridad intimidatoria que podría adoptar una gallina al chillar entre los barrotes de un corral a un halcón que merodease por allí.

A modo de respuesta a su llamamiento, la puerta de la entrada de la casa se cerró con un portazo desafiante.

Un reloj cercano dio las doce. Si las vacas hubieran tenido el don de la palabra en aquel momento, no habrían logrado hacerse oír, pues siete u ocho voces estaban entregadas a la descripción de la conducta reciente de Bertie y de su carácter en general, impulsadas por buenas dosis de nerviosismo e indignación.

A lo largo de una media hora habían dicho ya varias docenas de veces todo lo que resultaba permisible decir sobre Bertie, de manera que empezaron a cobrar protagonismo otros temas de conversación: el intenso olor a moho del establo, la posibilidad de que se incendiara y la probabilidad de que hiciera las veces de casa de acogida para las ratas vagabundas de las

proximidades. Y a todo eso seguía sin llegar ningún indicio de liberación a quienes de tan mala gana participaban en la vigilia.

Hacia la una de la madrugada llegó hasta ellos el sonido de unos villancicos cantados de forma bastante escandalosa e indisciplinada, que se acercaba con rapidez y que luego quedó atajado bruscamente, al parecer justo delante de la verja del jardín. Un automóvil cargado de «jovencitos bien» entre los que cundían la alegría y el buen humor había hecho un alto en el camino para reparar algo; no obstante, el descanso no había afectado también a las tentativas vocales del grupo, de modo que quienes estaban de guardia en el establo quedaron sometidos a una interpretación hondamente creativa de «El buen rey Wenceslao» en la que el adjetivo «buen» se aplicaba con manga tal vez demasiado ancha, dadas las actividades a las que hacían dedicarse al soberano.

El ruido provocó que Bertie saliera al jardín, pero no prestó la más mínima atención a los semblantes pálidos y furibundos de la ventana del establo y en cambio concentró la atención en los juerguistas del otro lado de la verja.

—¡Salud, compañeros! —gritó.

—¡Salud, buen hombre! —respondieron ellos—. Encantados de la vida brindaríamos por la de usted, pero estamos secos.

—Pues entren y brinden en la casa —propuso Bertie con hospitalidad—. Estoy completamente solo y hay muchas cosas que echarse al gaznate.

No los conocía de nada, pero la amabilidad que lo caracterizaba los convirtió al instante en miembros de la familia. Al cabo de un momento la versión apócrifa de «El buen rey Wenceslao», que, como muchos otros escándalos, empeoraba con la repetición, empezó a resonar por el sendero del jardín; dos de los juerguistas improvisaron por el camino una actuación que consistió en bailar el vals de la escalera por las terrazas de lo que Luke Steffink denominaba, hasta la fecha con cierta justificación, su «jardín de rocalla». De hecho, la parte rocosa de este seguía allí después de que los danzarines terminaran el tercer bis. Luke, que se sentía más que nunca una gallina en el corral tras los barrotes del establo, estaba en disposición de comprender lo que sienten los asistentes a un concierto incapaces de acallar las peticiones de bises que ni desean ni merecen.

Se oyó un sonoro portazo tras la entrada de los invitados de Bertie en la casa y los sonidos de la algarabía empezaron a llegar debilitados y amortiguados a oídos de los cansados vigías del otro extremo del jardín. Sin embargo, al cabo se oyeron con total claridad y en rápida sucesión dos taponazos que no presagiaban nada bueno.

—¡Han echado mano al champaña! —exclamó la señora Steffink.

—Cabe la posibilidad de que sea el mosela espumoso... —aventuró, esperanzado, Luke.

Se oyeron tres o cuatro taponazos más.

—El champaña y también el mosela espumoso —se lamentó la señora Steffink.

Luke dejó escapar un improperio al que, como sucede con el coñac en un hogar abstemio, únicamente recurría en trances excepcionales. EI señor Bordenby llevaba ya un tiempo considerable recurriendo a expresiones de cariz similar entre dientes. El experimento de «juntar a los chicos» se había prolongado hasta un punto en que las posibilidades de que engendrara resultados románticos eran bastante nulas.

Transcurridos unos cuarenta minutos se abrió la puerta de la casa para arrojar un torrente humano que había dejado atrás cualquier atisbo de comedimiento que pudiera haber influido en su comportamiento anterior. Sus tentativas vocales encaminadas a la interpretación de villancicos contaban a aquellas alturas con el apoyo de la música instrumental, pues un abeto que se había decorado para los hijos del jardinero y el resto del servicio de la casa les había brindado un amplio botín de matracas, tambores y trompetas de hojalata. Las peripecias del rey Wenceslao habían caído en el olvido, cosa que Luke agradeció, pero para los ateridos e insomnes prisioneros del establo resultaba intensamente enervante que les cantaran que era aquella una noche de paz, noche de amor, en la que todo dormía en derredor, lo que iba acompañado de información superflua y por lo demás errónea sobre unos pastores que, al parecer, eran los únicos que velaban en la oscuridad. A juzgar por los gritos de protesta que empezaban a surgir de las

ventanas superiores de las casas vecinas, los sentimientos que imperaban en el interior del establo eran compartidos con efusividad en otros lugares.

Los juerguistas encontraron su coche y, lo que es aún más extraordinario, lograron alejarse en él entre una fanfarria de trompetas de hojalata que les sirvió de despedida. El alegre redoble de un tambor desveló el hecho de que el maestro del jolgorio seguía presente.

—¡Bertie! —bramaron y chillaron a coro, con tono de rabia y de súplica, quienes estaban apiñados tras el ventanuco del establo.

—Buenas —saludó el propietario de ese nombre, que dirigió sus pasos, algo vacilantes, hacia quien lo llamaba—. Pero ¿aún estáis ahí dentro? A estas alturas ya habréis oído todo lo que tenían que decir las vacas. Y si no es así, no os sale a cuenta seguir esperando. Al fin y al cabo, es una leyenda rusa y aún quedan dos semanas para la Navidad rusa. Más os vale salir.

Después de uno o dos intentos fallidos, logró colar la llave del establo por la ventana. Luego, tras elevar la voz siguiendo los compases de «Me da miedo irme a casa a oscuras» con un vigoroso acompañamiento al tambor, abrió el camino de regreso a la casa. De la apresurada procesión de presos liberados que siguió sus pasos surgió la parte del león de los comentarios adversos evocados por su exuberante conducta.

Jamás había pasado Bertie una víspera de Navidad tan feliz. En palabras del interesado, «la Navidad fue horrible».

La estrella blanca

Emilia Pardo Bazán
(1912)

De los tres Reyes de Oriente, llamados Magos, el más sabidor era el viejo Baltasar. En su palacio, de altas techumbres sostenidas con vigas de cedro, rodeado de fuertes muros de granito, y que guardaba escogida tropa, compuesta de mozos de las más nobles familias, había construido una especie de observatorio, una torre redonda, donde se encerraba, para consultar despacio las constelaciones y cubrir de enigmáticas rayas y letras de un desconocido alfabeto los pergaminos que le traían en abundancia, bien flexibles y curtidos, en lindos rollos, y las tablillas plaqueadas de cera que, surcadas por el estilete, iban alineándose alrededor de la cámara, en estantes de maderas preciosas.

El anciano rey no estaba engreído de su ciencia. En aquellos azules espacios que escrutaban sus ojos ansiaba adivinar leyes misteriosas, no sospechadas armonías de la creación; pero no lo conseguía. El ansia de conocer, de rasgar los velos en que envuelve sus operaciones la potencia creadora, le absorbía tanto, que descuidaba su reino. Un sobrino, ambicioso y activo, iba captándose las simpatías del pueblo y de la nobleza militar, y si no desposeía a su tío, era porque le consideraba entregado a inofensivas manías e incapaz de estorbar en nada.

En cambio, el rey Gaspar, sin ocuparse del cielo, consagraba sus artes mágicas al dominio y conquista de la tierra. Cuando al frente de sus aguerridas tropas entraba en país enemigo, iba prevenido de augurios y horóscopos. Todos creían que Gaspar estaba dotado del don de adivinación y se comunicaba directamente con el poder oculto que concede, al azar de la lucha, la victoria, y le seguían sin miedo, con fanatismo. Al verle, recio y resuelto, en la madurez de su edad, rigiendo su generoso bridón, sonriendo lleno de confianza entre las nubes de dardos y los remolinos de la batalla furiosa, repetían que un encanto le hacía invulnerable. Y, en efecto, jamás fue herido el Mago Rey: haciendo proezas de valor en todos los combates, ni flecha ni piedra logró alcanzarle, ni tajo de espada pudo rasguñar sus vestiduras. Pretendieron los romanos sojuzgar la tierra que Gaspar regía, y fueron rechazadas las veteranas legiones, maltrechas y rotas. Cuando el Procónsul que las mandaba refirió al Senado que el rey sabía de magia y no era posible vencerle,

se rieron del que venía dominado por supersticiones orientales y daba crédito a consejas ridículas. Y, entre tanto, Gaspar, no satisfecho, se consumía en el afán de mayores conquistas, de llegar hasta Roma, de entrar en la ciudad y ponerle fuego y apoderarse del universal poder.

El tercer Mago, Melchor, reinaba sobre los etíopes, pueblo el más antiguo del mundo. Era joven; no pasaría de los veinticinco años, y su corazón y sus sentidos ardían con llamaradas de incendio. A pesar de su negra piel, su cuerpo era una estatua de bronce bruñido, esbelta, musculosa y elegante de formas. Rico en polvo de oro, perlas, plumas de avestruz y gomas olorosas, los trajinantes y caravaneros que le compraban estas mercancías inestimables, solían traerle en cambio esclavas blancas de diversos países. Temblorosas, tristes o resignadas, entraban en el palacio, que les tenía dispuesto Melchor, las hijas del Cáucaso, de perfecta belleza y rasgados ojos; las griegas, diestras en hacer versos y recitarlos al son de la lira; las persas, que huelen a rosa; las gaditanas, que saben de danzas voluptuosas; las fenicias, envueltas en negros velos; las hebreas, de nobles facciones, y hasta las romanas altivas, que no pocas veces se daban la muerte, ahorcándose con un jirón de su túnica, antes que sufrir la esclavitud y el abrazo del bárbaro rey. Melchor quería que sus cautivas estuviesen rodeadas de delicias y lujo. El palacio-serrallo era enorme y lo cercaban jardines y frondas de arbustos y árboles en flor, de hoja perenne, que aromaban el aire. Lagos tranquilos, surcados por

embarcaciones diminutas, ofrecían los placeres del baño y del paseo, y en las barquillas remaban, en vez de hombres, simios amaestrados y esclavas de torso rudo, de gruesos labios rientes, forzudas y solícitas. Porque Melchor sufría de un mal cruel: en su apasionamiento, era celoso con rabia y recataba a sus mujeres de toda mirada varonil. Hubiese querido guardarlas dentro de una fortaleza sin que les diese ni el aire, pero la experiencia le había demostrado que, enclaustradas, enfermaban de consunción y morían de fiebre, y optó por rodear de altas tapias una extensión enorme y guardar allí el tesoro que con nadie quería compartir.

En el deleitoso retiro pasaba las tardes y las noches, revistando a sus hermosas, presenciando sus danzas y juegos, oyendo sus cánticos, preguntándoles por sus patrias lejanas y sintiendo un dolor recóndito cuando, al recuerdo, lágrimas involuntarias asomaban a los magníficos ojos de las concubinas.

A veces, Melchor, con dulzura, las interrogaba:

—¿No eres feliz, Dircé? ¿No me quieres, Faustina? ¿Anhelarías otro amor, Guluya?

Y cualquiera que la respuesta fuese, por tiernas que contestasen las caricias a la pregunta, Melchor quedaba triste hasta la muerte. Porque comprendía que su piel obscura, sus cabellos lanosos, no eran gratos, y que las bellas aparentaban una felicidad no sentida. Cada una de ellas había dejado, en su país, un predilecto: un heleno de perfil puro, de musculatura firme, bajo tez dorada; un tribuno militar; un patricio

elegante; un pastor de Galilea, de rizos negros; un régulo ibérico que devoraba el espacio sobre un caballo de la Turdetania. Y Melchor, desesperado de borrar la memoria de sus invisibles rivales, acudía a la magia para conseguir el bien, a todos superior, de ser amado. No le bastaba la sumisión mecánica, el consentimiento de aquellos cuerpos seductores; exigía el alma, con rabiosa exigencia, no saciada nunca. Y ensayaba filtros y conjuros, encantaciones y evocaciones, convocando a las hechiceras de Tesalia, que se reúnen a la luz de la luna, a las pitonisas de Israel, practicando ritos sombríos, adoraciones de la serpiente y crueles ceremonias de propiciación del mal. Robaba cabellos, fragmentos de uñas y agua en que se habían lavado sus amadas, y con estos despojos componía bebedizos de amorosa sugestión. Pero el amor no llegaba; Melchor no lo sentía vibrar en la humilde obediencia de las hermosas. Y salía de sus regazos más sediento, más magullado del alma, más melancólico, y se encerraba, a veces, semanas enteras, sin querer poner los pies en el recinto del serrallo, hasta que, alentando un poco, volvía a su inútil lucha con lo imposible, para recaer en la pena y en el despecho. ¡Una sola que le diese amor! ¡Y a esa toda su vida!

En una de las crisis de sentimental desesperanza, pensó Melchor que acaso el viejo rey Baltasar, con su sabiduría, pudiese darle un remedio. Y, acompañado de séquito fastuoso, con escolta de camellos cargados de polvo de oro y mirra, emprendió el viaje, llegando en cuatro jornadas a la capital del

viejo Mago. En el camino se había encontrado a Gaspar, que, al frente de una escogida hueste, se dirigía también a visitar al anciano rey, para proponerle una alianza. La misma pretensión expuso a Melchor. ¿Por qué no se unían los Monarcas de Oriente y caían sobre Roma, que se declaraba señora de las demás naciones y las sometía a vasallaje y tributo? Melchor encontraba acertado el propósito de Gaspar, pero ambos convinieron en remitirse al parecer de Baltasar el Sapientísimo, que leía en los astros, sin duda, el porvenir.

Acogidos por el viejo con afabilidad y honor, reuniéronse a la tarde los tres Magos en la terraza del palacio real, y habiendo comido y bebido hasta saciarse, a la hora en que el sol se ha puesto y el firmamento es como tendido pabellón de terciopelo turquí, tachonado de diamantes y gemas, Baltasar, en tono paternal y benigno, dijo a sus huéspedes y convidados:

—Lo que desea Gaspar es muy conforme a su grande ánimo, a su valor de león; pero un pobre anciano como yo, ya no sabe de guerras ni de hazañas. Si queréis, tratad de esa alianza con mi sobrino, que me ayuda a llevar el peso del Estado. Yo, en esta noche señalada, quiero hablaros de algo más importante.

—¿Más importante que expugnar a Roma?

—¿Más importante que el amor?

Estas dos exclamaciones no sorprendieron a Baltasar. Sus ojos de vidente se clavaron en los dos Monarcas y sonrió con indulgencia.

—Oídme —pronunció—. Hace largos años que mis pupilas escrutan el espacio y registran los movimientos y giros de los cuerpos celestes. Inútilmente trato de descubrir qué interés tiene para la humanidad esa aglomeración de planetas y soles. ¿No os admira que sean tantos, tan centelleantes, tan remotos, que no se acerquen a nosotros jamás, mirándonos indiferentes desde la inmensidad fría?

Callaron Gaspar y Melchor, y prosiguió el Mago:

—Desde hace algún tiempo, sin embargo, parece que tengo presentimiento de que el cielo habrá de acercarse a la tierra. Mis cálculos me permiten afirmar que aparecerá una estrella desconocida y esa estrella será la única que tendrá piedad de los humanos. He advertido signos de su aparición. Estamos aquí tres hombres que sufrimos de un ansia infinita. ¿No es cierto? ¿Por qué no había de ser esta misma noche cuando se presente la estrella bienhechora?

El alto silencio, que parecía venir en ondas mudas del desierto cercano; la solemnidad del momento, impresionaron a los otros dos reyes. Su fantasía se entreabrió, como enorme cáliz de datura cargado de aroma.

Baltasar continuó, alzando sus dos manos abiertas como para orar:

—Los que estamos cerca de la muerte y hemos sido castos toda la vida y hemos permanecido en contacto con las ideas inmateriales, tenemos a veces revelaciones difíciles de explicar. Yo, en mi observatorio, he pensado que el mundo sufre,

víctima de la injusticia y del dolor, y tiene que llegar la hora de que el cielo se acuerde de él. No adivino cómo podrá ser salvado el hombre, y, no obstante, creo firmemente que deberá serlo y que esta verdad está escrita en letras de lumbre en el cielo mismo. Si esto se os figura aprensiones de mi cabeza, ya debilitada por los años, no me las quitéis, porque son mi único consuelo, la recompensa de mi existencia, dedicada a lo espiritual.

—Padre mío, Baltasar —exclamó el negro, en quien la fe fue más súbita, y que besaba las manos del sabidor—, creo comprender lo que dices. El mundo está lleno de amargura. Se necesita alguna esperanza, y los que tenemos dolorido el corazón la buscamos como el ciervo las fuentes de agua viva.

—Se necesita —declaró Gaspar más reacio— derrocar a la insolente, a la inicua Roma; libertarnos de su tiranía.

—Hijo Gaspar —imploró el Mago mayor—, cree y verás caer Roma sin necesidad de combates, ni de sangre vertida en ellos. Cree y espera, que se acerca la hora; en verdad te lo digo.

Y Gaspar, a su vez, cayó postrado ante el viejo. Este alzaba los ojos a la bóveda esplendente, toda acribillada de puntitos de luz. No se oía ni la respiración de los tres Reyes. No corría ni un soplo de aire.

De pronto, entre las luminarias del firmamento, una asomó que antes no era visible. Un astro de luz más blanca que las otras surgía con lentitud, majestuoso, y se acercaba tanto, que semejaba una luna pequeña. Alumbraba la terraza toda

y arrastraba en pos de su globo de perla una cola de fulgor, larga, magnífica, desarrollada como el extremo del manto de una Reina austral. Y Baltasar, a su vez, dobló la rodilla y lloró de gozo.

—¿La veis? —repetía—. ¿La veis?

Fue Melchor, el fervoroso, quien primero pronunció la frase decisiva:

—¡Sigámosla!

Y la siguieron, ignorando adónde los conducía, seguros de que era a la salvación. Los tres, por el polvoriento y prolijo desierto de arena, caballeros en sus dromedarios, iban felices, olvidado Baltasar de la ciencia; Gaspar, de la gloria; Melchor, de la amorosa locura. Irradiaba en sus ojos algo sobrenatural, y la estrella, precediéndoles siempre, parecía envolverlos en un triunfo perpetuo. Su claridad, de día, eclipsaba a la del sol.

Y por haberla seguido, ¿no lo sabéis? los Magos Reyes, de vuelta a sus reinos, fueron santos...

LA FIESTA DE NÉMESIS[1]

SAKI
(1914)

—Qué bien que el Día de San Valentín haya pasado de moda —dijo la señora Thackenbury—, porque con Navidad, Año Nuevo y Pascua, para no hablar de los cumpleaños, ya tenemos suficientes días conmemorativos. Intenté ahorrarme problemas en Navidad enviando simplemente flores a todos mis amigos, pero no funcionó. Gertrude tiene once invernaderos y unos treinta jardineros, así que hubiera sido ridículo enviarle flores; y Milly acaba de poner una floristería, así que igualmente estaba fuera de toda cuestión. La ansiedad de tener que decidir a toda prisa qué les regalaba a Gertrude y a Milly cuando ya me había quitado todo el problema de la

---

1 Némesis, en la mitología griega, es la diosa de la venganza.

cabeza arruinó completamente mi Navidad; y luego la horrible monotonía de las cartas de agradecimiento: «Muchas gracias por sus adorables flores. Ha sido muy amable por su parte acordarse de mí». Naturalmente, en la mayoría de los casos no había pensado en absoluto en los destinatarios; sus nombres figuraban en mi lista de «gente a la que no debe dejarse fuera». Si confiara en acordarme de ellos, habría algunos graves pecados de omisión.

—El problema —le dijo Clovis a su tía— es que todos estos días de intrusiva conmemoración insisten machaconamente en un aspecto de la naturaleza humana e ignoran totalmente el otro; por eso resultan tan mecánicos y artificiales. En Navidad y Año Nuevo las convenciones lo animan y envalentonan a uno para enviar desbordantes y optimistas mensajes de buena voluntad y afecto servil a personas a las que raramente invitarías a comer a menos que alguien más te hubiera fallado a última hora. Si estás cenando en un restaurante en Nochevieja se te permite —y se espera de ti— que tomes las manos y cantes «Los viejos buenos tiempos» con extraños a los que nunca habías visto y que nunca volverás a ver. Pero esa licencia no se permite a la recíproca.

—A la recíproca... ¿Qué recíproca? —preguntó la señora Thackenbury.

—No hay cauces para mostrar tus sentimientos hacia las personas a las que simplemente detestas. Esta es realmente la urgente necesidad de nuestra moderna civilización. Piense

simplemente lo alegre que sería consagrar un día aparte para saldar viejas deudas y rencillas, un día en el que uno pudiera permitirse ser elegantemente vengativo con los integrantes de una escogida y entrañable lista de «gente a la que no puede perdonarse». Recuerdo que cuando estaba en el colegio privado teníamos un día —el último lunes del trimestre, creo que era— consagrado a la resolución de disputas y rencillas. Por supuesto, no lo apreciábamos como merecía, porque, después de todo, cualquier día del trimestre podía usarse para tal propósito. Aun así, si uno había castigado semanas atrás a un chico más pequeño por haberse mostrado atrevido, uno siempre podía permitirse ese día refrescarle el episodio en su memoria castigándole de nuevo. Es lo que los franceses llaman reconstrucción del crimen.

—Yo lo llamaría reconstrucción del castigo —dijo la señora Thackenbury—; y, de cualquier modo, no se me ocurre cómo se podría introducir un sistema de primitivas venganzas escolares en la vida adulta civilizada. No es que nuestras pasiones se hayan empequeñecido, pero se supone que hemos aprendido a mantenerlas dentro de los estrictos límites del decoro.

—Naturalmente, la cosa habría de hacerse furtiva y educadamente —dijo Clovis—. Su encanto residiría en que nunca sería algo mecánico, como lo otro. Veamos, por ejemplo. Usted se dice a sí misma: «Debo tener alguna atención con los Webley, que fueron amables con el querido Bertie en

Bournemouth», y les envía un calendario; y diariamente, durante seis días seguidos después de Navidad, Webley hombre le pregunta a Webley mujer si se ha acordado de darle las gracias por el calendario que les envió. Bueno, traslade la idea al otro lado —el más humano— de su naturaleza y dígase a sí misma: «El próximo jueves es el Día de la Venganza. ¿Qué diablos podría hacerle a esa odiosa gente de la puerta de al lado que armó un escándalo tan absurdo cuando Ping Yang mordió a su hijo pequeño?». Luego se levanta terriblemente temprano el día señalado, se cuela en su jardín y excava su pista de tenis en busca de trufas con un buen rastrillo de jardinería, escogiendo, por supuesto, aquella parte de la pista protegida de miradas por los arbustos de laurel. No encontrará ninguna trufa, pero hallará una gran paz, como ningún regalo podría darle.

—No podría —dijo la señora Thackenbury, aunque su aire de protesta sonaba algo forzado—. Me sentiría un gusano si hiciera tal cosa.

—Exagera usted la capacidad de destrozo que podría desplegar un gusano en el limitado tiempo de que dispondría —dijo Clovis—. Si le dedica usted diez minutos, con verdadera tenacidad y un rastrillo realmente bueno, el resultado debería sugerir la actuación de un topo inusualmente enérgico o de un tejón muy rápido.

—Adivinarían que lo había hecho yo —dijo la señora Thackenbury.

—Por supuesto que lo harían —dijo Clovis—. Eso supondría la mitad de la satisfacción del asunto, igual que le gusta que la gente en Navidad sepa qué regalos o tarjetas les ha enviado usted. El asunto será mucho más fácil de manejar, por supuesto, cuando se mantienen relaciones de aparente afabilidad con el objeto de su desagrado. Esa pequeña glotona de Agnes Blaik, por ejemplo, que no piensa en otra cosa que en comida. Sería bastante sencillo invitarla a un pícnic en algún claro de un espeso bosque y que se perdiera justo antes de que se sirviera el almuerzo. Para cuando la encontraran, ya no quedaría ni una migaja de comida.

—Requeriría una estrategia sobrehumana que Agnes Blaik se perdiera cuando el almuerzo es inminente. De hecho, no creo que pudiera hacerse.

—Entonces invite a más gente, personas que la desagraden, y pierda el almuerzo. Podría haber sido enviado por error a otra dirección.

—Sería un pícnic espantoso —dijo la señora Thackenbury.

—Para ellos, no para usted —dijo Clovis—. Usted se habría tomado un temprano y reconfortante piscolabis antes de empezar y podría mejorar la ocasión mencionando con detalle los diversos manjares que componían el banquete perdido: la langosta Newburg, la mayonesa de huevo y el *curry* que iba a ser calentado en el hornillo. Agnes Blaik estaría delirando antes de que hubiese llegado usted a la lista de vinos; y en el largo intervalo de la espera, antes de que abandonaran cualquier

esperanza de que llegase el almuerzo, usted podría inducirlos a jugar estúpidos juegos, como ese tan idiota de «el festín de lord Mayor», en el que cada uno ha de escoger el nombre de un plato y hacer alguna nadería cuando se menciona. En ese caso, probablemente romperían a llorar cuando se mencionara su plato. Sería un pícnic celestial.

La señora Thackenbury guardó silencio durante un momento. Probablemente estaba elaborando una lista mental de las personas que invitaría al pícnic del duque Humphrey.[2] Enseguida preguntó:

—Y ese joven odioso, Waldo Plubley, que tanto se mima... ¿Has pensado en algo que pudiera hacérsele? —evidentemente, estaba viendo las posibilidades del Día de la Venganza.

—Si hubiera algo así como una observancia general de la fiesta —dijo Clovis—, Waldo estaría tan solicitado que habría que concertar su asistencia con semanas de antelación; e incluso así, si hubiera brisa del este o una o dos nubes en el cielo, se cuidaría tanto a sí mismo que no saldría de casa. Sería bastante divertido que pudiera usted atraerle a una hamaca en el huerto, justo al lado de donde cada verano aparece un nido de avispas. Una hamaca confortable en una tarde cálida apelaría a su talante indolente, y luego, cuando se estuviera adormilando, una mecha encendida arrojada al nido haría salir de él a

2 Alusión a un dicho de la época isabelina. Humphrey, duque de Gloucester (1390-1447), fue hijo, hermano y tío de reyes. Un asilo frecuentado por los pobres llevaba su nombre. La expresión «Comer con el duque Humphrey» indicaba no tener dinero para el almuerzo e ir a pedirlo de caridad.

las avispas en indignado pelotón y pronto hallarían una «casa fuera de casa» en el gordo cuerpo de Waldo. Lleva su trabajo levantarse con prisas de una hamaca.

—Seguro que le picarían hasta matarlo —protestó la señora Thackenbury.

—Waldo es una de esas personas a las que la muerte mejoraría mucho —dijo Clovis—, pero si no quiere usted llegar tan lejos como eso, podría tener a mano un poco de paja húmeda y encenderla bajo la hamaca a la vez que arroja la mecha en el nido. El humo mantendría alejadas de la línea de picadura a todas las avispas, excepto a las más belicosas, y mientras Waldo se mantuviera bajo su protección, evitaría un daño más serio y podría eventualmente ser devuelto a su madre, todo él ahumado e hinchado por algunas partes, pero aún perfectamente reconocible.

—Su madre se convertiría en enemiga mía de por vida —dijo la señora Thackenbury.

—Eso sería una felicitación menos que enviar en Navidad —dijo Clovis.